Oser Paris

LES ÉDITIONS LA SEMAINE
Charron Éditeur inc.
Une société de Québecor Média
1055, boul. René-Lévesque Est, bureau 205
Montréal (Québec) H2L 4S5

Directrice des éditions : Annie Tonneau
Directrice artistique et couverture : Lyne Préfontaine
Coordonnateur aux éditions : Jean-François Gosselin

Photo de l'auteure : Dominic Goulet
Réviseures-correctrices : Nathalie Ferraris, Marie Théorêt, Audrey Faille
Infographie : Echo international

Toute ressemblance avec des personnes réelles ou des événements ayant déjà eu lieu est purement fortuite.

L'éditeur bénéficie du soutien de la Société de développement des entreprises culturelles du Québec (SODEC) pour son programme d'édition.

Nous reconnaissons l'aide financière du gouvernement du Canada par l'entremise du Fonds du livre du Canada pour nos activités d'édition.

REMERCIEMENTS
Gouvernement du Québec (Québec) — Programme de crédit d'impôt pour l'édition de livres — Gestion SODEC

© Charron Éditeur inc.
Dépôt légal : quatrième trimestre 2014
Bibliothèque et Archives nationales du Québec
Bibliothèque et Archives Canada

ISBN (version imprimée) : 978-2-89703-232-6
ISBN (version électronique) : 978-2-89703-233-3

Marilyn Préfontaine

Les aventures
rocambolesques
d'une
Québécoise
à Paris

Une société de Québecor Média

Chapitre I

Ah, des petits Canadiens !

— L'hôtel Crystal à Boulogne-Billancourt, en banlieue de Paris, s'il vous plaît, a demandé mon amoureux à la conductrice du taxi, le plus naturellement du monde, comme s'il avait fait ça toute sa vie.

— Vous, vous n'êtes pas Français, a affirmé la chauffeuse avec conviction pendant qu'elle entrait maladroitement les coordonnées de l'hôtel dans son GPS.

Je l'observais discrètement. Elle portait un chapeau étrange duquel sortait une immense chevelure frisée indomptée. Pour une conductrice qui allait chercher des gens à l'aéroport, elle était perspicace…

— Nous arrivons du Québec, a poursuivi Michaël avec son intarissable bonne humeur.

— Ah, des petits Canadiens ! a-t-elle chantonné en tentant de nous regarder par le rétroviseur, comme si nous étions de petites bêtes curieuses qu'elle voyait pour la première fois.

Des Canadiens ? J'avais rarement entendu ce qualificatif. Il n'est pourtant pas faux, même si on a parfois tendance à l'oublier.

— Qu'est-ce qui vous amène ici ? a-t-elle ajouté pendant que j'observais le compteur grimper à une vitesse folle.

— Le travail. J'ai accepté un contrat d'un an en France, a expliqué mon chum encore endormi par le vol de six heures et demie que nous venions de faire.

Il m'a souri et a passé un bras réconfortant autour de mes épaules.

— Vraiment ? s'est-elle risquée quelques secondes plus tard, visiblement surprise. Vous avez quitté le Québec pour venir vivre ici ? Quelle drôle d'idée !

Mon cœur s'est alors mis à faire trois tours dans ma poitrine. Qu'avions-nous fait ? Bien sûr, lorsque l'offre avait atterri sur la table, il y avait de cela un mois, j'avais d'abord paniqué.

— Cynthia, qu'est-ce que tu dirais de partir vivre un an à Paris ? m'avait demandé Michaël en m'appelant sur l'heure du lunch.

J'avais ravalé ma salive, sous le choc, m'étouffant presque avec ma salade de couscous au poulet.

Nadine, ma collègue, m'avait lancé un regard intrigué.

— Euh… Je sais pas. Là, là, tout de suite, maintenant ?

Le projet n'était quand même pas sorti de nulle part. Nous en avions parfois discuté alors que nous étions encore à l'université, étendus sur le lit de la minuscule chambre de la résidence étudiante de Michaël. Nous avions rêvé de voyager, de découvrir le monde, de nous déraciner pour un temps. Mais qui n'en rêve pas ? La Californie, l'Espagne, l'Australie… il n'y avait aucune limite à notre imagination. Nous en avions parlé les yeux remplis d'espoir, tout en sachant pertinemment que la possibilité de concrétiser ce projet était mince.

Voilà un peu plus de trois ans que nous avions quitté les bancs d'école et que nous avions entamé nos carrières respectives, moi comme journaliste dans un hebdo et Michaël comme consultant en informatique. Et vu la vie de travailleurs actifs que nous menions, j'avais peu à peu cessé de réellement croire à cette folle idée de voyages et d'aventures.

Lorsque je me suis retrouvée devant l'offre concrète, je me suis aperçue qu'entre imaginer et passer à l'acte, il y avait un énorme fossé.

Apeurée, j'ai alors pensé à me trouver mille excuses: tout d'abord, nous venions tout juste d'acheter une nouvelle sécheuse. Ensuite, j'avais commencé des cours de salsa le mercredi soir. Je débutais à peine, comment allais-je pouvoir m'améliorer? Et mon travail?

— Ben là, ma job? avais-je répondu à voix basse pour essayer de ne pas éveiller les soupçons de Nadine.

— Tu t'en trouveras une là-bas!

Pour Michaël, la vie semblait toujours simple. Si je pouvais passer des heures à sélectionner quel plat j'allais commander au restaurant, lui, il choisissait en un instant. Et il ne doutait jamais de son choix! Je n'arrivais pas à comprendre comment il faisait. Devant autant d'options, j'avais toujours peur de me tromper, de prendre le mauvais plat. Je craignais d'avoir à contempler son appétissante assiette ou celle du voisin en me disant que j'aurais dû prendre la même chose. Alors, imaginez devoir choisir ou non de quitter son pays pour aller s'installer ailleurs…

— Ce n'est pas aussi simple.

— Ça peut être simple si tu le décides, mon amour.

Michaël savait toujours trouver la phrase percutante qui faisait que je n'avais plus de munitions pour argumenter.

— Bon, on en reparlera ce soir…, avais-je ajouté en lançant un regard oblique à Nadine qui faisait semblant de taper un article totalement improbable intitulé *Des chats dans les poubelles du voisinage* !

J'avais raccroché, le cœur emballé. J'étais prise entre deux émotions : l'excitation de vivre une aventure incroyable et la peur de me lancer dans l'inconnu.

— C'était ton chum ? m'avait demandé Nadine, entre deux bouchées.
— Oui.
— T'as donc ben l'air drôle. Ça va ?

Nadine épousait parfaitement l'idée qu'on se fait d'une journaliste. Fouineuse, elle tentait toujours de tout savoir. C'est elle qui dénichait les *scoops*. Il faut dire que je n'en avais rien à faire. Ce qui me passionnait vraiment, c'était de rencontrer des gens, de connaître leur histoire, de m'asseoir avec eux et d'écouter tout simplement ce qu'ils avaient à raconter. Parce que oui, tout le monde a une histoire.

Nadine, elle, était friande des scandales politiques, des citoyens plaignards et des chicanes de clôture. Pour elle, les articles qui traitaient des bonnes nouvelles et des passions des gens du quartier avaient peu de valeur. Sur ce point, on s'entendait bien, car nous avions chacune nos champs d'intérêt. Pour le reste, nos personnalités étaient bien éloignées.

Ma collègue occupait le poste de journaliste depuis dix ans. Elle était donc la doyenne et n'en manquait jamais une pour me le rappeler. Ce qui faisait que je doutais régulièrement de mes compétences et de ma place au sein du journal. Je manquais d'ambition, selon ce que je l'avais entendue dire à Manon, la réceptionniste, alors qu'elle me croyait sortie.

Je manquais d'ambition ? Pourquoi ? Parce que je n'éprouvais pas de plaisir à étaler des histoires scandaleuses dans le simple but de faire avancer ma carrière ? Les conférences de presse m'ennuyaient, je voulais tout simplement écrire. J'avais toujours cru que je désirais être journaliste, car comment écrire tout en étant payée ? Je savais que devenir auteure n'était pas réaliste comme projet de carrière si je souhaitais continuer de me payer un appartement et des restaurants, puis subvenir aux besoins de mes futurs enfants. Or, le métier de journaliste n'était pas de l'écriture, je m'en rendais bien compte. Écrire pour un journal était tout simplement le résultat d'un travail d'enquête et de recherche. Nadine l'avait compris, puisqu'elle rédigeait toujours ses articles à la dernière minute, pressée par la date de tombée. De mon côté, je prenais tout mon temps pour construire des phrases accrocheuses et porteuses de sens. Heureusement, mes qualités rédactionnelles avaient été soulignées par notre lectorat. Bref, je me plaignais souvent de mon emploi et Michaël le savait très bien. Voilà pourquoi mon excuse à propos du boulot ne tenait pas la route.

Je n'avais pas très bien travaillé cet après-midi-là. Et j'avais dû faire des pieds et des mains pour esquiver les questions indiscrètes de Nadine qui semblait s'être fixé comme objectif de découvrir ce que je cachais. J'avais donc quitté plus tôt le bureau, prétextant une entrevue avec un patineur de vitesse, espoir olympique.

En arrivant chez moi, j'avais découvert un appartement vide. J'étais restée sur le pas de la porte un instant, tentant d'immortaliser notre vie. Sur la table traînaient les miettes de toasts du matin et une tasse de café froid que Michaël avait bu en vitesse. Des vêtements sales étendus dans le salon témoignaient de notre enlevante passion de la veille. Sur le frigo, une pile de comptes à payer était retenue par un aimant. Je ne sais pas combien de temps j'étais restée là, plantée devant cette scène évoquant le quotidien de Cynthia et de Michaël.

Qu'allais-je donc tant laisser derrière moi ? Qu'est-ce qui me faisait tant hésiter ?

Lorsque Michaël était arrivé, j'étais assise à la table de la cuisine. Je n'avais touché à rien, comme si j'avais dû laisser intact le souvenir de cette vie que j'allais quitter. J'étais tellement prise par mes pensées que je n'avais pas retiré mon manteau d'hiver.

— Chérie, avait doucement dit Michaël pour me sortir de ma rêverie, ça va ? Tu viens d'arriver ?

— Non, non. Ça doit faire une heure… Michaël, tu sais pour ta proposition…

Il m'avait regardée avec son sourire à faire fondre le plus dur des glaciers. Celui qui m'avait sans doute fait craquer inconsciemment. Celui qui faisait que oui, j'étais prête à suivre mon amoureux à l'autre bout du monde.

— Je suis partante !

Il m'a alors prise dans ses bras pour me faire tournoyer… Une vraie scène digne d'un film hollywoodien ! Ou presque, si je n'avais pas fait tomber toutes les chaises au passage, heurtant mon tibia de plein fouet, ce qui avait provoqué une série de « Tabarnak ! Ça fait mal ! Ouch ! » suivie d'une séance de colère un peu trop intense de ma part sur le fait qu'il aurait pu faire attention, après laquelle nous nous sommes regardés avant d'éclater de rire et de nous lancer dans de nouveaux ébats, ajoutant ainsi d'autres vêtements à ceux qui jonchaient déjà le sol.

* * *

Le lendemain, je me suis regardée dans le miroir. Mon Dieu que j'étais cernée! Nous avions passé la nuit à discuter, à nous imaginer notre vie là-bas. Paris! Ce n'était pas rien.

Michaël m'avait raconté comment Marc Gagné, de la société française, l'avait contacté. Il avait entendu parler de ses compétences et cherchait exactement un consultant comme lui pour combler un mandat en «clientèle». La compagnie française, administrée par un Québécois, faisait appel à des consultants du Québec et leur offrait l'opportunité de travailler en sol parisien. Tout simple, quoi!

En visite dans la belle province, Marc était allé prendre un café avec Michaël pour lui faire son offre. Vu l'urgence du contrat, nous devions partir dans un mois. Un mois? C'était complètement fou! Je n'avais ni visa ni emploi qui m'attendaient là-bas et nous n'avions pas d'appartement. La compagnie ne s'en occupait pas; les dirigeants préféraient laisser le soin aux consultants de choisir eux-mêmes leur logement.

J'avais pris ma décision, oui, et je n'allais pas reculer. Mais j'étais tantôt prise d'excès d'angoisse à l'idée de tout quitter, tantôt prise d'excès de grand enthousiasme quand je m'imaginais attablée à un café parisien, écoutant de la musique française et écrivant dans mes carnets de notes. Paris n'était-elle pas l'endroit rêvé pour écrire? Cela avait d'ailleurs fait partie de l'argumentaire de mon homme.

— Tu auras enfin le temps d'écrire ton roman.

Le temps! Qu'est-ce qui m'avait empêchée d'en avoir au Québec? Le tourbillon du quotidien, les sorties avec les amis, les soupers avec la famille, le travail prenant, le ménage de l'appartement... tout ça avait effectivement mis un frein à l'écriture de l'œuvre que je m'étais promis de compléter avant mes trente ans.

Je nous avais imaginés nous baladant main dans la main dans les rues de Paris, nous embrassant en haut de la tour Eiffel, prenant un verre sur les Champs-Élysées. Je me suis rapidement rendu compte que je connaissais très peu cette ville. Elle était censée être la plus romantique du monde, mais encore?

Au beau milieu de la nuit, incapable de dormir, j'avais donc pris l'initiative de sortir mon vieux DVD du *Fabuleux destin d'Amélie Poulain* pour faire du repérage. Je devais me faire une idée plus concrète de ce qui m'attendait. Dans un réflexe journalistique sans doute, j'avais lancé des recherches sur Google à propos de Paris. C'était fou! Tout tourbillonnait dans ma tête et je me laissais emporter par cette frénésie qui n'allait pas être passagère.

Nous avons écouté de la vieille musique française et nous avons érigé des scénarios de ce que notre vie allait être là-bas. Nous nous sommes vus revenant du travail et arrêter dans la petite épicerie de quartier où nous connaîtrions personnellement bien sûr le propriétaire. Les discussions avaient été très différentes de celles que nous avions eues à l'époque de l'université, car nous savions que le rêve était tout près.

Puis les attaques d'angoisse sont arrivées. Un mois... Il y avait des milliers de choses à faire avant notre départ. À commencer par quitter mon emploi.

À trois heures du matin, j'avais rédigé ma lettre de démission que j'allais remettre le lendemain, malgré les protestations de Michaël qui insistait pour que je dorme un peu. Il s'était assoupi pendant que j'avais tapé cette lettre et que j'avais été envahie d'émotions contradictoires. J'avais songé à mes collègues avec qui je n'avais pas d'affinités particulières, mais qui allaient sans doute me manquer. Ça faisait tout de même près de trois ans que j'écoutais leur vie chaque matin devant la cafetière et chaque midi dans l'étroite salle de dîner. Je connaissais leurs enfants, leurs loisirs, leurs projets de retraite. Tous les sujets avaient été abordés maintes et maintes fois.

— Il va falloir l'annoncer à nos parents !
— Une chose à la fois, m'avait dit Michaël, confiant, en boutonnant sa chemise le lendemain matin.

Encore ce calme. Je savais qu'il me serait utile au cours de la prochaine année.

— Et Audrey ? Elle a besoin de moi…

Ma meilleure amie était une grande dépendante affective. Avec la vie frivole qu'elle menait, j'étais devenue une sorte de pilier pour elle, un exemple de stabilité et de sagesse. Ses décisions étaient trop souvent lourdes de conséquences.

— C'est une grande fille.

Après avoir appliqué une bonne couche d'anticernes sous mes yeux, je me suis rendue au bureau, ma lettre de démission en main. La première chose que je devais faire était de remettre l'enveloppe à ma patronne au plus vite. Je ne voulais pas donner le plaisir à Nadine d'annoncer la nouvelle avant que je l'aie moi-même fait.

Je me suis donc dirigée tout droit dans le bureau de Johanne, ma rédactrice en chef.

J'ai déposé la lettre sur son bureau, l'air piteux.

— Tu t'en vas…

Ce n'était pas une question, mais une affirmation. J'aimais beaucoup Johanne. J'appréciais sa sensibilité et j'avais pu lui faire part de mes craintes à plusieurs reprises. Elle m'avait écoutée et rassurée, j'avais même laissé tomber quelques larmes dans son bureau lorsque Nadine était trop insistante et me mettait tout sur le dos.

— C'est fantastique! s'était-elle exclamée devant la raison de mon départ.

Je ne m'étais pas attendue à une telle réaction. J'avais même décelé un certain regret dans son œil.

— Si j'étais encore jeune, je le ferais moi aussi.

Ah bon?

La nouvelle s'était alors propagée comme une traînée de poudre. Nadine aidant, s'en était suivi une série de:

— Paris? Wow!
— T'es donc ben chanceuse!

Et le manque d'ambition, lui? Vlan dans les dents!

Nadine cachait bien sûr sa jalousie, surtout celle de ne plus être le centre d'attention pour une fois.

Une chose me titillait toutefois. De la chance? Vraiment? Sans vouloir passer pour une héroïne, je crois que ça prend plutôt une bonne dose de courage pour accepter de quitter son pays, taire ses inquiétudes, enfermer ses craintes et oser en se disant qu'au fond, on a une seule vie à vivre, non?

La première étape franchie avec succès, je devais m'attaquer à ce que je redoutais le plus: ma mère.

— Vous êtes complètement fous! s'était-elle exclamée lorsque je lui avais appris la grande nouvelle, le soir suivant. Ton travail, ton appartement, ta voiture? avait-elle enchaîné, inquiète.

Ce qui n'avait en rien aidé à étouffer l'angoisse qui se terrait toujours au fond de moi.

Ma mère est une grande craintive. Elle a possiblement une part de responsabilité dans ma nature anxieuse, comme de raison. C'est le genre de femme à vérifier trois fois que sa porte est bien verrouillée avant de partir. Et que dire des ronds de poêle! Combien de fois avons-nous rebroussé chemin simplement parce qu'elle les croyait allumés!

Elle n'a jamais aimé voyager et n'est jamais allée plus loin que Joliette où vit l'un de ses frères. Sa connaissance de la géographie est limitée. Pour elle, tout ce qui se passe au-delà des frontières de la province est « l'étranger ». Je ne lui en voulais pas; ses parents avaient eux aussi été de grands anxieux. Il fallait briser le moule, non? J'allais être celle-là.

Mon père, lui, m'avait aidée à me munir de courage. Il est du genre bohème. Voilà pourquoi son histoire avec ma mère n'a pas duré bien longtemps. Juste assez pour mettre au monde ma grande sœur Cloé et moi.

En l'espace d'un mois, nous avions trouvé de nouveaux locataires, réclamé des visas de travail, vidé l'appartement, entreposé tous nos meubles, vendu nos voitures et nous étions là, dans ce taxi nous menant dans une banlieue tout à fait inconnue d'une ville qui m'était encore plus étrangère.

En regardant le visage déconcerté de la conductrice, et en observant les immeubles qui s'étendaient à perte de vue ainsi que les voitures qui zigzaguaient autour de notre taxi, mes craintes de m'être trompée refaisaient surface.

Je regardais mon amoureux. Il avait le sourire aux lèvres. Il semblait confiant.

Le reste de la course s'est faite en silence.

Une fois à l'hôtel, la conductrice nous a fait payer une facture salée, puis y est allée de ses recommandations.

— N'allez jamais dans le bois de Boulogne le soir, faites attention aux pickpockets dans le métro et regardez où vous marchez, a-t-elle dit en déposant les valises à nos pieds. Et bienvenue en France ! a-t-elle lancé avant de remettre le taxi en marche et de détaler en décrochant son cellulaire.

Dans quelle galère m'étais-je embarquée ?

Chapitre 2

Les toilettes, S. V. P.!

— Votre chambre n'est pas encore prête, a lâché sèchement la dame à la réception de l'hôtel.

Nous nous sommes donc installés dans les fauteuils semi-confortables du hall d'entrée. Le chien de l'hôtel est venu nous saluer. Il s'agissait de toute évidence de l'être le plus sympathique de l'établissement.

J'observais le papier peint jauni sur les murs et le plancher qui, à première vue, ne semblait pas fraîchement lavé. Puis j'ai aperçu des fourmis en file indienne qui tâchaient de se frayer un chemin vers l'extérieur. Pendant un instant, j'ai eu envie de les suivre.

Je contemplais mon unique valise. Nous l'avions fait! Je n'arrivais pas encore à y croire. Je m'apprêtais à vivre un an loin de tous mes repères. Je regardais Michaël qui, indéniablement, n'était pas du tout inquiet par le manque de propreté de l'endroit.

— On a bien fait, hein?

Michaël a hoché la tête en me caressant doucement l'épaule. Ça faisait au moins une centaine de fois que je lui posais la question depuis l'embarquement.

Les « au revoir » avaient été quelque peu déchirants. Nous avions décidé de nous rassembler au St-Hubert près de l'aéroport. Ma famille, celle de Michaël et quelques-uns de nos amis les plus proches s'étaient déplacés. Ma mère était toujours inquiète et je l'avais perçu plusieurs fois dans son regard. Je l'avais même entendue « menacer » Michaël de bien s'occuper de moi sinon il aurait affaire à elle. Du haut de ses quatre pieds onze, ma mère pouvait être terrifiante lorsqu'on traitait de la sécurité de ses enfants. Michaël avait donc pris la chose très au sérieux.

Ma grande sœur, son mari et mon neveu nous avaient aussi fait l'honneur de leur présence. J'adorais Cloé, mais j'avais du mal à supporter Luc, son époux. Ils s'étaient mariés l'année précédente, en grande pompe. Luc venait d'un milieu assez aisé et il avait sans doute été habitué à avoir tout cuit dans le bec, car il agissait toujours comme un adolescent attardé. Il ne levait jamais le petit doigt pour aider ma sœur qui se démenait toute seule avec sa carrière d'avocate et l'éducation de leur fils de quatre ans, Nathan. Comme j'étais la marraine de Nathan, j'étais très près de lui. Nous le gardions souvent lorsque ma sœur préparait d'importants procès et que Luc faisait je ne sais quoi !

Je soupçonnais ma sœur d'être quelque peu fâchée de mon départ, plus parce qu'elle perdait une gardienne que parce que sa petite sœur s'éloignait d'elle. J'ai regardé Nathan alors qu'il avait la tête penchée au-dessus de son assiette. Il n'avait pas touché à ses croquettes en forme d'animaux qu'il adorait pourtant.

— Ça va aller, mon loup ?

Il a relevé la tête péniblement, dévoilant des yeux remplis de larmes.

J'ai craqué. Je m'étais promis de ne pas me laisser emporter dans des adieux mélancoliques, mais ce petit regard si franc
l'avait emporté sur tout le reste.

— Je veux pas que tu t'en ailles, a-t-il articulé entre deux
sanglots.

Je n'osais pas croiser le regard de Michaël. Il était lui aussi
très attaché à Nathan.

— Viens ici, mon amour.

Je l'ai pris dans mes bras et serré très fort. J'avais essayé
de ne pas y songer, mais je savais que j'allais manquer un an de
sa vie. Un an dans la vie d'un enfant, c'est comme cinq dans la
vie d'un adulte, non ? Il allait évoluer, apprendre des choses et
drôlement changer pendant l'année à venir, je n'étais pas sans le
savoir. Et notre relation si étroite, allait-elle se briser ?
Malgré mes regrets, je ne pouvais renoncer à vivre ce rêve.
C'était le temps de le concrétiser avant que j'aie mes propres
petits que je ne voudrais pas déraciner. Michaël et moi proje-
tions d'avoir des enfants, c'était certain, mais nous avions des
choses à vivre avant. Paris en était une.

— On va se parler souvent sur Skype.
— Mais j'ai pas d'ordi !

J'avais regardé ma sœur, incrédule, puis Luc, suppliante.
Je savais qu'il était plein aux as.

— Papa va t'en acheter un, avait-il dit en levant à peine le
regard de son précieux iPhone.
— Yé ! Tu peux partir debord, matante !

Et voilà que le nouvel ordi me surclassait et faisait en sorte que mon départ était maintenant presque source de réjouissance.

Mon père, lui, buvait sa bière avec aisance. Il ne s'en faisait pas une miette de voir partir sa cadette dans un pays étranger. Il avait l'habitude de vivre loin de nous. Depuis la séparation de mes parents, alors que j'étais à peine plus âgée que Nathan, mon père était parti vivre à Montréal. Je lui avais rendu visite quelques week-ends pendant l'enfance, puis les rencontres s'étaient espacées.

Ma mère était bien sûr morte d'inquiétude à l'idée de me voir partir pour « la grande ville ». Je me souviens de la première fois que nous étions allées le voir en autocar, ma sœur et moi. Elle m'avait dit : « Si tu vois quelqu'un se faire tuer dans la rue, fais comme si de rien n'était et continue ton chemin. » Rien pour me rassurer et me donner envie d'y retourner !

Nous avions quand même toujours gardé un contact vrai, mon père et moi, même si nous ne nous voyions pas pendant de longues périodes.

De l'autre côté de la table, mes beaux-parents tentaient de rassurer ma mère, encore tourmentée, qui ne cessait de parler de tous les dangers qu'elle avait lus sur Paris.

« … beaucoup de quartiers non recommandables… »
« … un taux de criminalité assez élevé… »
« … énormément de pollution… »

Audrey, assise à mes côtés, n'arrêtait pas de répéter la même phrase depuis que nous étions attablés.

— J'en reviens pas.

En effet, elle n'en revenait pas que j'aie pris cette décision, mais aussi que je la laisse seule, ici.

Ça avait d'abord été la crise lorsque je lui avais appris la nouvelle. Surtout qu'elle venait encore de se faire domper par sa dernière flamme, un gars sans intérêt auquel elle s'était immanquablement entichée. J'avais réussi à la calmer en lui faisant miroiter l'idée qu'elle pourrait sans doute venir nous rendre visite. Je savais qu'elle n'en aurait probablement pas les moyens, mais l'image de nos retrouvailles dans les pavés parisiens avait réussi à mettre un baume sur cette plaie qui me meurtrissait, moi aussi.

Puis l'heure de notre vol est arrivée, trop rapidement.

J'ai donné mes becs à tout le monde et fait une longue accolade à Nathan qui achalait son père pour passer au Future Shop le soir même afin d'acheter son ordi. J'ai promis à Audrey de lui écrire souvent et j'ai serré fort ma mère dans mes bras.

— T'en fais pas, je vais revenir en un morceau.

Bon, ce n'était peut-être pas la meilleure phrase à dire à une mère anxieuse, mais c'est elle qui m'était spontanément venu en tête.

Entre deux regards sur son iPhone, Luc nous a lancé, avec son légendaire humour très subtil :

— Pis que je vous voie pas revenir avec un accent… Je vais vous replacer ça avec un bon coup de pied au cul !

Charmant.

Nous sommes montés dans la voiture de mon père qui avait insisté pour nous mener à l'aéroport. Il nous a laissés au point d'embarquement.

Un peu mal à l'aise, il a d'abord tendu la main à Michaël, puis m'a embrassée sur la joue maladroitement. Il n'était pas familier avec les contacts en chair et en os. Il était plutôt habitué à me parler par téléphone.

— Bon voyage, ma… grande !

Ma grande ? J'avais éveillé un côté tendre méconnu chez mon père. Il a ajouté :

— Je suis ben fier de toi.

J'étais touchée et émue par cette soudaine démonstration affective. Je savais que mon père m'aimait, toutefois il faisait très peu l'étalage de ses sentiments.

En montant dans l'avion, j'ai réalisé que c'était la première fois de ma vie que j'agissais sans plan précis. J'avais toujours tout calculé, tout planifié, tout orchestré, du contenu de mon frigo à l'horaire détaillé de mes fins de semaine chargées.

— Oui, on a bien fait, m'a répété Michaël pour la centième fois avec un calme déconcertant.

Son assurance allait me réconforter quelques heures de plus, jusqu'à la prochaine situation déstabilisante.

Dans ma vie, je n'avais pas beaucoup eu la chance de voyager. J'avais fait quelques virées aux États-Unis avec mon père et ma sœur. Old Orchard, Wildwood et Ogunquit étaient les seuls endroits où ma mère avait accepté de nous laisser aller. J'avais aussi profité de quelques voyages en camping tout sauf sauvage avec ma mère qui tenait très fort au confort de son VR. Avec elle, nous ne nous éloignions jamais de plus de deux cents kilomètres de la maison. Au cas où il y aurait une urgence ! Traverser l'océan sans billet de retour constituait donc un saut de plusieurs étapes que j'avais encore du mal à encaisser.

Pour un baptême de l'air, j'avais trouvé le vol assez pénible. J'étais tellement nerveuse que je n'avais même pas voulu me lever pour aller aux toilettes. J'avais préféré mettre mes écouteurs et fermer les yeux une bonne partie du trajet.

Assise dans ce hall démodé, la pression baissait lentement et l'envie d'aller au petit coin commençait à se faire sentir. Je me suis donc levée vers la dame sympathique comme une porte de grange. Malgré la rudesse dont elle avait fait preuve à notre arrivée, j'ai pris mon courage à deux mains et je me suis risquée de nouveau.

— Excusez-moi, est-ce que je pourrais utiliser la salle de bain ?

— Je vous ai déjà dit que votre chambre n'est pas prête ! Vous êtes sourde ou quoi ? Je rêve ! a-t-elle rugi en continuant de classer des papiers.

J'étais sans voix.

La réputation des Parisiens était donc juste ?

Dans les recherches préparatoires à mon séjour, j'avais bien sûr lu sur les Parisiens. J'avais parcouru des blogues traitant de leur arrogance et de leur manque de courtoisie, mais j'avais trouvé cela bien drôle, me disant que les auteurs de ces billets devaient être maîtres dans l'art d'exagérer. Je croyais à la création d'une légende urbaine, je me disais qu'il ne s'agissait que de vulgaires stéréotypes, comme ceux qu'on entretient sur les Québécois. Nous ne nous promenons pas réellement avec des chemises à carreaux et des ceintures fléchées tout en sacrant à tous les deux mots ! Mais l'attitude de cette dame me faisait douter. Les Parisiens étaient-ils réellement comme on les dépeints ?

Je suis retournée auprès de mon amoureux, la queue entre les jambes. Je me sentais comme une élève ayant fait un mauvais coup. La dernière fois qu'on m'avait parlé ainsi, je devais être en troisième année et j'avais été surprise en train de coller une gomme en dessous de mon pupitre. Élève modèle, j'étais rarement grondée et je me souviens de ce sentiment d'humiliation qui m'avait suivie pour le reste de mon primaire.

— Michaël, j'ai vraiment envie et elle ne veut pas que j'utilise les toilettes, lui ai-je dit tout bas.

— Bon, on va sortir, on va aller explorer un peu le coin.

Dehors, le soleil était éblouissant. En observant les gens de mes yeux affaiblis par le décalage horaire, je constatais que j'avais fait un saut dans une autre saison sans m'en rendre compte. Alors que j'avais laissé un Québec enseveli sous les montagnes de neige, je me retrouvais au beau milieu du printemps. J'ai donc retiré mon foulard et détaché les premiers boutons de mon manteau trop chaud pour l'occasion. Enfin, je respirais.

Autour de moi, les gens semblaient différents de ceux que je croisais tous les jours au Québec. Il y avait affluence partout : sur les trottoirs, les terrasses, les bancs, dans les cafés. Mon oreille n'était pas encore habituée à l'accent parisien. J'avais l'impression d'être transportée dans un film français, l'un de ceux que je n'arrivais jamais à comprendre. Je me sentais un peu étourdie par toute cette activité, moi qui avais grandi dans une banlieue très tranquille de Québec.

— As-tu faim ? m'a demandé Michaël en montrant du doigt un petit restaurant.

Nous sommes entrés dans l'établissement qui semblait rempli d'habitués. Dans cette banlieue parisienne, il ne devait pas y avoir beaucoup de touristes.

— Excusez-moi, où est la salle de bain ? ai-je demandé lorsque j'ai aperçu le serveur.

— Pardon ? m'a-t-il répondu, l'air visiblement surpris.

Puis, comme une gifle en plein visage, j'ai compris où j'avais commis l'erreur.

C'est à cet instant précis que j'ai pris conscience de l'étendue de la barrière langagière qui se dressait entre le Québec et la France.

J'ai compris qu'on avait tout faux.

Pourquoi diable, lorsqu'on évoque un endroit public, appelons-nous cela une salle de bain alors qu'on n'y trouve aucune baignoire ?

Ma foi, les Français avaient raison !

J'ai alors réalisé que ce n'était sans doute que le début. Comme j'avais toujours habité dans mon Québec natal, il existait certainement bien des choses que je répétais comme ça, simplement parce que tout le monde le faisait, sans même m'interroger sur leur sens réel.

Je me suis alors remémoré l'histoire que Nadine m'avait racontée un midi. Une de ses amies coupait toujours les extrémités de son jambon avant de le faire cuire. Un jour, avec son profond désir de tout savoir, Nadine l'avait questionnée sur cette technique peu familière et elle avait répondu :

— Je ne sais pas. Ma mère a toujours fait ça !

Sans doute poussée par Nadine, l'amie en question en avait alors demandé la raison à sa mère qui lui avait répondu :

— C'est juste que le jambon est trop gros pour mon plat.

J'avais trouvé l'histoire bien drôle à l'époque, mais je réalisais que j'étais tombée moi aussi dans le panneau et que j'agissais machinalement, sans me poser de questions.

— Vous voulez dire les W. C. (prononcé V. C.) ? m'a interrogée le serveur d'un air hautain. Au fond du couloir !

Les W. C.? Comme dans... *Water Closet*?

Je me suis alors dit que, finalement, les Français avaient tout faux eux aussi. Pourquoi utilisaient-ils un mot anglais alors qu'il en existait un dans leur propre langue?

En revenant des toilettes, mot qui, j'en étais venue à cette conclusion, me semblait être le plus approprié, j'ai tenté de passer ma commande après avoir changé huit fois d'idée. Jambon-beurre? Qui mange seulement du jambon et du beurre comme repas? Museau vinaigrette? Je n'étais pas encore mentalement prête à avaler le groin d'un animal. Tête de veau sauce gribiche? Non, merci! J'ai pensé un instant me rabattre sur la salade ardéchoise, mais après tout ce que j'avais lu, j'ai eu peur des ingrédients qui pouvaient la composer. J'ai opté pour une valeur sûre.

— Je vais prendre un steak-frites, s'il vous plaît.
— Quelle cuisson? m'a demandé le serveur d'un ton las.
— Médium, ai-je répondu automatiquement.
— Pardon?

L'ajustement allait peut-être être plus long que prévu...

Chapitre 3

Joli studio meublé à louer

— Parfait! On le prend! ai-je lancé au propriétaire avec une pointe de supplication dans la voix alors que je visitais mon quinzième appartement en cinq jours.

J'avais de la difficulté à le croire, mais ce minuscule studio de 25 mètres carrés en plein cœur de Paris m'apparaissait « maintenant » comme le logement idéal. Il était petit, il y avait à peine de quoi entrer de justesse un lit, une table et deux chaises, mais comme il était le plus propre que j'avais vu jusque-là, je ne pouvais pas le laisser filer.

Il était grand temps de déménager, car j'en avais assez de loger à l'hôtel Crystal. L'attitude arrogante et perpétuellement exaspérée de la réceptionniste me déstabilisait à un point tel que j'en étais venue à éviter tout contact visuel avec elle, convaincue qu'elle allait trouver quelque chose à me reprocher sur ma façon de bouger, de m'habiller ou même de respirer.

Je ne savais pas encore si elle représentait la Parisienne type, puisque je passais le plus clair de mon temps dans la chambre d'hôtel, mais elle me faisait franchement peur. Chaque fois que j'avais osé lui demander quelque chose, j'étais repartie avec le sentiment d'être une parfaite demeurée. Le marché bihebdomadaire qui s'érigeait juste au coin venait aussi troubler mon sommeil. Les camions qui déchargeaient les caisses de victuailles, les marchands qui s'efforçaient de crier plus fort que leurs concurrents et l'achalandage monstre aux petites heures perturbaient mes nuits. Quand j'avais finalement réussi à m'extirper du lit, que j'étais douchée, habillée et que j'avais pris mon petit-déjeuner, les marchands étaient déjà en train de tout remballer. Je devais donc trouver un appartement le plus rapidement possible d'autant plus que Boulogne-Billancourt était trop loin à mon goût du cœur de Paris. J'avais hâte de plonger dans l'action et de dévorer des yeux les monuments légendaires de la ville que j'avais vus mille fois dans le guide touristique que je m'étais procuré en librairie avant notre départ. J'étais aussi venue pour ça, non ? Mais bon, chaque chose en son temps.

Michaël, lui, avait rapidement brisé la glace et sauté à pieds joints dans le monde du travail français. Dès le lendemain de notre arrivée, je l'avais accompagné au siège social de la firme qui l'embauchait. Nous avons rencontré Marc Gagné qui nous a raconté un peu son histoire.

Natif des Laurentides, il avait fait grâce à l'université un échange de quelques mois en France. Il y avait rencontré une belle Française dont il était tombé amoureux fou. Il avait prolongé son séjour tout l'été, qu'ils avaient passé dans le sud du pays, dans une petite maison appartenant à la famille de sa belle. À l'automne, il ne s'était pas résolu à la quitter. Il avait alors déchiré son billet de retour et s'était marié.

J'avoue avoir été un peu jalouse pendant qu'il relatait son histoire d'amour et je priais pour qu'il ne nous demande pas de lui raconter la nôtre, qui me paraissait plus banale que jamais.

J'avais rencontré Michaël sur les bancs de l'Université Laval, dans un très long et endormant cours d'anglais. Vous savez, le genre d'histoire où en un seul regard on sait exactement que l'amour de notre vie se tient devant nous ? Eh bien… ce n'est absolument pas cela qui s'est produit ! J'aimerais pourtant avoir un beau récit à raconter lorsqu'on me pose l'éternelle question : « Comment vous êtes-vous rencontrés ? » Une histoire de coup de foudre, de certitude, de destin ?

Mais non ! Notre histoire en était une d'amitié qui, petit à petit, s'était transformée en relation amoureuse. Je me plaisais à dire qu'en fait, c'était réellement ça, l'amour : découvrir l'individu doucement, aimer sa personnalité un trait à la fois.

Combien de fois avais-je vu Audrey torturée par un amour ardent ? Déçue par un garçon auquel elle s'était éperdument accrochée ?

Je n'avais peut-être pas ressenti cette passion dévorante du début, mais l'amour que j'éprouvais pour Michaël en semblait plus solide. Il n'était pas fondé sur une perception erronée d'une personne idéalisée, mais bien sur la profondeur de son être. Et quel homme ! Après presque six ans, mon amour et mon admiration ne faisaient que croître. La romantique qui sommeillait au fond de moi regrettait quand même de ne pas avoir vécu d'histoire enivrante à grand déploiement comme dans les films.

Marc Gagné s'était donc établi ici et avait fondé sa compagnie de consultation informatique. Il était sympathique, mais sa façon de parler m'agaçait l'oreille. De toute évidence, son accent originel essayait de refaire surface en notre présence, mais il accusait un profond enracinement français. Les expressions qu'il utilisait m'apparaissaient totalement incongrues dans la bouche d'un Québécois.

— Si vous voulez des bons plans, dites-le-moi, j'en connais un boutte sur Paris.

— Ah, il y a des cartes de la ville meilleures que d'autres ? ai-je demandé spontanément.

Marc a réprimé un rire discret. Michaël m'a regardée, étonné. Qu'est-ce que j'avais dit de si drôle ?

— Par « bons plans », je parlais de recommandations. Des conseils sur les endroits où aller et sur les meilleurs restos où manger, quoi !

J'étais un peu embarrassée, mais heureusement, Marc a rapidement changé de sujet. Il est entré dans d'ennuyeux détails sur le mandat de Michaël et lui a annoncé qu'il commencerait dès le lendemain.

À moi donc la tâche de trouver un appartement convenable à un prix abordable dans une ville qui m'était entièrement inconnue. Je ne savais pas réellement par où commencer, mais j'étais débrouillarde. J'avais été journaliste pendant trois ans après tout, je savais comment chercher de l'information. Et je préférais mille fois me dépêtrer seule plutôt que demander conseil à la désagréable réceptionniste.

Avec la naïveté d'une petite fille, je m'étais donc lancée tête première dans cette quête. J'avais rapidement analysé les deux options qui s'offraient à moi : passer par une agence à laquelle nous devions remettre l'équivalent de deux mois de loyer en guise de frais ou faire la recherche moi-même sur un site pour les particuliers.

Devant notre budget limité, le choix était facile à faire.

J'ai donc entré mes critères dans le moteur de recherche :

- Appartement
- Minimum de deux pièces
- Situé dans le centre de Paris
- 50 m^2 minimum
- Balcon, terrasse
- Meublé
- Ascenseur
- Prix maximum : 800 euros

La base, quoi !

Après que ma recherche n'eut donné aucun résultat, j'ai abaissé légèrement mes critères. Bon, nous n'avions peut-être pas besoin d'un balcon finalement... ni d'ascenseur.

Puis j'ai décidé que les deux pièces étaient superflues, nous pouvions très bien nous accommoder d'un studio. Et j'ai revu le budget à la hausse. J'ai donc trouvé plusieurs annonces.

Toutefois, je n'aurais jamais cru que l'épreuve la plus ardue serait celle de les déchiffrer.

Studio 20 m² dans immeuble haussmannien, meublé, lave-linge séchant, clic-clac, w.c. séparés, dressing, cave, digicode, gardien, sans vis-à-vis. 1500 euros c.c., dossier complet et caution demandée.

Du calme.

J'ai pris une grande respiration et j'ai effectué un petit calcul rapide qui m'a permis de constater que vingt mètres carrés équivalaient à peu près à la superficie de la chambre à coucher que nous occupions dans l'appartement que nous avions à Québec.

Et on demandait mille cinq cents euros pour cela ? Le proprio était-il tombé sur la tête ?

J'étais déjà K.-O. J'ai abdiqué et je suis descendue à la réception de l'hôtel avec quelques notes, question de me faire expliquer la base du vocabulaire de la location d'appartements.

J'étais soulagée de constater que la lionne était partie manger et qu'elle avait cédé sa place à Saïd, le gentil réceptionniste qui occupait généralement les heures de nuit. La veille, il m'avait expliqué qu'il avait émigré d'Algérie sept ans plus tôt pour venir s'installer en France. Pour la première fois depuis que j'étais arrivée, j'avais ressenti de l'empathie dans un regard. Nous étions tous les deux des étrangers, loin de notre terre natale.

— Saïd, je cherche un appartement, tu peux m'aider ?

— Aïe, aïe, aïe ! Et tu t'y prends toute seule ? Les bons logements sont difficiles à trouver, tu sais, m'a-t-il dit avec cet accent charmant.

Devant ma mine déconcertée, il a ajouté :

— Laisse-moi voir.

Grâce à ses longues et détaillées explications parsemées d'anecdotes presque improbables, j'ai compris qu'un immeuble haussmannien faisait tout simplement référence au baron Haussmann qui avait effectué un vaste plan de rénovation de la ville au 19e siècle. Un lave-linge séchant était, tel que je l'avais imaginé, une « laveuse » comme nous le disons si bien au Québec, mais au lieu de gruger de l'espace si précieux avec deux appareils distincts, le même appareil servait à laver et sécher les vêtements. Ingénieux !

Un clic-clac était un divan-lit, un dressing était une garde-robe, une cave n'était pas une cave à vins comme je l'avais imaginé bêtement un instant, mais bien un espace de rangement au sous-sol. Un digicode était une plaque sur laquelle on devait entrer un code composé de lettres et de chiffres pour entrer dans l'immeuble. Le gardien n'était pas une personne qui s'occupait des enfants, mais bien un employé chargé de la relation avec les locataires et qui, principalement, recevait et triait le courrier. « Sans vis-à-vis » signifiait qu'avec de la chance, la fenêtre de l'appartement ne donnait pas sur l'intérieur d'un autre studio.

J'avais bien sûr reconnu le mot W. C., mais l'insupportable réceptionniste, revenue de son « déjeuner », s'est immiscée dans la conversation et m'a expliqué avec rudesse qu'il était tout à fait normal que les toilettes soient dans une pièce séparée de la salle de bain. C. C. ne voulait pas dire « copie conforme », mais « charges comprises », soit les frais d'entretien de l'immeuble.

La caution était un montant à remettre en garantie à la location et qui, « normalement » selon Saïd, nous était remise à notre départ.

Puis la lionne m'a assuré que mille cinq cents euros était le montant auquel je devais m'attendre à payer si je continuais de m'obstiner à chercher dans le centre de Paris.

— C'est bien, Boulogne. Pourquoi vous ne prenez pas un appartement dans le quartier ? a-t-elle suggéré.

« Pour être le plus loin possible de toi ! » ai-je pensé tout bas.

— Et votre dossier, c'est tout ce qui prouve que vous êtes en mesure de payer le loyer, a-t-elle conclu pour se débarrasser et clore définitivement la discussion.

Un dossier ? Pour un appartement ? Je me souvenais que j'avais signé mon premier bail sur le coin d'une table. On était loin de là…

Ouf ! Je suis partie furtivement.

J'avais décidé de laisser tomber les recherches pour l'instant. J'avais ce foutu dossier à monter qui me donnait mal à la tête. Assise sur le lit de la chambre d'hôtel défraîchie, je me sentais bien seule. Je savais que je devais me donner le temps, que les débuts allaient être difficiles, mais j'avais hâte de trouver un peu de stabilité. Et j'étais impatiente que l'aventure commence pour vrai ! Je n'avais pas fait plus de cinq mille kilomètres pour rester cloîtrée dans une chambre d'hôtel démodée.

J'ai regardé ma montre, il était 14 heures 20. J'avais pris l'habitude, chaque fois que je la consultais, de reculer de six heures en m'imaginant ce que faisaient ma famille et Audrey. Il était donc 8 heures 20 à Québec. Ma sœur devait déjà être à son bureau depuis au moins deux heures, Nathan devait s'amuser à la garderie, Audrey devait encore roupiller et maman devait s'apprêter à partir au travail. Elle est agente d'assurances. C'est peut-être de là aussi que vient son côté inquiet. Elle passe ses journées à entendre des histoires d'accidents, d'incendies et de vols. Pauvre maman !

J'ai décidé de la « skyper » quelques minutes. Je lui avais envoyé des courriels à notre arrivée pour la rassurer, mais je ne lui avais pas encore parlé de vive voix depuis notre départ du St-Hubert où j'avais, bien entendu, vu les larmes couler sur ses joues par les fenêtres de la voiture de papa.

Pendant que la sonnerie de Skype se faisait entendre, une petite icône affichait une photo de maman prise au dernier anniversaire de Nathan. Ils rigolaient, tous les deux, un chapeau de fête coiffant leurs têtes. Je m'ennuyais de Nathan, mais il était difficile de trouver un moment pour l'appeler et je ne savais pas si Luc avait tenu ses promesses et lui avait acheté un ordinateur.

La caméra s'est allumée, dévoilant le papier peint du salon de la maison où j'avais grandi.

— Maman, déplace ton écran, il faut que tu sois devant !

Ma mère et la technologie font deux.

— Cynthia !

Elle affichait un sourire si grand, presque comme ceux des mères qui retrouvent leurs enfants à l'émission de Claire Lamarche. On aurait cru qu'elle avait réellement pensé ne plus jamais me revoir.

Elle était énervée et parlait très rapidement.

— Pis le vol ? La nourriture ? Ton hôtel ? Il n'y a pas trop d'itinérants dans la rue ? T'es-tu fait accoster ? Michaël, son travail ?

— Maman, maman, calme-toi, tout va bien.

— Désolée, ma chouette, je suis tellement contente de te parler. Tout le monde au bureau me demande de tes nouvelles !

— Ça va, on a réussi à prendre le dessus sur le décalage horaire, il faut juste que je me mette sérieusement à la recherche d'un appartement.

— Toute seule ?

Il y avait une pointe d'effroi dans son ton, comme si elle croyait que c'était la chose la plus dangereuse qui soit.

— Ben oui, Michaël travaille le jour.

— Tu vas aller te promener toute seule dans les rues ? a-t-elle répété comme si c'était une abomination. J'aime pas ça.

— Maman...

En raccrochant avec ma mère, qui me paraissait bien loin d'ici, je me suis dit que je devrais espacer le plus possible nos conversations si je ne voulais pas avoir le sentiment de courir un grave danger chaque fois que je mettrais le nez dehors. Il y avait des centaines de milliers de personnes qui habitaient la ville et beaucoup d'entre elles survivaient chaque jour.

J'avais donc décidé d'aller faire une petite balade et d'explorer les environs. Nous n'avions pas encore réellement mis le pied à Paris et je ne tenais plus en place. J'avais hâte de faire ma première incursion dans ma ville d'adoption. Je ne pouvais toutefois pas me plaindre de Boulogne-Billancourt qui était une banlieue assez grande, à mon sens. Il y avait des boutiques, des restaurants et des cafés à profusion. J'adorais m'y promener et jeter un coup d'œil aux vitrines. C'était plus agréable que de marcher dans le quartier résidentiel où on habitait à Québec et où tout ce qu'il y avait à voir, c'était des maisons, des tours de logements et un parc.

Une petite boulangerie tout près de l'hôtel me faisait de l'œil. Je n'avais pas encore osé m'aventurer à plus d'un kilomètre de l'hôtel et je m'assurais toujours de pouvoir le distinguer de loin. Je ne voulais absolument pas me perdre ! Je suis allée m'y chercher une délicieuse tartelette à la fraise pour me réconforter un peu.

Bon, ça n'avait pas été aussi simple. Bien entendu, j'étais restée devant le comptoir une bonne dizaine de minutes, béate, me demandant quel serait le meilleur choix possible. Les croissants ? Un classique ! Oui, mais les macarons à la pistache me semblaient divins. Cependant, ils étaient peut-être là depuis un certain temps. Les madeleines m'ont un moment tentée — ça goûte quoi, une madeleine ? Je n'en avais aucune idée.

Finalement, devant le regard impatient de la boulangère, j'ai fermé les yeux et pointé mon index au hasard. C'est comme ça que j'ai choisi une jolie tartelette à la fraise. Elle était savoureuse oui, mais j'étais un brin déçue de ne pas goûter à quelque chose de nouveau.

J'ai englouti ce délice, assise sur un banc d'où j'ai pu observer les passants pressés. J'étais stupéfaite de constater que la vie est totalement différente quand on a du temps devant soi. Je regardais les gens passer, tourmentés par leurs mille occupations, et je me suis trouvée chanceuse, moi qui pouvais déguster tranquillement une douceur sucrée pendant que le monde courait après le temps.

Je suis rentrée à l'hôtel, motivée à dégotter l'appartement du siècle. Je me sentais invincible. J'ai toutefois pris soin de ne pas croiser le regard de la lionne afin qu'elle ne mine pas toute la confiance qui s'était imprégnée en moi.

Plusieurs coups de téléphone et maux de tête plus tard, j'ai réussi à obtenir quelques rendez-vous. Je devais me rendre au premier appartement, le lendemain matin, mon « dossier » en main.

J'allais enfin voir Paris.

Michaël, lui, y allait déjà depuis quelques jours puisque son client était établi dans le huitième arrondissement, sur une rue parallèle aux Champs-Élysées. C'était le siège social d'une grande société bancaire française qui devait revoir tout son système transactionnel en ligne et c'était « complètement tout croche » aux dires de mon homme. De grands défis l'attendaient. Sociable comme il était, il s'était déjà fait un tas d'amis français qui étaient tous tombés sous le charme de son accent et bien sûr de sa personnalité vivifiante.

J'ai donc pris le métro avec lui ce matin-là.

Sans étonnement, il était déjà familier avec le système de transport et il me guidait dans la station avec facilité. Pour un garçon qui avait été élevé dans la campagne portneuvienne, il était très impressionnant. Il semblait comme un poisson dans l'eau. Il m'a remis une liasse de tickets et, en moins de deux, nous étions dans un wagon de la ligne 9.

Je regardais autour de moi. Tout le monde était entassé comme des sardines. Un banc s'est libéré et Michaël me l'a offert tout de suite. Il prenait, de toute évidence, les menaces de ma mère très au sérieux.

— T'es fin, mon amour.

La fille à côté de moi s'est retournée et m'a fait un sourire, amusée. Chaque fois que j'ouvrais la bouche, je sentais que des oreilles sursautaient en entendant mon accent de Québécoise.

La ligne 9 menait mon homme directement à son travail. Moi, je devais prendre une autre ligne pour me rendre à l'appartement qui était situé dans le 2e arrondissement de Paris. L'homme au téléphone m'avait assuré que le logement était superbe. J'avais regardé sur Google Maps et je m'étais rendu compte qu'un petit café était établi au rez-de-chaussée de l'immeuble. Mon rêve semblait tangible. J'étais convaincue que nous aurions cet appartement, si les allégations du propriétaire étaient vraies. Je me voyais déjà arriver le soir même à l'hôtel, glorieuse, annonçant à Michaël qu'on déménageait dans un sublime studio parisien, situé dans un quartier branché. Je croyais que c'était gagné d'avance.

— C'est ici que tu dois descendre. Prends la ligne 1, c'est la jaune. Après, ta station c'est Châtelet. De là, tu pourras marcher. Tiens, prends le plan.

J'étais un peu gênée d'entendre mon amoureux me « paterner » de la sorte dans le métro bondé. J'avais envie d'être une vraie Parisienne et non pas une touriste perdue.

— Ça va, ça va, je suis correcte !

Je suis descendue en plantant un bec sur le visage narquois de Michaël. Me connaissant mieux que quiconque, il savait qu'il devait me laisser aller et ne pas répliquer.

J'ai suivi les indications et j'ai pris la ligne 1 qui me menait à la station convoitée. Bon, d'accord ! Je me suis d'abord trompée de direction, je suis descendue à la station suivante et j'ai repris la ligne dans le sens opposé. Vous êtes contents ?

À cause de ce petit accroc, mais aussi de ma difficulté à m'orienter dans la ville, tout cela en tâchant de déchiffrer mon écriture brouillonne, je suis arrivée avec quelques minutes de retard.

Je tentais de me souvenir du code que m'avait donné le propriétaire. Trois essais plus tard, j'ai réussi à entrer dans la cour intérieure.

C'était bien, mais pas aussi beau que je l'avais imaginé. Il y avait des bacs de fleurs mal entretenus et il régnait une désagréable odeur d'humidité.

Je devais maintenant trouver le bon appartement en me remémorant les indications qu'on m'avait fournies au téléphone :

— Deuxième cour intérieure, première porte de gauche, escalier de droite, troisième étage, premier couloir, quatrième porte de gauche.

Aussi simple que ça.

J'ai alors songé au casse-tête perpétuel que devaient vivre tous les livreurs de pizza de la capitale. Il existait pourtant un système très simple qui consistait à afficher un numéro d'appartement distinct sur chacune des portes. Mais à quoi bon faire simple quand on peut faire compliqué dans l'hexagone ?

J'ai finalement frappé au bon appartement.

Un gros monsieur moustachu m'a ouvert.

— Désolé, mais vous êtes en retard. L'appartement est déjà loué.

Quoi ? J'ai regardé ma montre. J'avais à peine dix minutes de retard. J'ai étiré le cou ; un couple se trouvait dans l'appartement. Le logement avait l'air bien, mais « superbe » ne serait pas le qualificatif que j'aurais employé pour le décrire. La peinture sur les murs paraissait défraîchie, les meubles étaient totalement dépareillés et les rideaux arboraient un affreux motif tout droit sorti des années 1950.

Il a refermé la porte, sans avoir l'air désolé une miette.

* * *

Pendant que Michaël bossait et s'efforçait de s'adapter à la hiérarchie française du monde du travail, je parcourais la ville à la recherche de l'endroit où nous passerions la prochaine année. J'avais pu avoir un avant-goût de Paris entre deux rendez-vous. Il ne m'avait suffi que d'une courte incursion au cœur des vieux quartiers pour constater la richesse et la beauté qui ravissaient mes yeux.

La bouche grande ouverte, les yeux gros comme des trente sous, je regardais avec admiration tout ce que le paysage parisien avait à m'offrir. Ce qui se déployait devant moi n'était pas très loin de ce que mon cerveau avait imaginé : de grands bâtiments travaillés avec un déroutant souci du détail et de majestueuses églises arborant de fières gargouilles défenderesses. L'architecture grandiose des immeubles, les gigantesques monuments prestigieux, les statues glorieuses, les fontaines spectaculaires… Une chose était certaine, Paris était tout à fait à la hauteur de sa réputation : magnifique !

J'avais également apprécié les boulangeries à tous les coins de rue, les terrasses à profusion et le nombre incalculable de boutiques. Dans les parcs charmants, j'avais reposé mes pieds endoloris. Les pauvres étaient peu habitués à marcher autant, leur principal trajet se résumant de la porte d'entrée de mon ancien immeuble à logements jusqu'à ma voiture.

À Paris, je me sentais libre. Pas de voiture à stationner, juste un ticket de métro à sortir. À nous les déplacements aisés ! La ville commençait à opérer son charme sur moi et mes craintes de m'être trompée se dissipaient peu à peu.

Nous avions rencontré Laurence et Mathieu, deux Montréalais qui, comme nous, tentaient l'expérience parisienne. Mathieu travaillait au même endroit que Michaël et il était aussi employé par la même société. Lui et sa copine étaient arrivés depuis un peu plus de trois mois et ils avaient déjà commencé à être contaminés par l'accent français. Ils étaient sympas et avaient partagé quelques trucs avec nous :

— Pour les logements, tenez-vous-en aux arrondissements 1 à 8, nous a prévenus Mathieu entre deux gorgées d'une 1664 partagée à la terrasse voisine de leur immeuble.

Ils avaient eu la chance de dénicher un superbe appartement dans le 6e arrondissement, avoisinant les splendides

Jardins du Luxembourg dans lesquels j'avais déjà eu le temps de me perdre. J'étais un peu jalouse.

Laurence paraissait déjà bien à l'aise dans la vie parisienne, alors que moi, j'étais encore maladroite. Je me réconfortais en me disant que dans trois mois, je paraîtrais sans doute aussi décontractée qu'elle. Je n'avais pas très bien compris ce qu'elle faisait, mais elle avait un emploi qui lui permettait de travailler de la maison, donc qu'elle soit à Paris ou à Montréal, cela importait peu. Elle avait suivi son homme, elle aussi.

Ils s'étaient rencontrés lors d'une manifestation pour la lutte contre la cruauté animale alors qu'ils étaient au cégep. Laurence avait participé à un peu de casse et s'était fait embarquer par les policiers. Mathieu, qui était plutôt sage, ne faisait qu'accompagner une amie. Il avait alors fracassé une fenêtre pour se voir lui aussi emmener au poste avec sa dulcinée qu'il venait à peine de connaître. Une rencontre pour le moins impressionnante! Mais à les entendre parler, ils avaient déjà tout vu de Paris et en étaient presque lassés.

Dans les jours qui ont suivi, je me suis rendue dans différents quartiers de Paris, quelques-uns franchement luxueux, d'autres un peu douteux. J'ai alors compris pourquoi je retrouvais «porte blindée, serrures en trois points» dans la description de certains appartements. Je me suis fait le serment de les éviter. J'ai aussi pris les conseils de mes nouveaux copains très au sérieux, prétextant que trois mois d'expérience dans la Ville Lumière faisaient d'eux des experts en matière de vie parisienne.

J'ai visité toutes sortes d'appartements: une studette avec à peine de la place pour respirer; un appartement où la douche était à même la cuisine — adieu l'intimité!; un studio de vingt-sept mètres carrés qui avait une vue incroyable, mais qui, à l'intérieur, faisait franchement peur; un magnifique appartement deux pièces, mais au septième étage et sans ascenseur — je m'imaginais oublier mon portefeuille et m'en rendre compte uniquement au rez-de-chaussée ou encore monter les sacs d'épicerie à bout de souffle. Ce n'était pas pour moi !

J'ai également visité un studio pas si mal, mais j'ignorais que « lit en mezzanine » signifiait qu'à peine six pouces d'espace étaient alloués entre le matelas et le plafond — impensable d'habiter cet endroit pour quiconque comme moi souffre de claustrophobie. Le pire d'entre tous a été ce logement dont l'annonce indiquait « repeint ». Comment aurai-je pu prévoir qu'il était possible de peindre par-dessus de la moisissure grimpante ?

Pourtant, tous les propriétaires n'avaient qu'une seule phrase en bouche à la fin de la visite :

— Si vous le voulez, il faut faire vite, car j'ai beaucoup d'autres visiteurs.

Incroyable ! Je n'aurais jamais fait dormir l'une de mes connaissances — même pas Nadine ! — dans ces trous à rats. Ils avaient beau être idéalement situés, le charme de leur quartier n'arrivait pas à l'emporter sur leur intérieur désuet.

Donc, lorsque je suis tombée sur la perle rare, je n'ai pas hésité. C'était un joli studio situé au rez-de-chaussée et refait complètement à neuf. En plus, il était situé dans le 8e arrondissement, à deux pas des Champs-Élysées et du travail de Michaël. Il y avait pire !

Toutefois, avant d'y entrer, il nous fallait sortir les bidous ! Nous devions d'abord remettre une caution qui équivalait à un mois de loyer.

— Nous vous rendrons cet argent à votre départ. Si l'appartement est en bon état bien sûr, m'a expliqué le propriétaire.

Ouch ! Nous devions payer la caution et nous acquitter du premier mois de loyer en même temps. Cela nous faisait une jolie petite somme. En plus, détail qu'on ne nous avait pas mentionné avant notre départ, les salaires sont versés au mois en France. Nous étions donc loin de reprendre l'aisance financière à laquelle nous étions habitués à Québec.

Ainsi, je devais me restreindre un peu et cesser de me laisser tenter par toutes les gâteries joliment étalées dans les boulangeries et pâtisseries qui foisonnaient dans la ville. Bon Dieu que c'était difficile! Heureusement, nous avions vendu nos voitures avant de partir. Nous avions donc de quoi payer la caution, les charges et le loyer.

Deux semaines plus tard, nous quittions enfin l'hôtel Crystal. Dans le taxi nous menant à notre minuscule appartement, j'ai donné l'adresse à notre chauffeur qui m'a répondu en mettant la voiture en marche:

— Vous déménagez dans le 8e arrondissement? Quelle drôle d'idée! Ce n'est pas un endroit pour des jeunes comme vous!

Décidément, les chauffeurs de taxi parisiens avaient une opinion sur tout et ils ne se gênaient pas pour la partager.

J'ai regardé mon amoureux, les sourcils relevés. Avant même que je prononce quoi que ce soit, il m'a glissé:

— Oui, on a bien fait! en caressant doucement ma cuisse.

Son réconfort était inutile. Cette fois, je savais pertinemment que nous avions bien fait.

Chapitre 4

WiFi-toi !

— Vous devrez attendre au minimum trois semaines, madame. Madame ? Vous êtes là ?

Ça y est, j'allais m'évanouir. Comment allais-je pouvoir tenir trois semaines sans connexion Internet ?

Moi qui avais promis à Nathan de le « skyper » dès que j'allais être installée afin qu'il puisse voir à quoi ressemblait un appartement en « Fanrce », comme il le disait si mignonnement.

Pas de panique ! Pas de PANIQUE ! Je devais rester zen.

En m'établissant ailleurs, je savais bien que j'aurais quelques concessions à faire, mais… TROIS SEMAINES !

Nous venions d'emménager dans le studio et je commençais à m'habituer aux va-et-vient continuels, aux bruits de la circulation et à l'agitation incessante dans la charmante cour intérieure. J'aimais l'appartement. Il avait été réellement, entièrement rénové et équipé d'électroménagers et de meubles neufs. Je ne pouvais pas demander mieux, mais je n'avais pas pensé, dans ma mentalité de banlieusarde, qu'un rez-de-chaussée pouvait être si bruyant.

Pendant que Michaël travaillait, je m'étais occupée de placer toutes nos possessions dans la grande penderie. Je n'avais pas pu apporter beaucoup de choses, me contentant de mes vêtements préférés pour les quatre saisons, de mes livres favoris, de carnets de notes et bien sûr de mon ordinateur portable.

— Il y a des magasins à Paris, Cynthia! m'avait dit Michaël alors que je tentais en vain de fermer ma valise la veille du départ.

Bien que l'annonce stipulait que l'appartement était « tout équipé », il manquait bien entendu quelques éléments que je jugeais essentiels. J'avais demandé à Laurence, que nous avions revue à quelques reprises, à quel endroit je devais me rendre pour acheter des articles de cuisine et autres babioles pour enjoliver un peu le décor qui manquait de personnalité.

— Tu vas tout trouver dans un grand magasin du Marais.
— Du Marais?

J'ai un instant imaginé un endroit couvert d'eau stagnante et remplie de végétation hirsute. Aurais-je besoin de bottes en caoutchouc pour aller magasiner?

— C'est un quartier de la rive droite de la Seine. Je peux y aller avec toi demain si tu veux.

J'avais de la difficulté à accepter la position dans laquelle je me trouvais : ne rien comprendre la moitié du temps à ce que les gens racontaient. Moi qui avais toujours été considérée comme une « bolée » à l'école…

J'avais accepté son offre. Un peu de compagnie me ferait le plus grand bien.

Le « grand magasin » en question était absolument énorme et je me sentais minuscule face à l'immensité de ses rayons. J'éprouvais ce sentiment depuis le début de notre aventure; tout était plus grand que moi, je me sentais comme une petite souris qui court pour ne pas se faire écraser sous un pas de géant. En même temps, j'étais excitée, car j'avais toujours aimé magasiner. C'était une activité que je partageais avec Audrey depuis longtemps. Elle savait toujours dénicher les trucs les plus originaux! Laurence, elle, ne semblait pas éprouver mon enthousiasme, mais elle m'a tout de même accompagnée dans les différents rayons.

Le magasin faisait sept étages. Chacun d'entre eux était dédié à un secteur particulier: livres, décor, cuisine, quincaillerie, etc. Je m'étais dirigée vers un de mes dadas, le coin-cuisine. J'avais un grand besoin de cuisiner puisque, depuis notre arrivée, nous avions mangé uniquement dans les restaurants. À l'exception d'une seule fois où Laurence et Mathieu nous avaient invités à partager un repas chez eux.

Leur appartement n'était pas plus grand que le nôtre et après avoir tout essayé pour faire tenir quatre assiettes et un panier de pain sur la table, nous avions décidé de nous installer au sol, buvant notre vin dans des verres en plastique. Cette soirée, qui aurait pu paraître complètement ratée à Québec, a toutefois été merveilleusement réjouissante. Nous saisissions l'instant tout simplement, sans nous soucier des conventions. Avec peu, il était possible de faire beaucoup. Je m'en rendais bien compte.

Toutefois, selon moi, il y avait des indispensables qui devaient se retrouver dans une cuisine, à commencer par un grand wok pour faire des sautés asiatiques dont Michaël et moi raffolions. La cuisinière ne comptait que deux ronds, il fallait donc penser à des plats qui se préparaient sans trop de chichi. Une cuillère en bois, un zesteur et une planche à découper allaient amplement suffire pour que je puisse enfin concocter de délicieux petits plats.

Nous avons ensuite fait un saut dans la section déco où j'ai acheté des rideaux, un tapis pour la salle de bain et des serviettes. Moi qui avais décoré sobrement notre appartement de Québec, voulant m'assurer que les articles que je nous procurais demeurent le plus longtemps possible au goût du jour, j'avais envie ici au contraire d'un environnement éclaté. J'ai donc tout choisi en jaune soleil! Voilà qui égayerait mes journées. Laurence a paru étonnée par mon choix, mais elle n'a pas fait de commentaires.

Sur le chemin du retour, elle m'a semblé plus communicative.

— Hey, t'en fais pas. Je sais que tu te sens perdue, mais ça va passer. Dans un an, vous allez retourner d'où vous venez. Ça passe vite, profites-en!
— Merci.

Laurence n'était pas le genre de personne avec qui j'aurais naturellement développé une amitié au Québec, mais dans le contexte, je savais qu'elle serait une alliée de choix.

À la suite de cette sortie, nous avions convenu de nous revoir régulièrement. Ni elle ni moi n'avions la chance de nous créer un réseau social comme nos amoureux. Il y avait plein d'endroits qu'elle souhaitait me faire découvrir et je ne me plaignais pas d'avoir une guide touristique personnelle. Je comprenais que ça lui faisait du bien à elle aussi de sortir, puisque travailler entre les quatre murs d'un minuscule appartement n'est pas aussi idéal que cela peut paraître.

J'ai profité des jours qui ont suivi pour décorer l'appartement, mais aussi pour faire la «job plate» de contacter *EDF* pour l'électricité et *FREE* pour le téléphone et la connexion Internet. La prochaine étape dans mon «plan», après l'appartement, était de me chercher un emploi. Le salaire de mon copain était intéressant, mais il n'était pas suffisant si nous voulions nous éclater un peu et ne pas rester enfermés à manger de la soupe en canne jour après jour pendant un an.

Voilà pourquoi j'étais pressée d'avoir ma connexion Internet, en plus de vouloir partager les photos de mon appart avec mes amis Facebook. Trois semaines, quand on est à l'autre bout du monde, c'est long. Mais le monsieur m'avait assurée que c'était la procédure, il n'y pouvait rien, lui !

Je devais me ressaisir ; Internet ne devait pas être si difficile que ça à trouver dans une ville comme Paris. Allons ! Pourquoi m'affoler ?

Dans l'urgence du moment, je suis sortie dans les rues achalandées, ne sachant pas réellement où aller. J'ai marché un peu, encore étourdie par l'agitation autour de moi. Je savais que j'avais toujours l'air d'une touriste, puisque je ne pouvais m'empêcher de continuellement regarder autour de moi chaque fois que je me promenais dans la ville. Au moins, je n'étais pas affublée d'un appareil photo au cou et d'une carte touristique à la main. Quoique... j'en gardais toujours une au fond de ma poche pour éviter de me perdre.

J'avais quand même pu apprendre quelques petits trucs pour savoir où j'étais. Il suffisait de regarder sur les jolies petites affiches bleues qui indiquaient le nom des rues. On y trouvait le numéro de l'arrondissement.

J'étais dans le 9e quand j'ai aperçu une enseigne lumineuse indiquant Café Internet. Je me suis donc installée dans cet étroit « café », qui consistait plutôt en une série de trois ordinateurs dans un coin, séparés par des demi-paravents. Dans ce petit local, qui était à peu près grand comme une chambre d'enfant, on avait aussi entassé quatre isoloirs avec des téléphones pour faire des appels interurbains. Je pouvais donc distinctement entendre simultanément une conversation en allemand, une en ce qui me semblait être de l'espagnol et l'autre en italien. Pour la concentration, j'allais devoir repasser !

Je me suis installée et j'ai ouvert ma boîte de courriels.

Quarante-deux nouveaux messages !

Les quinze premiers provenaient évidemment de ma mère qui s'inquiétait. Elle n'avait pas eu de nouvelles depuis notre déménagement et avait entendu parler d'un terrible accident impliquant un taxi à Paris. Elle avait même allumé un cierge à l'église de la paroisse, priant pour que nous n'ayons pas été victimes de cette tragédie.

Outre les *spams,* les deux publicités pour faire grossir une partie de l'anatomie dont je ne disposais pas et un courriel qui m'annonçait que j'étais l'heureuse héritière de la fortune d'une grand-tante qui vivait en Côte d'Ivoire, j'avais un message d'Audrey et un autre de ma grande sœur.

Audrey me racontait un peu les aléas de son quotidien : le trafic qui l'emmerdait et le souper de fête de Tom, un de nos amis, auquel elle avait participé le week-end précédent. J'ai eu un petit pincement à l'idée de tous les moments que j'allais rater. Pendant une année, je ne ferais pas partie de la gang. Je me demandais en même temps si les choses allaient changer tant que ça.

Ma sœur m'annonçait qu'elle venait de perdre une grosse affaire. Ce n'était jamais bon pour son cabinet et ça signifiait généralement qu'elle allait devoir faire encore plus d'heures pour compenser la perte de son contrat. J'étais souvent celle qui s'occupait de Nathan quand ce genre de situation arrivait. Nous regardions des films, nous lisions des livres illustrés et je lui apprenais les bases de la cuisine. Je faisais tout mon possible pour qu'il oublie un peu que, oui, sa mère le négligeait. Elle disait s'ennuyer de moi et me suppliait de répondre à notre mère qui la harcelait et qui ne dormait plus depuis la journée de notre déménagement.

Je devais rapidement mettre un frein à l'imagination débordante de ma mère qui devait déjà avoir inventé mille et un scénarios improbables se terminant tous par une image de moi, dérivant au fond de la Seine.

J'ai commencé à taper le début de mon courriel :
Sqkut lqlqm

Que se passait-il ? Cela faisait pourtant bien longtemps que je connaissais mon doigté par cœur. J'ai alors regardé plus attentivement mon clavier pour m'apercevoir que les lettres n'étaient pas du tout dans le bon ordre. Était-ce une plaisanterie ? Étais-je malencontreusement tombée sur un clavier brisé ?

J'ai discrètement passé la tête au-dessus de l'isoloir de droite pour constater avec consternation que les lettres étaient disposées de la même façon sur le clavier voisin.

Je n'avais pas le choix, je devais faire avec.

Une demi-heure plus tard, j'avais réussi de peine et de misère à écrire trois lignes en tapant une lettre à la fois comme une attardée. Totalement exténuée, j'ai décidé de mettre ma sœur et Audrey en copie du message envoyé à ma mère.

Lorsque Michaël est rentré ce soir-là, il m'a expliqué, après avoir été saisi d'un fou rire de plusieurs minutes, que j'avais tout simplement fait connaissance avec le clavier AZERTY. Le clavier français. Ah ! Je ne savais pas qu'on avait des claviers différents. Lui, évidemment, le savait. Il m'a alors conseillé d'apporter mon portable dans un café, ce qui, à bien y penser, était une solution beaucoup plus logique.

Le lendemain, j'ai déposé mon ordinateur portable dans mon sac en bandoulière et je me suis résignée à me rendre dans une grande chaîne de cafés. Je n'aimais pas particulièrement ces endroits puisqu'ils étaient toujours bondés et habituellement remplis de gens qui vous scrutent. Quel cauchemar ! Lorsque j'ai finalement réussi à commander un énorme café qui coûtait, ma foi, trois fois le prix d'un bon café Tim Hortons de chez nous, je me suis dirigée vers les fauteuils qui étaient, bien évidemment, tous occupés. Au bout de dix minutes à poireauter comme une dinde et après m'être fait voler deux fois un siège que je convoitais, j'ai enfin réussi à me glisser entre deux Parisiens sur un sofa violet.

J'ai ouvert mon ordinateur, un peu intimidée par mes voisins qui étaient trop près à mon goût. Celui de gauche, qui me paraissait un éternel étudiant, écrivait frénétiquement une dissertation sur l'avenir de l'économie française. À ma droite, une femme d'un âge mûr que j'imaginais une enseignante corrigeait un manuscrit. Si j'étais capable de lire leur écran d'ordinateur, ils allaient sans doute en faire de même avec le mien.

L'ordinateur s'est finalement ouvert et inévitablement, j'avais oublié de baisser le son au préalable. J'ai esquissé un petit sourire poli à mes voisins, tandis que tous les autres clients se tournaient vers moi en entendant la joyeuse mélodie d'accueil de Windows. Une fois cette gêne passagère dissipée, j'ai constaté que j'avais oublié de recharger la batterie avant de partir. La petite icône affichait un niveau critique. Je devais en avoir tout au plus pour quinze minutes. Génial !

J'ai scruté les environs à la recherche d'une potentielle source d'électricité pour brancher mon portable avant de constater que, bien sûr, les deux seules qui existaient étaient déjà occupées.

Tenant maladroitement mon portable sur mes genoux, j'ai essayé d'établir la connexion pour me rendre compte, au bout de dix minutes, que rien ne fonctionnait.

Je suis donc repartie bredouille, avec mon café imbuvable, parce que, comble de malheur, il n'y avait plus de lait.

J'étais tellement frustrée que les larmes semblaient vouloir glisser sur mes joues. Je n'avais pas envie d'entrer dans un autre café et je me sentais résolument seule. C'est donc avec vigueur que j'ai décroché le combiné d'une cabine téléphonique. Oui, ça existe encore ! J'ai composé le numéro de téléphone à dix chiffres de Michaël, griffonné sur un bout de papier que je traînais dans le fond de ma poche à chacune de mes sorties.

Dès qu'il a décroché, je lui ai lancé, à bout de nerfs :

— Soit on pirate le réseau de quelqu'un, soit je prends un billet aller simple pour Québec !

— On va trouver une solution, m'a-t-il assuré avec son calme légendaire.

Évidemment, la situation le touchait moins puisqu'il avait accès à Internet toute la journée et qu'il pouvait ainsi donner des nouvelles à ses parents, quoiqu'ils étaient loin d'être de nature aussi anxieuse que ma mère. Les parents de Michaël étaient tout droit sortis de la génération *peace and love* et ils avaient éduqué leur unique fils dans la liberté et l'autoresponsabilisation. Autrement dit, il n'y avait pas de règles à la maison. On était loin de l'autorité rigide et contrôlante de ma mère !

Mes larmes coulaient et je me rendais compte que d'autres personnes attendaient derrière moi, le regard intrigué. J'ai raccroché rapidement et j'ai décidé que j'avais subi assez d'humiliation pour la journée. J'allais rentrer à l'appartement, où je pourrais, à tout le moins, faire fi de la technologie et me consoler en cuisinant un « déjeuner » digne de ce nom.

J'avais en tête mes toutes simples mais délicieuses pâtes au poulet citronné. Une recette bébé-fafa que j'avais apprise au début de ma vie en appartement, gracieuseté de Ricardo. Il suffisait de faire griller quelques morceaux de poulet et de les déposer sur un lit de spaghettinis *al dente*. On ajoutait une bonne dose de parmesan frais râpé, du persil, de l'huile d'olive et la petite touche qui changeait tout : le zeste d'un citron.

J'étais bien avancée dans ma préparation et le stress commençait à s'évacuer peu à peu. J'ai sorti mon fameux zesteur que j'avais acheté au grand magasin. Il était encore dans l'emballage en plastique. Je l'ai délicatement ouvert et… une minute ! Ce n'était pas du tout un zesteur ! J'ai regardé l'emballage pour vérifier que je n'étais pas folle et quelle surprise de découvrir que je m'étais trompée; j'avais acheté une râpe à truffes.

Merde! Qu'allais-je faire de cet outil? Même si ce champignon me paraissait absolument exquis, je n'avais pas encore eu l'occasion d'y goûter et à en croire le prix exorbitant des produits que j'avais aperçus dans la vitrine de La Maison de la Truffe, ce n'était pas demain la veille que j'allais avoir les moyens de m'en procurer.

J'ai mangé mes pâtes qui me semblaient bien fades sans cette petite touche délicate d'agrume. Je regardais avec mépris la râpe qui traînait sur la table. Comment avais-je pu me tromper? En l'observant attentivement, il était évident qu'elle n'avait rien à voir avec un zesteur. Je devais probablement être en train de placoter avec Laurence quand j'ai choisi l'objet. Je pouvais sans doute le retourner, non? Je me suis dit que c'est ce que j'aurais fait si j'avais été chez moi, au Québec.

Le concept est plutôt simple dans notre province: vous achetez un objet dans un magasin à grande surface et, une fois à la maison, vous vous rendez compte qu'il ne convient pas. Le lendemain, vous retournez au même magasin et allez directement au comptoir Service à la clientèle. Une jeune caissière vous demande simplement: « Ça fait pas? » Vous vous contentez de répondre « non » ou, si le cœur vous en dit, vous expliquez la raison de votre retour. La caissière vérifie brièvement l'état de l'objet et vous rembourse sans problème tout en vous souhaitant une bonne journée. Vous êtes alors enclin à retourner dans ce magasin.

Mais cette façon de faire était évidemment bien trop simple pour Paris…

Comme l'emballage était encore parfaitement intact, j'ai simplement glissé la râpe à l'intérieur. Il ne restait qu'à fixer de nouveau l'étiquette cartonnée à l'aide d'une agrafe et ce serait ni vu ni connu. Bien évidemment, je n'avais pas apporté de « brocheuse » dans mes valises.

54

Je me suis rendue dans le Marais dans l'après-midi. Je devais combler ce goût de citron qui me titillait. Michaël riait souvent de mes rages soudaines et il rigolait chaque fois en s'imaginant quelles seraient mes envies quand j'allais être enceinte. Ma sœur avait hérité du même penchant que moi pour la nourriture et lorsqu'elle était enceinte de Nathan, elle avait eu de nombreuses rages alimentaires. Comme Luc était souvent « occupé », Michaël avait satisfait plus d'une fois les envies de sa belle-sœur en courant lui chercher des aliments inusités aux quatre coins de la ville, allant des cuisses de grenouilles de chez Thomas Tam à la peau de poulet frit Kentucky — pas le poulet, là, juste la peau — en passant par des beignes Krispy Kreme ! Il s'amusait donc à prendre pari sur les envies que j'aurais quand j'allais être dans cette heureuse condition.

Je suis entrée dans le grand magasin et j'ai vu sur le panneau indicateur :

Remboursement-échange — 2ᵉ étage

Je me suis donc rendue au deuxième plancher. J'ai trouvé ladite section et j'ai annoncé en présentant ma râpe :

— Bonjour ! C'est pour un remboursement.

Selon toute attente, la caissière a pris son look « quelle imbécile celle-là » et s'est fait une joie de se débarrasser de moi en m'informant :

— Vous devez aller voir directement un vendeur dans la section où vous avez acheté l'article.

Bien évidemment !
Je suis donc redescendue à la section Cuisine. Pour ne pas courir le risque de me tromper une fois de plus, je suis retour-

née exactement au même endroit où j'avais pris cette maudite râpe! J'ai interpellé un vendeur qui emplissait les étalages:

— Bonjour! C'est pour un remboursement, lui ai-je dit candidement en lui présentant la râpe, quasi identique à celles qu'il était en train de placer.

. — Il faut aller dans la section Accessoires culinaires, au bout complètement à gauche.

Je croyais rêver! M'étais-je transformée en une sorte de patate chaude dont il faut se débarrasser à tout prix? Je me suis rendue dans la section indiquée, j'ai trouvé un commis et je lui ai fait de nouveau ma requête en présentant la râpe. Il a levé les yeux au-dessus de ses lunettes rondes.

— Ce n'est pas dans l'emballage original! a-t-il gueulé avant de retourner à ses occupations.

Voilà.

C'était tout?

Je n'allais pas en rester là. La satanée râpe m'avait quand même coûté trente-deux euros et l'emballage était parfaitement intact.

— Mais monsieur! ai-je imploré comme une gamine.

— Vous ne savez pas lire? a-t-il clamé en pointant l'index vers le panneau affichant la politique de la maison. C'est indiqué: «dans l'emballage O-R-I-G-I-N-A-L», a-t-il ajouté en secouant vigoureusement mon article.

— Il suffit de mettre une agrafe, et c'est tout, ai-je déclaré d'une petite voix.

Aussitôt prononcés, j'ai regretté d'avoir lâché ces mots. Je venais de réveiller la bête...

— Il suffit ? Il suffit ? a-t-il hurlé en m'imitant, faisant sursauter une vieille dame dans le rayon voisin qui hésitait entre différents moules à pâtisserie semblables. Je ne vais pas commencer à faire ça pour tout le monde !

S'en est suivi une longue tirade sur « oh combien de boulot il avait », « il n'avait pas le temps de faire ça pour tous les clients » et « si tout le monde faisait ça, il perdrait un temps fou ».

J'étais complètement bouche bée.

Je me sentais comme une élève prise à tricher, encore une fois. Tout au long de l'engueulade interminable, je regardais le plancher. Pendant qu'il criait, j'ai jeté un coup d'œil furtif en direction de la ceinture à outils qui était accrochée à sa taille. On pouvait clairement y distinguer une agrafeuse. J'ai alors décidé de jouer une carte prudente :

— Je vous comprends, monsieur. Je suis terriblement désolée, je ne recommencerai plus.

Il m'a fixé un moment, furieux. Puis j'ai senti son pouls revenir tranquillement à la normale et la veine qui menaçait d'éclater dans son front a disparu.

Il a vigoureusement retiré l'agrafeuse de sa ceinture et fermé l'emballage avant de signer un papier et de me le tendre abruptement.

Je lui ai souhaité une excellente journée en affichant mon plus beau sourire et en me retenant de ne pas lui faire remarquer tout le temps qu'il avait perdu en argumentant.

Aussitôt mon argent remis, je suis sortie du magasin en me jurant de ne plus jamais y remettre les pieds.

* * *

J'ai choisi de rentrer à pied. J'avais besoin de réfléchir. Depuis le début de l'aventure, c'était loin d'être aussi idyllique que je l'avais supposé. C'est romantique de dire comme ça qu'on part vivre à Paris, mais on ne sait pas vraiment ce qui nous attend à l'autre bout.

J'aimais la ville, elle était belle, gracieuse et envoûtante, mais ses habitants me faisaient sérieusement peur. Ils minaient la confiance encore chambranlante en moi que j'essayais de bâtir du haut de mes minces vingt-cinq années de vie. Je me suis arrêtée devant le Louvre. L'architecture impressionnante, les fenêtres à perte de vue et tout le savoir que cet établissement renfermait lui donnaient du caractère. J'adorais vraiment cet endroit, c'était sans doute l'un de mes préférés à Paris.

Évidemment, je disais ça chaque fois que je découvrais un nouveau coin !

J'aimais beaucoup m'asseoir à l'écart, sur un banc et observer les touristes qui y affluaient. Ils étaient nombreux à se joindre à la file interminable qui se profilait devant la grande pyramide de verre. J'assistais à cette scène, l'œil amusé. J'aimais voir le visage de ceux qui découvraient le Louvre pour la première fois. Dans le regard de certains, je pouvais lire l'émerveillement, alors que d'autres paraissaient totalement blasés. Je me rendais compte qu'il ne faut pas avoir tout vu dans la vie, qu'il est important de toujours contempler des choses comme si c'était la première fois. Sinon, on s'éteint petit à petit.

J'étais aussi amusée, parce que MOI, je connaissais le secret, celui qui fait qu'il n'est pas nécessaire de se taper la longue « queue ». C'était Marc, le patron de Michaël, qui m'avait donné le tuyau. Il suffisait de passer par la Porte des Lions. J'aimais le fait de détenir un secret sur la ville, de devenir peu à peu une complice de cette cité d'adoption.

Je suis restée là un bon moment, lisant à la diagonale un roman d'Isabel Wolff pour faire semblant d'être occupée. J'avais remarqué, à mon grand étonnement, que les Parisiens lisaient tout le temps. J'avais moi-même commencé à éprouver le plaisir de lire dans le métro, jetant un coup d'œil de temps en temps à la fenêtre pour ne pas rater ma station, une crainte qui m'assaillait continuellement.

J'ai ensuite remonté les Jardins des Tuileries tranquillement, faisant soulever le sol poussiéreux sous chaque pas. Des amoureux m'ont dépassée, main dans la main. Ils se baladaient, heureux. Ils paraissaient presque en lune de miel et je me suis soudain ennuyée de Michaël.

Comme j'aurais aimé qu'il puisse passer plus de temps avec moi à arpenter les jardins, les rues, les quartiers inconnus de Paris. Mais il était ici avant tout pour le travail. J'avais dû m'adapter peu à peu à son nouvel horaire. Il commençait à 10 heures le matin et rentrait à l'appartement vers 19 heures. On soupait donc rarement avant 20 heures 30. C'était tout un changement pour moi qui avais été habituée à passer à table à 17 heures tapant.

Arrivée au bout des Jardins, j'ai admiré la place de la Concorde qui pourrait très bien être aussi mon endroit préféré à bien y penser. L'imposant obélisque m'impressionnait et les fontaines jumelles me laissaient pantoise avec leur dorure.

La première fois que j'avais atterri à cet endroit, j'avais poussé un petit cri en reconnaissant les lieux pour les avoir vus à la fin du film *Le diable s'habille en Prada* que j'avais dû regarder mille fois avec Audrey. Nous rêvions alors toutes les deux d'aller nous installer à New York et de nous la jouer *jet set*. Je vivais une partie de notre rêve et j'avais laissé mon amie derrière. Audrey me manquait terriblement.

Mine de rien, j'avais fait une sacrée marche dans les rues inégales de Paris. Mes pieds me le rappelaient puisqu'ils étaient encore en période d'adaptation et me faisaient souffrir sans répit. J'ai regardé ma montre, il était presque 19 heures. Mon estomac me le signalait en laissant entendre sa mélodie gargantuesque. Mes pâtes fades du midi étaient loin et je songeais à la façon dont j'allais apprêter le lapin que j'avais acheté au Monoprix, mon supermarché favori.

Quand j'ai poussé la porte de l'appartement, j'ai été surprise de constater que Michaël y était déjà. Il était installé à la table de cuisine, crayons de couleur et ciseaux étalés devant lui.

— T'as décidé de faire du bricolage ?

— Non, j'ai eu une bonne idée, m'a-t-il annoncé fièrement tout en me tendant une affiche faite à la main où on pouvait lire en grosses lettres rouges :

Échangerais connexion Internet
contre du sirop d'érable canadien !

— T'es sûr que ça va marcher ?

J'étais sceptique. Selon moi, nous en faisions tout un plat de notre fameux sirop d'érable. Était-il réellement aussi convoité que nous le prétendions ?

— Fais-moi confiance.

Michaël a affiché son message dans la cour intérieure avec l'autorisation du concierge, sous mon regard incrédule. Le lendemain, la voisine du dessus frappait à notre porte. J'avais ma connexion Internet !

Alléluia !

Chapitre 5

Au boulot !

Lundi 5 :00 AM
Bong ! Bing ! Bang !
Un tapage infernal m'a tirée de mon sommeil profond.

— Quel jour on est ? ai-je demandé, encore endormie.
— Lundi, a répondu mon chum aussi exaspéré que moi.

« Les poubelles ! » me suis-je rappelée en cachant ma tête en dessous de l'oreiller.

7 :00 AM
Vroaaar...

— Mon Dieu ! Il y a un arbre qui va nous tomber dessus ! ai-je crié tout en sueur en me réveillant.
— Calme-toi, chérie, c'est juste les réparations. Tu avais oublié ? Ils font des rénovations dans la cour intérieure aujourd'hui. Il y avait une note dans le hall.

C'était vrai. Ça m'était complètement sorti de l'esprit. Mais la mémoire m'était rapidement revenue quand, en mangeant mes rôties et en buvant mon café ce matin-là, j'ai remarqué des spectateurs. Ils étaient là, cinq gars de la construction, à me regarder par mon unique fenêtre. Et moi qui avais cru qu'un appartement donnant sur la cour intérieure était plus calme que côté rue !

Je pouvais au moins maintenant utiliser la connexion Internet de la charmante voisine du dessus, une Italienne qui rêvait de visiter le Canada. En venant me donner ses codes d'accès et chercher son dû, une belle canne traditionnelle de sirop d'érable qu'on s'est félicités d'avoir apportée dans nos bagages, elle m'avait expliqué que son père lui avait lu une histoire de coureur des bois alors qu'elle était gamine. Depuis, elle avait toujours rêvé de se rendre dans une forêt canadienne. Le sirop doré était un pas vers la concrétisation de son rêve.

Elle m'avait posé plusieurs questions sur mon pays qu'elle décrivait comme fascinant et j'avais presque été gênée de ne pas pouvoir la renseigner davantage sur le ROC (*Rest of Canada*), puisque je n'y avais jamais mis les pieds, fait dont elle avait paru consternée. Maintenant que j'étais ici, je me demandais bien pourquoi je n'avais jamais songé à y aller. Notre pays semblait si beau, du moins dans la bouche de cette Italienne habitant Paris.

La veille, j'avais dû attendre jusqu'à minuit pour enfin parler à Nathan. Ma sœur n'arrivait jamais à la maison avant 18 heures. J'avais trouvé un Nathan tout excité à l'idée de visiter virtuellement mon appartement. Je lui avais fait faire une petite visite guidée, mais je n'avais pas eu réellement besoin de me lever, me contentant de bouger la caméra de mon portable dans tous les sens. Il était tout étonné de voir qu'on était la nuit, alors que lui n'avait pas encore avalé son repas, une pizza congelée.

— Je m'ennuie de ta pizza maison au poulet sur pain naan avec du fromage bleu et des noix de pin, avait déclaré Nathan, faisant sourire Michaël qui était derrière moi et rager ma sœur en arrière-plan qui se démenait toute seule à défaire la « commande » pendant que Luc regardait les nouvelles.

J'étais fière de mon neveu. Nos séances de cuisine avaient porté ses fruits et j'avais décidément réussi à lui transmettre ma passion pour la nourriture. Existe-t-il beaucoup d'enfants de quatre ans qui raffolent du fromage bleu ?

— T'es-tu trouvé un emploi ? m'a demandé ma sœur en passant derrière Nathan sans même s'arrêter.
— Pas encore, mais j'ai des entrevues demain. Très prometteurs, ai-je ajouté pour faire *big*.

Évidemment, ce n'était pas du tout le cas. En réalité, tout ce que j'avais réussi à décrocher était un entretien dans une agence de publicité pour un poste d'assistante. J'avais l'impression de redescendre tout droit au bas de l'échelle. J'avais été étonnée de constater que tous les emplois intéressants en communications nécessitaient huit, voire dix ans d'expérience. Pour écrire des lettres et des communiqués ?

Le matin en question, je devais me rendre à mon premier entretien dans le 12e, à l'orée du bois de Vincennes. J'étais nerveuse comme je ne l'avais jamais été. Je n'avais pas eu à passer beaucoup d'entrevues à la fin de mon bac, puisqu'un concours de circonstances avait fait que la journée où j'avais terminé, une place s'était libérée à l'hebdo où je travaillais avant de quitter Québec.

J'ai poussé la porte rouge en retenant mon souffle et en replaçant mes cheveux. Une jeune réceptionniste m'attendait, l'air professionnel, devant un grand mur blanc affichant uniquement le nom de la société en grosses lettres lumineuses. Tout était moderne, épuré et dénudé de caractère. Tout un contraste avec le cachet de la ville !

La jeune femme m'a fait attendre dans un fauteuil plus esthétique que confortable et j'ai attendu une éternité. Je me sentais comme une imbécile. J'étais une professionnelle, non ? Et voilà qu'on tentait de m'humilier pour un poste d'assistante. Je démontrais de plus en plus de signes d'impatience et la jeune réceptionniste s'en rendait bien compte, même si elle gardait le regard rivé sur son écran. Cinquante-six minutes après l'heure prévue de mon rendez-vous, elle a finalement reçu un appel et m'a priée de la suivre au deuxième étage.

Elle a frappé deux petits coups, ouvert la porte et m'a laissé pénétrer seule dans un espace tout vitré.

Un homme au début de la quarantaine était assis derrière un bureau sur lequel régnait un fouillis total. Cigarette à la main, foulard au cou malgré le temps chaud à l'extérieur, il m'a fait signe de m'asseoir.

— Alors ?
— ...
— Racontez-moi.

Le vide. Le blanc. Qu'étais-je censée dire ? Comment devais-je trouver les mots justes quand derrière lui trônait une immense toile de la taille d'un panneau d'autoroute représentant un corps de femme nue ? Je n'étais pas prude et j'aurais facilement accepté la situation si l'œuvre n'avait pas été aussi évocatrice : la femme était en pleine jouissance et effleurait son clitoris de ses mains. La scène ne pouvait pas être plus suggestive.

Une grande angoisse m'a soudainement envahie. Et s'il était fréquent d'avoir à coucher avec quelqu'un pour obtenir un poste en France ? Wô, wô les moteurs ! Je n'étais tout de même pas dans un scénario prévisible de film XXX. Du moins, je l'espérais.

— Euh, et bien, j'ai fait des études en…, ai-je commencé en évitant de regarder la toile.

— Quel âge avez-vous ? m'a-t-il coupée.

— Vingt-cinq ans.

— Vous êtes jeune, a-t-il tranché.

— J'ai obtenu mon diplôme à vingt-deux ans et j'ai travaillé ensuite, ai-je expliqué pour me défendre.

Pour qui se prenait-il ?

La tête penchée sur ce qui semblait être une copie de mon C.V., il n'avait pas encore levé les yeux sur moi. Instinctivement, j'ai tenté de couvrir mon buste avec mon chandail, regrettant d'avoir opté pour le vêtement le plus décolleté de ma garde-robe. C'est évidemment à ce moment précis qu'il a relevé la tête, me surprenant une main sur la poitrine.

— Vous savez que vous êtes surqualifiée pour l'emploi ?

— Euh… oui, oui, ai-je bafouillé. Mais j'ai toujours rêvé de travailler en publicité et j'ai pensé qu'un poste d'assistante serait un bon moyen pour me familiariser avec ce monde.

— Hum, hum.

Il restait impassible. Impossible de savoir s'il croyait à mon plaidoyer qui aurait fait rougir de honte ma sœur, ou s'il allait me mettre dehors sur-le-champ.

Je lui ai alors raconté mes expériences de travail. Il semblait avoir du mal à me croire, puis il a soudain été pris d'un éclair de génie.

— Vous êtes Canadienne, alors vous parlez anglais.

Ce n'était pas une question, mais une affirmation. Je baragouinais quelques mots dans la langue de Shakespeare, mais je n'étais vraiment pas prête à me qualifier de bilingue.

— À vrai dire…
— *We all are so* « nuls » *in english here. We need help to write our reports. Last time we send it and it was* « trop tard ».

Bon, j'étais peut-être bilingue après tout, du moins à ses yeux.

— Je crois qu'on a trouvé notre perle rare.

Quoi ? Vraiment ? Comme ça ! Tout bonnement !

— Bienvenue dans la société.

Il m'a serré la main, me laissant complètement sans voix, incapable d'articuler autre chose qu'un mince « merci ».

— Tu t'es trouvé une job ! C'est donc ben cool ! a fait Michaël en arrivant ce soir-là. Et en une seule entrevue ! Je savais que tu étais irrésistible, mon amour !
Il m'embrassait partout dans le cou, mais ne m'avait pas laissé placer un mot.

— T'as pas l'air contente.
— Oui, oui… C'est juste que c'est un poste d'assistante.
— On est ici pour vivre de nouvelles expériences, chérie.
— Je sais, je sais.

Je n'étais pas convaincue. J'avais l'impression que j'aurais pu dénicher quelque chose de plus prestigieux. Passer de journaliste à assistante, c'était une belle « drop ». Mais bon, j'avais un emploi, ce qui signifiait un salaire, quoique très minime, donc on allait pouvoir commencer à sortir un peu plus et essayer quelques bons restaurants que j'avais « spottés ».

J'ai mis mes déceptions de côté et décidé de me laisser emporter par la joie d'avoir décroché un emploi moins d'un mois après mon arrivée. Ce n'était pas rien ! On a ouvert une bouteille de champagne qu'on a bu dans des verres de plastique, riant de la toile de mon nouveau patron et nous imaginant mille et une choses à son sujet. Bref, nous étions heureux comme jamais.

* * *

Mardi 2 :00 AM
Clac ! Clac ! Clac ! Clac !

Mon homme a sursauté.

— Qu'est-ce qui se passe ?
— Rien, rien. Juste la voisine qui rentre et qui porte encore ses maudits talons hauts ! Rendors-toi !

4 :00 AM
Pimpon ! Pimpon ! Pimpon !
Et les sirènes qui s'en mêlaient ! Pourquoi pas ? Après tout, un cerne de plus ou de moins sous mes yeux, où était la différence ?

C'était comme ça chaque nuit, ou presque. Pourquoi déjà n'avions-nous pas choisi ce magnifique appartement au 7e étage ? Ah oui, à cause de ce léger détail : il n'y avait pas d'ascenseur. Allons ! Ce petit inconvénient me semblait tout à coup totalement insignifiant à côté de ce boucan qui se répétait sans cesse.

— Le rez-de-chaussée, ça va être pratique pour déménager !

Je m'entendais encore prononcer cette phrase à l'attention de mon amoureux lorsque j'avais trouvé l'appartement. Bien sûr, notre studio était vraiment beau, pratique, confortable et accessible, mais franchement, je n'avais pas pensé que le rez-de-chaussée pouvait être aussi bruyant !

Le fait que les autres locataires passaient devant notre fenêtre en jetant immanquablement un regard à notre intérieur ne me gênait presque plus, mais le vacarme au petit matin… j'en avais marre ! Certains VRAIS citadins purs et durs diront qu'ils ne peuvent s'endormir sans entendre de bruits, qu'ils sont une nécessité pour eux. Ils auraient été servis dans notre logement parisien !

Ce mardi matin là, j'étais encore ensommeillée quand Michaël est parti. J'avais trouvé un emploi, certes, mais je commençais uniquement le lendemain. Ouvrant mon ordinateur, j'ai constaté que j'avais reçu plusieurs documents de la firme qui m'engageait. Je devais les remplir et les retourner, signés. Ouf, la bureaucratie française me pesait déjà.

Après le dîner, j'avais tout rempli et faxé, et j'étais mûre pour une promenade sur les Champs-Élysées qui étaient à ma portée. Je commençais à me sentir étouffée, car j'avais dû garder les volets fermés pour empêcher les réparateurs dans la cour intérieure de zieuter dans l'appartement. Aussi, je devais m'acheter quelques vêtements présentables. Non, je n'avais pas l'intention de m'habiller chez Armani, mais j'avais aperçu un H & M qui devait bien renfermer quelques trésors à bon prix.

Alors, *je me baladais sur l'avenue, le cœur ouvert à l'inconnu, j'avais envie de dire…*[1]

— Eh merde !

Je me suis arrêtée sec.

---

1   *Les Champs-Élysées*, Joe Dassin.

Même en me baladant sur l'une des plus belles avenues du monde, je n'étais pas à l'abri de l'irritant numéro 1 de Paris : l'excrément canin !

Pourtant, j'avais pris l'habitude de regarder où je mettais les pieds. J'avais eu ma leçon dès les premiers jours dans la Ville Lumière, alors que j'étais à la recherche d'un appartement. Lorsque j'étais arrivée dans ce paysage urbain totalement différent du mien, je n'avais pu qu'être émerveillée. Mais après quelques jours à avoir le nez en l'air, à ne plus savoir où donner de la tête, mes yeux avaient immanquablement fini par se poser sur le sol.

Outre l'amoncellement de déchets qui jonchaient le pavé, on y trouvait cette défécation animale malodorante.

Dans cette ville qui manquait cruellement d'espace, presque tous les habitants possédaient une petite ou grosse bête à poil. J'avais du mal à comprendre pourquoi. Si on estimait que la population parisienne atteignait plus de deux millions d'habitants, j'aimais mieux ne pas me risquer à calculer le nombre de déjections qui pouvaient se retrouver au sol.

Le fait est qu'à Paris, tous ne disposent pas d'une cour arrière comme beaucoup de Québécois. Le gazon étant en voie d'extinction dans cette cité, c'est sur les trottoirs et dans la rue qu'on retrouve ces jolis petits cadeaux qui finissent bien souvent sous les semelles de touristes trop ébahis par les beautés de la ville. Malgré les panneaux incitatifs du style « J'aime mon quartier… je ramasse ! », le Parisien ne s'abaisse pas à recueillir la défécation de son toutou adoré.

Résultat… j'en avais une fois de plus sous mes souliers neufs.

Je comprenais un peu plus pourquoi « Merde ! » était le patois le plus utilisé dans la ville.

Je ne me suis pas laissé rebuter par cet incident et j'ai fait mon magasinage au H & M. J'y ai déniché des trouvailles qui cadraient parfaitement avec l'image que je me faisais d'une assistante dans une agence de publicité, autrement dit : « Sois belle et tais-toi ! »

— T'es vraiment belle, m'a complimentée Michaël le soir même alors que je paradais devant lui avec mes nouveaux vêtements.

J'avais choisi un veston noir que je portais sur une camisole à paillettes discrètes et un pantalon noir chic.

J'ai suspendu mes vêtements à la penderie et j'ai essayé de fermer l'œil, excitée par cette première journée de travail qui m'attendait.

Mercredi 3 : 00 AM

Une incroyable lumière a jailli et nous a réveillés tous les deux au même moment.

— C'est déjà le matin ? a demandé mon Jules encore tout endormi.

Je me suis redressée et j'ai constaté que la veille, nous avions oublié de fermer les volets et simplement tiré les rideaux.

— Non, c'est quelqu'un qui vient d'ouvrir la lumière dans la cour.

J'ai eu du mal à me rendormir, trop énervée par la journée qui m'attendait. Je me demandais si mes collègues allaient être sympathiques ou s'ils allaient me traiter comme une vulgaire subordonnée.

Michaël, lui, n'avait que de bons mots pour ses collègues. En fait, il appréciait leur personnalité, mais moins leur efficacité au travail. Il m'avait parlé longuement d'une certaine Natalia qui partageait le même espace de bureau que lui. C'était nou-

70

veau pour moi. À Québec, il avait eu la majorité du temps des collègues masculins. L'imaginer passer une journée entière à quelques mètres d'une femme faisait surgir en moi des élans de jalousie, non fondés, je le savais bien.

— Tout le monde est super fin, rien à voir avec les gens que tu croises dans la rue, m'avait-il assurée.

Michaël avait alors évoqué sa théorie selon laquelle les gens se font tellement solliciter dans la rue par des itinérants, des vendeurs et des touristes qu'ils en viennent à être irritables. Mais, toujours selon mon amoureux, sur les lieux du travail, les Parisiens sont tout à fait sympas. J'avais hâte de découvrir une nouvelle facette des Parisiens, une qui allait vraiment me les faire voir autrement parce que jusque-là, le portrait que je me faisais d'eux n'était pas élogieux.

J'étais de retour avec beaucoup plus d'assurance, cette fois, devant la porte rouge de la compagnie qui m'avait embauchée. La jolie réceptionniste est venue me rejoindre, plus amicale.

— Bonjour! Donnez-moi votre manteau. Je suis Jacinthe.

Elle devait avoir à peu près mon âge et elle me vouvoyait. Savait-elle que j'avais obtenu le poste ou croyait-elle que j'étais là pour une seconde entrevue? J'ai décidé de dissiper toute incertitude.

— Je suis très heureuse de faire ma première journée.

Elle a étouffé un petit rire. Je ne savais pas si c'était à cause de ce que j'avais dit ou bien de mon accent.

Elle m'a alors fait faire le tour de l'agence, me présentant au passage à tous mes nouveaux collègues. Je m'étais atten-due à une certaine diversité ethnique et elle surclassait mes attentes. Deux collègues portaient même le voile. J'étais peu habituée à côtoyer des musulmans. Tout le monde me paraissait sympathique.

Après la visite sommaire des lieux et des endroits précis sur lesquels elle avait insisté, comme la machine à café et la salle de « brainstorm », elle s'est retournée vers moi et m'a dit:

— Jérémie vous attend.

J'en avais déduit que Jérémie était l'homme que j'avais rencontré en entrevue et je suis montée à son bureau. J'ai frappé deux coups et je suis entrée, comme l'avait fait Jacinthe.

Jérémie était assis derrière son bureau où régnait une épaisse fumée. Son cendrier était rempli de mégots et il semblait plongé dans un processus créatif profond.

— Ah, bonjour, Cynthia. Avez-vous apporté mon café?

Quoi? Euh... non. Comment aurais-je dû le savoir? Était-ce une blague pour me tester? Une sorte d'initiation? J'étais peu familière avec l'humour français.

— Euh... non. Comment le voulez-vous? ai-je dit en optant pour la carte prudente.

Il a paru surpris.

— Juste un café.

Ah... oui, mais combien de lait? Combien de sucre? J'ai décidé de me taire et je suis discrètement sortie du bureau pour descendre retrouver Jacinthe.

— Jacinthe, Jérémie veut un café... Tu peux m'aider?

Elle m'a emmenée à la machine à café et a déposé tout simplement une capsule dans la Nespresso.

Un expresso, bien sûr! J'avais remarqué que tout le monde en buvait à Paris. Je m'étais fait avoir une fois, au restaurant: j'avais commandé un café et je m'étais retrouvée avec cette dynamite qui m'avait empêchée de dormir. Laurence m'avait ensuite expliqué que je devais commander un Américain pour obtenir un café comme chez nous.

Jacinthe m'a tendu la tasse avec un sourire un peu forcé.

— Voilà. Vous avez saisi comment le faire pour la prochaine fois?

Je me sentais un peu ridicule. Incapable de faire un café...

Je suis remontée, la microscopique tasse à la main, usant de tous mes efforts pour ne pas renverser la quantité déjà minime qui l'emplissait.

J'adorais cuisiner, certes, et j'étais même plutôt douée aux dires de Michaël, de Nathan et de mes amis, mais pour le service, j'étais nulle! J'avais d'ailleurs expérimenté le travail de serveuse alors que j'étudiais au cégep. Une catastrophe ambulante! J'avais dû apporter les bols de soupe à deux mains pour ne rien échapper, je m'étais brûlée sur des assiettes fumantes tout droit sorties du four et j'avais renversé un verre d'eau glacée sur une cliente octogénaire.

Après cette soirée désastreuse, le propriétaire n'avait pas eu besoin de me montrer le chemin de la porte; j'avais moi-même remis mon tablier avant l'heure prévue. J'avais par la suite choisi un travail dans une librairie. J'aimais beaucoup conseiller les gens et cet emploi était moins dangereux pour moi.

— Voilà!

J'ai déposé un peu maladroitement la petite tasse sur le coin du bureau de mon patron. Il a redressé la tête et m'a demandé :

— Jacinthe vous a expliqué vos tâches ?

Elle m'avait vaguement raconté différents trucs sur la poste, le placard à balai, la salle de réunion, mais j'avoue que je n'avais pas prêté une oreille attentive, croyant qu'il s'agissait de banalités et non d'explications sur les tâches que j'allais devoir accomplir.

— Oui, oui.

J'ai toussoté, incommodée par la fumée de la cigarette qui reposait dans le cendrier. J'étais presque certaine qu'il était aussi interdit de fumer dans les endroits publics en France. Monsieur se croyait au-dessus de la loi ?

— Bon, alors, je reçois d'importants clients ce matin. Allez me préparer la salle de réunion, s'il vous plaît. Et prévoyez quelque chose pour le déjeuner, nous serons cinq.

J'avais envie de prendre des notes, mais je n'avais pas de papier. Les directives de mon patron défilaient rapidement et j'étais habituée d'être pendue au bout de mon crayon quand je faisais des entrevues pour le journal.

— Ensuite, vous irez poster les paquets. J'ai aussi un mailing à préparer, Jacinthe va vous montrer. Oh, et puis voici votre contrat. Prenez le temps de le lire puis rapportez-le-moi signé avant la fin de la journée.

Je me suis levée, un peu étourdie par autant de tâches à effectuer d'un seul coup. En matière d'accueil chaleureux, mon patron était peu doué.

— Ah oui... J'ai une présentation à monter en anglais. Vous pourrez me la traduire. Je vous envoie ça. Vous utiliserez le poste d'Ariana. Nous ne vous avons pas encore installé d'ordinateur, mais ça viendra.

J'ai fermé la porte et mon cœur s'est mis à battre à tout rompre. J'avais envie d'un grand bol d'air frais pour aérer mes poumons que j'avais pris soin de conserver en bonne santé. La cigarette m'avait toujours horripilée.

Bon, qu'est-ce qu'il avait dit à propos d'une réunion ?

Je suis retournée voir Jacinthe, qui allait sans doute me trouver complètement tarte. Elle était au téléphone et semblait débordée. J'allais devoir me débrouiller seule.

Je suis montée dans la salle de réunion. Qu'est-ce que j'étais censée faire pour la préparer ? « Réfléchis ! Tu es brillante, tu as un baccalauréat et tu as décroché ton diplôme avec uniquement des A. »

Sur la table tout au fond de la pièce, j'ai vu une pile de blocs-notes aux couleurs de la compagnie. J'en ai donc placé cinq autour de la table. Puis j'ai déposé cinq crayons. J'ai vu une grande armoire, j'ai décidé de l'ouvrir.

— Vous cherchez quelque chose ?

J'ai sursauté, comme si j'avais été prise à voler.

— Euh... oui, en fait je place la table pour la réunion.

C'était Ariana, l'une des deux employées portant un voile qui dégageait toutefois son visage. Elle m'a fait un sourire.

— Ils ne vous ont rien expliqué, hein ? Ils sont comme ça !

Elle a regardé derrière elle, comme pour s'assurer que personne ne nous espionnait, et elle a ajouté :

— Je vais vous aider.

Ouf... j'étais sauvée ! Ariana a déposé sur la table des tasses à café, du sucre, un pichet d'eau glacée, des verres et elle a positionné le projecteur.

— Merci beaucoup. Jérémie m'a aussi demandé de prévoir un déjeuner. Je fais quoi au juste, je commande de la pizza ?

Ariana a paru amusée. Ouf, l'atmosphère s'allégeait un peu.

— Vous prenez la carte de la compagnie et vous allez au Franprix du coin acheter des sandwichs, des salades et du fromage. Et n'oubliez pas la bouteille de vin.
— Merci beaucoup, ai-je dit en me dirigeant vers la sortie.
— Ah et prenez aussi des tuques, Jérémie les adore.

J'ai freiné le pas sèchement. Elle plaisantait ? Je me suis demandé si elle voulait faire une blague sur mon origine canadienne.

— Des tuques ? ai-je prononcé tranquillement.
— Vous connaissez ?

Bien sûr que je connaissais, mais je ne voyais pas du tout le lien entre cette pièce de vêtement hivernal et le déjeuner des clients. Faisait-il si froid dans la salle de conférence ? En même temps, je ne voulais pas passer pour une ignorante encore une fois.

— Oui, oui, ai-je articulé, incertaine, en reprenant mon chemin.
— Cynthia ?

Je me suis retournée timidement. Je croyais qu'elle allait m'avouer sa moquerie.

— Ce sont des gâteaux. Un paquet jaune.

J'ai remercié encore une fois Ariana et je suis partie en quête de la carte que Jacinthe m'a donnée machinalement, toujours occupée à son téléphone. Elle m'a aussi tendu une pile de colis à poster et remis un téléphone cellulaire.

J'ai quitté furtivement le bureau, heureuse de sortir au grand air. L'ambiance de l'agence était lourde et remplie de fumée nocive. J'ai regardé des deux côtés de la rue et j'ai vu le Franprix. J'étais déjà entrée dans ce type de magasin. Il s'agissait d'une chaîne de petites épiceries de quartier qui « dépannait » selon moi. Je préférais de loin le Monoprix pour faire mon épicerie. J'y trouvais une foule de petits produits attrayants.

Les bras chargés de colis, je me suis retrouvée devant l'étalage de sandwichs préparés. Bon, lesquels choisir ? Saumon, jambon, œuf... J'ai remarqué que mon estomac gargouillait et je trouvais étrange, pour une indécise comme moi, d'avoir à choisir de la nourriture que je n'allais même pas consommer. J'en ai profité pour en prendre un supplémentaire que j'allais payer avec mon argent. J'ai pris trois salades différentes, quelques paquets de fromage et cette bouteille de rouge que nous avions déjà essayée. Au rayon des desserts, je n'arrivais pas à trouver les fameuses tuques à travers les autres gâteaux. Il me les fallait ! Quel soulagement j'ai ressenti lorsque je suis finalement tombée sur ce petit paquet de craquelins : TUC. J'ai alors compris que des « gâteaux » sont des « biscuits » pour nous.

J'ai acquitté le tout avec la carte et je suis sortie, les mains embourbées de sacs et des lettres à poster.

J'ai marché un peu, en quête de l'enseigne jaune de la poste. J'ai tenté d'arrêter des passants pour leur demander où je pouvais la trouver, mais tout le monde semblait pressé. Une vieille itinérante portant des vêtements tout déchirés, se supportant à peine sur une canne et arborant un visage plissé et marqué par la souffrance, m'a approchée, la main tendue. J'ai sorti quelques pièces d'euros du fond de ma poche et je me suis dit que je pouvais en profiter pour la questionner.

— Où est la poste, s'il vous plaît ?

La femme m'a regardée et s'est mise à me parler dans une langue incompréhensible. Le poids de mes paquets pesait de plus en plus sur mes bras non entraînés. J'ai insisté de plus belle en lui présentant les lettres.

— Poste, poste, vous savez ?

Elle s'est retournée en continuant de parler fort dans cette langue qui m'était inconnue et en agitant les bras dans tous les sens.

Un beau jeune homme qui avait observé la scène depuis sa table de la terrasse voisine m'a alors dit :

— Deuxième rue à droite pour la poste.
— Merci !

Il a continué de pianoter sur son téléphone et j'ai pu me rendre à l'adresse convoitée.

Lorsque j'ai poussé les portes de l'institution, il y avait une file monstre et totalement désorganisée. Je ne pouvais pas croire qu'il y avait autant de gens qui ne travaillaient pas. J'ai dû patienter un bon moment, retenant de toutes mes forces les paquets qui m'encombraient.

Puis une sonnerie s'est fait entendre. Je n'avais pas réalisé qu'il s'agissait de mon téléphone, j'avais complètement oublié que Jacinthe m'en avait remis un. C'est devant l'insistance du vieil homme devant moi qui ne s'est pas gêné pour me dire « Mais répondez ! » que j'ai compris que l'appel était pour moi !

En tâchant d'extirper mon cellulaire de mes poches, j'ai échappé mes sacs, ouvrant au passage l'emballage d'un sandwich au fromage qui a fini sa course sur le sol, aux pieds d'une dame pincée qui argumentait avec la caissière.

— Allo ?
— Cynthia, mais où êtes-vous ?
— À la poste. Il y a beaucoup de monde.
— Bon, la réunion est commencée, les gens vont bientôt avoir faim. Ramenez-vous avec le déjeuner. Vous devrez ensuite aller à la SNCF chercher les billets de train de Jérémie ; il part ce soir pour Nantes.

J'ai raccroché, déconfite, et j'ai ramassé le sandwich au fromage que j'ai jeté dans la poubelle. Je suis repartie avec mes colis non affranchis et non postés. Mon ventre gargouillait, mais je devais me dépêcher, alors j'ai décidé de remplacer le sandwich qui était tombé par celui que j'avais acheté pour moi.

J'ai couru le plus vite possible en direction de l'agence et c'est presque en sueur que j'ai poussé la porte rouge qui me semblait tout droit sortie de l'enfer.

C'est avec une mine déconcertée que Jacinthe m'a accueillie.

— Vous n'avez pas posté les paquets?

— Non, vous m'avez dit que…

— Eh merde! Bon, allez déposer le déjeuner.

J'avais l'impression de n'avoir rien fait de bien depuis le début de la matinée.

En regardant par la fenêtre de la porte qui donnait sur la salle de réunion, j'ai ressenti un brin de jalousie. Je voyais ces gens attablés, sérieux, qui discutaient autour d'une série de chaussures qui trônaient au centre de la table. J'aurais aimé être à cette table et tenter de trouver les mots justes pour accrocher les acheteurs avec une publicité rigolote. J'étais en train d'imaginer un concept où des chaussures racontaient leur journée dans un walk-in quand Jérémie m'a sortie de ma rêverie en me faisant signe d'approcher.

J'ai poussé la porte maladroitement avec mes sacs prêts à fendre.

— *It's Cynthia, our new assistant. She is from Canada,* a articulé Jérémie avec une affreuse prononciation.

— *Oh, hello, how are you?* a dit l'un des clients autour de la table avec un accent british.

Merde et remerde! Je n'allais pas avoir à faire étalage de mon prétendu bilinguisme, là, maintenant?

— *Fine, fine. Sandwich?* ai-je proposé pour m'en sortir.

Et j'ai déposé un sandwich devant chacun d'eux en priant pour qu'ils ne veuillent pas entretenir une plus longue conversation. J'ai placé le reste des victuailles et la bouteille de vin sur la table. Voilà!

J'allais partir quand Jérémie m'a retenue.

— Euh… Cynthia ?

Jérémie me regardait avec de gros yeux. Il m'a fait un signe de tête en direction de la bouteille et du tire-bouchon déposé tout près. Non, pas ça ! Je n'avais jamais su ouvrir les bouteilles de vin. Les déguster, oui. Mais pour enlever ce satané bouchon de liège, j'étais nulle. Michaël le faisait toujours pour moi. Jérémie s'impatientait et tous les clients avaient arrêté de parler.

J'ai pris l'ouvre-bouteille et j'ai délicatement enfoncé la tige métallique. Mes mains tremblaient tellement que je n'arrivais pas à tourner correctement. J'ai essayé de tirer dessus, mais rien ne bougeait. La sueur perlait sur mon front. Pour me sortir du pétrin, Jérémie a lancé :

— Cynthia ? Avez-vous la présentation ? Nous prendrons le vin ensuite.

Quoi ? C'était pour ce matin ? Comment pouvais-je le savoir ?

Il a perçu mon regard tétanisé, mais n'a pas voulu le faire sentir devant ses clients.

— *Let's have a break,* a-t-il annoncé à ses clients en sortant une boîte de cigares.

Il m'a subtilement lancé un regard qui voulait dire : « Allez vous en occuper maintenant ! »

Je suis sortie de la pièce, au bord des larmes. Je me croyais tout droit échappée du film *Le diable s'habille en Prada.* Je me sentais exactement comme Andrea, incompétente dans un univers inconnu et surqualifiée pour un poste archinul, mais simple pour la plus nouille des filles et impossible à accomplir avec dignité pour une professionnelle.

J'ai couru vers le bureau d'Ariana, sous le regard intrigué de mes collègues qui sortaient déjeuner. Il était 13 heures et je mourais de faim.

— Ariana, je dois traduire la présentation.

Elle a ouvert le document qui comptait trente diapositives ! Quoi ? Même si j'avais commencé le matin, je n'aurais jamais eu terminé pour la réunion ! Et ils étaient là à attendre…

J'ai alors eu une idée qui, je le savais, n'était pas géniale, mais qui allait me sortir du pétrin. J'ai ouvert un outil de traduction automatique et j'ai fait un copier-coller des textes.

Vingt minutes plus tard, j'ai de nouveau ouvert la porte de la salle de réunion pour installer sur l'ordinateur la présentation que je n'avais pas eu le temps de relire. Je ne savais pas si les phrases avaient du sens ou non. Les clients étaient heureusement sur le balcon en train de griller leur cigare et j'ai remarqué que les sandwichs étaient encore intacts. Personne n'y avait touché ! J'avais tellement faim et quand j'ai l'estomac dans les talons, je suis incapable d'être fonctionnelle. Une fois la présentation affichée sur l'écran, j'ai furtivement attrapé un sandwich jambon gruyère que j'ai caché vraiment pas subtilement sous mon veston avant de quitter la pièce.

Je me suis dirigée tout droit vers les W. C. où je l'ai engouffré en une minute et quart. Le pain était légèrement sec et le jambon, caoutchouteux, mais ils comblaient ma faim, c'était tout ce qui importait.

Avant de sortir, j'ai pris le temps de m'observer dans le miroir ; j'avais les cheveux complètement défaits, mon mascara avait laissé des traces noires sous mes yeux et ma camisole était couverte de sueur. Heureusement, mon veston cachait une bonne partie de la transpiration apparente. J'ai pris une grande respiration et je me suis regardée droit dans les yeux.

Qu'est-ce que je faisais là ?

Je n'allais tout de même pas passer un an comme ça ? À être l'esclave de quelqu'un pour un salaire minable ? Je n'avais pas le complexe de la suprématie, je ne me croyais pas supérieure aux gens qui font ce boulot, au contraire, je les admirais plus que jamais maintenant, mais je savais que ce n'était pas pour moi.

Ariana a poussé la porte. Elle a mis une main affectueuse sur mon épaule.

— Allez-vous-en. Vous ne vous mettrez pas dans cet état pour un travail. Jérémie est un tyran, tout le monde rêve de se barrer. Quand je vous ai vue arriver, je me suis dit : « Pauvre petite, elle ne sait pas dans quoi elle s'embarque. »

— Oui, mais j'ai donné ma parole.

— Vous avez signé un contrat ?

— Pas encore.

— Partez, alors.

— Mais j'ai besoin d'un emploi.

— Vous trouverez mieux, j'en suis persuadée.

Au diable donc si ma démission allait me nuire et me fermer les portes de toutes les agences de publicité de la ville. Ariana avait raison, je devais quitter les lieux, m'en aller, m'enfuir !

J'ai poussé la porte de la salle de réunion. Sur le grand écran était projetée une phrase vraiment mal structurée : « *Us shoes bring our to where we have to be marked.* » En gros, « Nos chaussures nous mènent là où nous devons être. » J'étais plus convaincue que jamais que je devais partir loin, très loin d'ici.

— Je m'en vais, ai-je annoncé à un Jérémie incrédule.

Il a regardé sa montre.

— Vous allez déjeuner ? Revenez dans un quart d'heure, j'ai besoin de vous.

— Non, non, je m'en vais. Tout ça, ce n'est pas pour moi.

Et j'ai refermé la porte.
Je suis descendue à la course et je suis allée voir Ariana.

— Merci !

J'ai poussé pour une dernière fois la porte rouge infernale. Ma première expérience était aussi désastreuse que celle de serveuse, mais je savais maintenant ce que je voulais faire : écrire.

* * *

Quand j'ai raconté ma mésaventure d'une journée à Michaël, ce soir-là, il n'a pas paru choqué.

— Ça te dérange pas ?
— Quoi ? a-t-il dit en essuyant la vaisselle que je lavais frénétiquement.
— Ben... retour à la case départ, faut que je me trouve une nouvelle job.
— Tu vas trouver. T'es pas venue ici pour te faire chier, non ?

Je l'ai regardé. Que je l'aimais ! Il était beau, gentil et incroyablement sensé. Je me suis jetée sur lui, il a balancé son linge à vaisselle et m'a suivie jusqu'à notre sofa-lit.

Jeudi 2:00 AM
J'avais les deux yeux ouverts et bien ronds...
Silence.

Était-ce possible ? Pas de sirène de pompier, de bébé qui pleure, ni d'engueulade chez les voisins.

Le silence complet.

Je me suis retournée vers mon homme ; il semblait lui aussi bien éveillé.

— Je n'arrive pas à dormir !
— Moi non plus.

Le processus de « parisianisation » était amorcé...

Chapitre 6

Du pain sur la planche

— Un peu de pain ?

Corinne me tendait un joli panier dans lequel étaient déposées des tranches de pain parfaitement coupées.

Nous avions été invités à « dîner » chez Marc Gagné et son épouse Corinne. Elle était une très belle femme, beaucoup plus belle que Marc n'était beau à mon avis. C'était le genre de constatation que Michaël et moi aimions faire. Lorsque nous croisions des couples, nous commentions toujours l'équivalence du niveau de beauté de chacun des partenaires. Michaël était un très bel homme et je n'étais pas mal non plus, mais je ne pouvais m'empêcher de me demander ce que les gens pensaient de notre compatibilité physique.

Marc aimait bien recevoir ses nouveaux employés un à un dans son grand appartement d'Issy-les-Moulineaux. Il leur laissait le temps de s'installer, puis recueillait leurs impressions sur Paris et s'informait de leur adaptation. Son appartement assez impressionnant était situé dans un quartier aisé et complètement moderne. La vue sur Paris était magnifique.

— Merci.

J'ai pris un petit morceau de baguette. Machinalement, j'ai saisi mon couteau, cherchant des yeux le beurre. Il n'y en avait pas. À Paris, on mange le pain nature.

Depuis que nous étions arrivés, nous avions rapidement adopté cette habitude typiquement française qui consiste à acheter une baguette chaque soir. Contrairement à ce que certains Nord-Américains croient, les Parisiens ne se promènent pas réellement avec la baguette de pain sous le bras... mais presque.

Lorsque je sortais me balader en fin de journée, je voyais ces longs produits céréaliers dépasser des sacs, des cabas. Souvent, les Parisiens entamaient leur baguette et la grignotaient en marchant.

Le matin, nous avions conservé notre coutume canadienne de faire griller le pain et nous nous étions munis d'un grille-pain. J'avais toutefois été étonnée de découvrir sur les tablettes des épiceries du pain 100 % mie. J'avais alors pensé à Nathan ; comme il aurait été heureux d'en avoir à la maison, s'évitant ainsi les « Mange tes croûtes, sinon tu vas arrêter de grandir ! » qu'il détestait entendre.

— Alors, as-tu décroché un job ? m'a demandé Marc en avalant une gorgée du sublime vin rouge fruité qu'il nous avait servi.

— Non... En fait, j'ai eu une expérience pas très concluante.

J'ai alors raconté mon aventure non glorieuse dans la pénible agence de publicité.

— Mais si tu travailles en rédac, j'ai un pote qui dirige une boîte dans le Web. Un portail d'achats, rien de bien, bien intello, mais je peux voir s'il a quelque chose pour toi, m'a annoncé Marc avec son accent mi-québécois, mi-parisien.

J'étais alléchée par son offre. Parce que depuis « l'incident de parcours » comme je l'appelais, je restais prudente sur les entrevues que j'acceptais. Je ne voulais pas m'embarquer tête première dans n'importe quoi. J'avais passé quelques autres entretiens, mais rien ne s'était concrétisé. Soit j'étais trop jeune et trop peu expérimentée, soit l'emploi était un C. D. I. et je devais absolument avoir un C. D. D.

Vous ne comprenez rien? Allons! J'étais devenue experte dans l'art d'utiliser des abréviations. C. D. I.: contrat à durée indéterminée, l'équivalent d'un emploi permanent, et C. D. D.: contrat à durée déterminée, donc temporaire. À cause de mon visa, je devais trouver un emploi à durée déterminée.

J'avais donc profité de mes journées libres pour enfin commencer mon fameux roman. Commencer était un grand mot; j'avais bien gribouillé quelques notes, façonné un personnage et écrit quelques descriptions, mais je n'avais pas encore d'idées concrètes en tête. Je m'étais assise dans des cafés, mais je m'étais rendu compte que ce n'était pas aussi facile que ça d'y écrire, car il y avait toujours quelque chose à regarder par la fenêtre. Les distractions étaient nombreuses.

J'avais aussi du mal à me concentrer, parce que je ne pouvais m'empêcher d'écouter les conversations des tables voisines. Je voyais ça comme de l'apprentissage, étant donné que je tâchais de familiariser mon oreille à cette langue que nous partagions, mais que nous parlions de façon totalement distincte.

J'étais étonnée par chaque bribe de conversation que je captais, par exemple celle de cette jeune femme au début de la trentaine qui maugréait à la table voisine du café où je me trouvais par un après-midi nuageux:

— C'est complètement relou, ce truc, j'te promets! Mon manager veut que je refasse tout le mailing, sinon il dit qu'on va perdre les sponsors. J'en ai marre et en plus j'ai bien trop de taf. Je suis tellement vénère!

Et moi qui avais toujours cru que les Français maîtrisaient mieux la langue de Molière que nous! Pourquoi s'entêtaient-ils à la tourner dans tous les sens, à raccourcir les expressions le plus possible et à parsemer leurs phrases d'un nombre incalculable de mots anglais ? Il m'avait fallu un certain temps avant de bien saisir les termes qu'ils utilisaient.

Le plus difficile à déchiffrer avait été le verlan. J'en étais venue à la conclusion que toutes les complexités de la langue française avaient fini par rendre les Français si « vénères » — traduction : énervés — qu'ils s'étaient rebellés et avaient décidé de rendre la langue encore plus confuse en tournant tous les mots à l'envers. Ainsi, ils disaient maintenant *ouf* pour *fou*, *chelou* pour *louche*, *chamé* pour *méchant* et *zarbi* pour *bizarre*.

Puis il y avait les anglicismes que j'interceptais ici et là. Je savais que nous étions reconnus comme les champions dans le domaine avec nos autos qu'on *parke* dans le stationnement, notre beurre de *peanuts* qu'on étend sur nos *toasts* et nos *napkins* qu'on utilise pour s'essuyer, mais les Français semblaient pouvoir haut la main rivaliser avec nous.

À l'inverse de nous, ils stationnaient leur voiture dans le *parking*, mangeaient des *pancakes*, posaient leurs assiettes sur des *sets* de table et passaient chercher leurs vêtements au *pressing*. Jusque-là, j'avais compris que nous avions chacun nos petits travers et que le choix des mots était tout simplement différent jusqu'à ce que je surprenne la jeune femme en question demander à sa comparse, tout en tapant sur son iPhone :

— Comment on dit *planning* en anglais ?

J'avais aussi essayé les parcs pour m'adonner à l'écriture, mais il était difficile de trouver le bon angle pour ne pas avoir le reflet du soleil dans mon écran. Je finissais donc la plupart du temps par rédiger de longs et détaillés courriels à maman et à Audrey.

Cette dernière avait rencontré quelqu'un. J'étais contente pour elle, mais déçue de ne pas pouvoir donner mon sceau d'approbation de meilleure amie en personne. Elle m'avait envoyé une photo de son prétendant pour que je lui fasse mes commentaires. Je n'avais pas osé lui dire que je trouvais que son Roméo avait tout d'un *douchebag*. J'avais plutôt affirmé que c'était un bel homme et qu'il avait l'air fin. Quoi ? L'air fin, c'est une qualité, non ? Mon amie avait toujours eu beaucoup de difficulté à choisir les hommes. Elle s'entichait toujours de gars à son extrême opposé.

La soirée avec Marc et Corinne était donc très sympathique et nous semblions les avoir divertis avec nos histoires d'expatriés. Corinne riait de bon cœur quand je lui racontais mes anecdotes délirantes.

— C'est ça que tu devrais écrire ! m'a-t-elle dit en avalant une bouchée du délicieux cassoulet qu'elle nous avait préparé.

L'idée m'avait effleuré l'esprit, mais je ne connaissais pas encore assez Paris et les Parisiens pour m'aventurer à écrire sur eux. Mon professeur de création littéraire à l'université m'avait maintes fois répété : « Il faut écrire sur ce qu'on connaît bien. »

Quelques jours plus tard, Marc m'avait rappelée. Il avait réussi à m'obtenir un entretien dans la boîte de son ami. Je m'étais renseignée avant de m'y rendre, en bonne journaliste que j'étais.

Le site était un portail d'achats qui proposait des rabais intéressants sur des objets de consommation, des activités ou des restos. Le travail, m'avait expliqué Marc, consistait à rédiger la description des offres, des marchands et des produits, ainsi que des infolettres et des textes publicitaires. Comme j'aimais beaucoup magasiner, j'étais positive et l'emploi me tentait. Au moins, j'allais écrire et c'était beaucoup plus près de mon travail que de servir des sandwichs et acheter des billets de train.

Je me suis donc rendue, optimiste et détendue, dans le 14e arrondissement de Paris. Je ne m'étais jamais baladée dans ce quartier et ce qui m'avait frappée en sortant du métro était cette immense tour qui détonait un peu avec le paysage parisien auquel j'avais été habituée. Il s'agissait de la tour Montparnasse, l'unique gratte-ciel de Paris. Le 14e était très branché, l'atmosphère me plaisait.

La compagnie occupait tout le quatrième étage d'un bâtiment qui s'apparentait à un banal immeuble à logements. Quand j'ai poussé la porte, j'ai été surprise par l'immensité de l'espace ouvert.

Devant moi, il y avait de grandes tables sur lesquelles étaient alignés des ordinateurs, tous occupés. Ça bougeait dans tous les sens, l'énergie était palpable. Tout au fond, il y avait un grand tableau blanc sur lequel étaient gribouillées plein d'informations au crayon noir. Ça semblait un jet créatif collectif perpétuel. Je me suis tout de suite sentie bien.

À mon grand étonnement, il n'y avait aucune réceptionniste et il ne semblait pas y avoir dans cette compagnie de système hiérarchique comme dans les autres sociétés. Un grand blond portant un chandail de laine s'est levé d'un des postes de travail et est venu à ma rencontre.

— Bonjour, vous êtes Cynthia ?
— Oui, enchantée.

Je lui ai tendu la main.

— Je suis Sigfrid, mais vous pouvez m'appeler Sid. Marc m'a beaucoup parlé de vous.

C'est la phrase type à dire quand on est présenté par personne interposée. On ne sait jamais si c'est bien ou non. Qu'avait pu tant dire Marc à mon propos ? Je ne l'avais vu que deux fois.

92

— Venez.

Son ton était chaleureux et amical.

Il m'a entraînée au fond de la pièce, à l'écart, mais pas très loin de l'action.

Nous nous sommes assis.

— Alors, vous aimez Paris ?

J'ai remarqué qu'il avait un accent. Je me souvenais que Marc m'avait dit qu'il était... voyons... Suédois ? Non... Ah oui, Norvégien ! Il paraissait solide, fort et en parfait contrôle de sa business.

— J'adore ! C'est très différent de chez moi.
— Vous êtes Québécoise, comme Marc. Ça fera une couleur de plus à notre palette déjà garnie, a-t-il dit en rigolant. Tout le monde ici vient d'ailleurs, ou presque.

Il m'a alors indiqué les différentes sections de la pièce. Devant nous, il y avait l'Italie, à côté, le Royaume-Uni, plus loin, l'Espagne suivie de l'Allemagne, de la Norvège, du Portugal et finalement de la France. Wow ! Quel mélange de cultures intéressant !

Il m'a ensuite raconté l'histoire de l'entreprise. Il avait commencé à Oslo, puis... Ah non, pas encore une belle histoire d'amour ! Eh oui : il avait rencontré l'amour de sa vie, Bjorn. Ce dernier était également Norvégien, mais le lendemain de leur rencontre, il a annoncé à Sid qu'il avait été engagé dans une production parisienne et qu'il devait partir. Bjorn était un danseur de grand talent et il avait beaucoup plus de chance de vivre de son art à Paris.

Sigfrid n'avait alors fait ni une ni deux et avait déménagé sa compagnie dans ce local du 14e, qui était à l'époque un minuscule studio. Sid avait étendu le concept aux pays frontaliers, l'affaire avait grossi et il avait acquis l'étage complet de l'immeuble. L'ambiance était tout simplement électrisante. Il avait besoin d'une personne pour combler son équipe de la France ; c'était ironique, j'allais être cette personne !

C'est le cœur léger que je suis retournée à l'appartement. J'avais enfin trouvé ma place.

Je me suis arrêtée à la boulangerie située tout juste au coin de ma rue.

— Une baguette, s'il vous plaît ! ai-je joyeusement demandé.

— Il ne me reste que des traditions, ça sera un euro dix, m'a répondu la boulangère.

Les « traditions » sont de délicieuses baguettes croûtées qui sont légèrement plus chères que la baguette régulière. Je n'avais pas prévu ces quelques sous d'extra. J'ai fouillé au fond de ma poche, mais je n'y ai trouvé qu'un ticket de métro froissé et une pièce de un euro. Tant pis ! Les spaghettis sauce bolognaise que j'avais prévu préparer pourraient très bien s'accompagner d'une tranche de pain américain.

— Ah ! Mince, je n'ai pas suffisamment d'argent. Ce n'est pas grave, bonne journée ! ai-je lancé avec enthousiasme avant de tourner les talons.

Rien n'allait miner ma bonne humeur du jour.

— Attendez ! a hurlé la boulangère en faisant sursauter tous les clients. Je ne peux tout de même pas vous laisser partir sans pain, a-t-elle déclaré, les deux yeux bien ronds avec un ton qui laissait entendre que je m'apprêtais à faire la pire folie de ma vie, comme sortir en sous-vêtements sur le trottoir.

J'ai regardé les autres clients afin de m'assurer qu'elle s'adressait vraiment à moi et j'ai constaté que tout le monde me dévisageait avec une sorte de pitié.

Pourquoi en faire tout un plat ? Je voyais cette baguette comme un simple « extra » à mon repas, rien de plus.

Contrairement au Québec où ce long pain est souvent réservé aux soupers du samedi, voire uniquement pour la visite dans certains foyers, la baguette en France fait partie de la base de l'alimentation quotidienne.

Au petit-déjeuner, il suffisait de jeter un coup d'œil sur les tables des cafés pour s'apercevoir que c'est sur ce pain béni que les Français tartinent leur confiture et autres délices comme le Nutella. Inutile toutefois de demander du beurre d'arachides, il n'y en a pas. J'avais cependant réussi à en trouver au supermarché, au rayon des produits exotiques, entre la sauce soya et la mayonnaise Hellmann's ! Aussi, le midi, lorsque les Parisiens sortent acheter un sandwich pour le déjeuner, on ne leur sert pas deux vulgaires tranches de pain blanc coupées en triangle. Non, ils ont droit à une longue baguette aux saveurs variées : thon-crudités, poulet-mayonnaise, surimi, chèvre, rillettes. De quoi faire saliver !

Finalement, le soir, la baguette a sa place réservée au centre de la table, coupée en tranches épaisses.

Avec insistance, la boulangère a donc décidé de couper la baguette en deux et de me charger uniquement la moitié du prix. Étonnée, je suis sortie du commerce avec le sourire aux lèvres.

J'avais maintenant un emploi stimulant et la preuve que les Parisiens pouvaient être dotés d'empathie.

Chapitre 7

Allo ?

— Allo! ai-je joyeusement lancé en arrivant ce matin-là au bureau.

Esclaffement général.

Oups, c'était vrai! Aussitôt dit, j'ai voulu retirer ma formule de salutations. « Allo » est réservé aux conversations téléphoniques et, tout comme mon « Bon matin », il suscitait toujours quelques sourires lorsqu'il sortait de ma bouche. Les Français, eux, ne séparent leurs salutations qu'en « Bonjour » et « Bonsoir ». Mes collègues trouvaient rigolo que j'aie une expression propre à la matinée.

Depuis que j'avais commencé mon nouveau boulot, que j'adorais, j'avais bien sûr fait les frais de mes expressions québécoises auprès de mes collègues qui prenaient un malin plaisir à me reprendre à chaque phrase.

— J'ai de la misère avec l'ordi.
— Tu veux dire de la difficulté ?
— En tous cas, je ne m'ennuie pas de mon char !
— Tu veux dire que ça ne te manque pas ?
— Tu as un char ? Il est tiré par des chevaux ?

À croire que nous ne partagions pas la même langue ! Je me sentais un peu comme une habitante d'une région reculée n'ayant jamais eu accès à l'instruction. Mais bon, mes collègues n'étaient pas méchants et ils trouvaient mon accent plutôt charmant.

J'avais intégré l'équipe française qui était constituée de Fabien, Olivier et Daphnée. Fabien était plutôt timide et il m'avait à peine regardée lorsqu'on avait été présentés. Olivier, le petit comique de la bande, m'avait accueillie d'un « Heille tébernacle » ! Je n'avais pas attendu la fin de la matinée pour le remettre à sa place, ce que Daphnée avait semblé apprécier. Non mais, c'est comme si je me présentais devant tous les Français en leur disant : « Putain de bordel de merde ! »

Daphnée était une Parisienne pure et dure, mais elle me réconciliait avec l'image des habitants de cette ville. Je l'avais tout de suite aimée ! C'était ce qu'on pouvait appeler un coup de foudre amical. Ne parlant ni espagnol, ni anglais, encore moins allemand, elle avait eu de la difficulté à tisser des liens avec les autres collègues et elle était très heureuse qu'une fille joigne enfin l'équipe française, « même si c'est une Québécoise », avait-elle dit avec son manque de tact qui était tout sauf offusquant. Elle m'avait d'abord regardée comme si j'étais irréelle. Je m'étais quasiment attendue à ce qu'elle me demande : « Je peux te toucher ? »

Au déjeuner, elle m'avait confié :

— C'est la première fois que je rencontre une vraie Québécoise. J'en ai vu à la télé, dans les films, mais jamais en vrai.

Nous fascinions réellement les Français. Elle m'avait alors dit combien elle était fan de Natascha St-Pierre et d'Anthony Kavanagh, s'attendant presque à ce que je lui dise qu'ils étaient des amis de ma famille.

— On n'est peut-être pas soixante millions, mais c'est quand même grand, le Québec !

Chaque fois que j'ouvrais la bouche, je voyais un sourire sur son visage. Elle était totalement captivée par mon accent. Il est vrai qu'avant de partir, j'avais toujours cru que nous, les Québécois, n'avions pas d'accent, que c'était plutôt les Français qui en avaient un. Je n'avais jamais remarqué les traits distinctifs de notre parler coloré.

— Tu veux-tu une pointe ? lui avais-je demandé en présentant la tartelette que je m'étais achetée.

Ma question avait provoqué l'hilarité.

— Une pointe ! Que vous êtes drôles, les Québécois !

Une fois les rires calmés, j'ai compris qu'eux disaient une « part », ce qui sonnait tout aussi bizarre à mon oreille que « pointe » pour eux.

L'attitude de Daphnée n'était pas blessante, elle était juste amusante.

— Et pourquoi tu dis deux fois « tu » en posant une question ? m'a-t-elle demandé en prenant la « part » que je lui tendais.

Ah… Elle n'avait pas tort. Pourquoi donc ? Parce que tout le monde le dit ? Pourtant, je savais très bien qu'à l'écrit, ça ne se faisait pas, alors pourquoi à l'oral me permettais-je un tel accroc ? La façon de Daphnée de remettre en question chacune de mes paroles me faisait m'interroger sur notre langue et la façon dont nous l'utilisions au Québec.

***

En cette fin d'avril, le temps chaud était bien installé à Paris ; il faisait bon et je laissais mon manteau dans le placard de l'appartement, sauf les quelques journées plus nuageuses qui nous rappelaient que l'été n'était pas encore réellement arrivé.

J'adorais mon nouvel emploi, mais j'étais agacée par le fait que tout le monde se vouvoyait. Heureusement, Daphnée, Olivier et Fabien avaient commencé à me tutoyer après quelques jours, mais les autres collègues avec qui je n'échangeais que des banalités autour de la superbe machine à café s'en tenaient à l'éternel « vous ». Pour moi, ces quatre petites lettres jetaient une barrière qui m'empêchait de passer au stade amical d'une relation.

Je me suis imaginé la chose au Québec : moi vouvoyant Nadine. Mon Dieu ! Son sentiment de supériorité n'aurait été que décuplé. Je ne me souvenais même pas d'avoir déjà vouvoyé Johanne, mon ex-patronne. Peut-être lors de notre première rencontre, et encore ! Au Québec, nous avons le « tu » facile, c'est peut-être pour cette raison que nous paraissons si chaleureux aux yeux de nos cousins français ?

J'ai toujours trouvé ces histoires de vouvoiement trop compliquées pour rien. Les anglophones, eux, n'ont pas créé cette ambiguïté inutile ; il n'existe qu'un seul pronom pour s'adresser à un tiers : *you*. Mais les Français semblent tenir à cette formule de politesse élémentaire.

J'ai demandé à Michaël si c'était la même chose de son côté.

— Ceux avec qui je travaille tous les jours me tutoient. Les autres utilisent le « vous », m'a-t-il répondu.

— Et Natalia, elle te tutoie ?

C'était plus fort que moi. J'essayais de terrer ce sentiment hideux de jalousie, mais il refaisait surface chaque fois que Michaël et moi parlions de ses collègues. Il passait beaucoup de temps avec cette Natalia, puisque c'était elle la responsable du projet dans lequel il était impliqué. J'avais subtilement réussi à lui soutirer quelques informations sur cette collègue qui semblait prendre beaucoup de place dans son quotidien.

— Oui, oui, elle me tutoie ; elle travaille dans le même bureau que moi et on se voit tous les jours, a-t-il précisé en entrant sans le savoir le couteau un peu plus profondément dans ma plaie.

J'avais un peu honte d'agir ainsi, en blonde soupçonneuse. Je n'avais jamais été réellement jalouse ou contrôlante. Michaël avait toujours pu sortir avec ses chums sans avoir de comptes à me rendre. Cependant, savoir qu'il côtoyait une autre femme tous les jours et qu'il passait presque plus de temps avec elle qu'avec moi, étant donné le nombre d'heures faramineux qu'il passait au boulot, me titillait un peu. Malgré mes interventions plus ou moins délicates, Michaël ne semblait pas se douter du sentiment de rivalité que Natalia avait fait naître en moi puisqu'il me parlait d'elle chaque soir.

— Elle est en couple ? lui avais-je demandé sans aucune forme de subtilité quand il m'avait raconté qu'il avait mangé des sushis avec elle à l'heure du déjeuner.
— Non, ça fait longtemps qu'elle est célibataire.
— Ah oui ?

Craignant le pire, j'ai avalé de travers ma bouchée de flammkuchen, cette délicieuse tarte à la crème, aux lardons et aux oignons dont nous abusions un peu trop.

— Depuis au moins cinq ans. Elle a vécu une rupture amoureuse assez traumatisante.
— Comment ça se fait que tu sais tout ça ?

— Mon légendaire sens de l'écoute, tu le sais bien.

Michaël était toujours celui vers lequel les gens se tournaient pour faire des confidences. De parfaits inconnus lui racontaient régulièrement des parties insoupçonnées de leur vie, juste comme ça. Sa grande force et son charisme devaient faire en sorte qu'on se confiait naturellement à lui.

La conversation s'était close, nous avions entamé notre délicieuse mousse au chocolat maison et nous étions allés nous promener main dans la main sur les Grands Boulevards. Je n'ai plus abordé le sujet de Natalia depuis cette soirée, mais cette Française me laissait un goût amer en bouche. Elle était célibataire en plus… Je faisais confiance à Michaël, mais à elle ?

L'angoisse est venue me rendre de nouveau visite à l'heure du déjeuner, quelques jours plus tard, quand Daphnée et Olivier, avec qui je partageais une table dans une petite crêperie du quartier, se sont mis à parler de fidélité, concept qui semblait être plutôt abstrait dans la tête d'un Français.

— Alors, cette meuf, tu l'as revue ? a demandé Daphnée.

— Ah… Daph, c'était juste une histoire de cul, rien de plus.

— Je pensais que tu avais une copine, Olivier, avais-je fait remarquer naïvement en recevant mon assiette remplie d'une galette de sarrasin au fromage de chèvre, miel et noix que j'avais commandée sur un coup de tête — quand j'ai vu la « galette complète » garnie de jambon, fromage et œuf d'Olivier et celle au reblochon de Daphnée, je me suis demandé si j'avais bien choisi.

Olivier s'est mis à rire, Daphnée aussi.

— Quoi ? Quelle expression québécoise j'ai encore dite pour vous faire rire ?

Olivier m'a alors expliqué que sa situation était compliquée. Il aimait sa copine, avec qui il était depuis trois ans, mais ça ne l'empêchait pas d'aller voir ailleurs à l'occasion. Il ne vivait même pas avec elle, m'avait-il dit pour se défendre. Daphnée n'avait pas paru choquée même si elle m'avait assurée qu'elle était, elle, bien fidèle à son copain qu'elle fréquentait depuis le lycée. Et il y avait longtemps qu'elle ne se prenait plus la tête avec les histoires d'infidélité qu'elle entendait, puisque c'était monnaie courante. Son père avait lui-même eu une maîtresse pendant plusieurs années avant de quitter sa mère.

À ce que j'en comprenais, l'infidélité en France n'était pas plus acceptable que chez nous, mais plus tolérée.

J'ai à peine touché à ma galette pourtant délicieuse et je suis demeurée silencieuse le reste du repas. Et si cette Natalia essayait de mettre le grappin sur mon homme? Et s'il tombait sous son charme?

J'avais l'impression que depuis quelque temps nous n'avions pas beaucoup fait l'amour, en tout cas si je nous comparais avec les habitants de l'immeuble. Vivre les uns sur les autres avait un inconvénient de plus; il était très fréquent d'entendre les ébats des autres couples résonner dans la cour intérieure et nous extirper de notre sommeil. Au début, nous avions ri; ensuite, nous avions profité de cet intermède pendant la nuit pour faire de même; à la fin, nous nous contentions de caler notre oreiller sur notre tête pour essayer de récupérer ces quelques heures de sommeil volées.

Quand je suis rentrée ce soir-là, Michaël n'était, comme à son habitude, pas encore arrivé et j'ai décidé d'appeler ma mère. Il était 18 heures 30 à Paris, donc midi et demi pour elle. Avec un peu de chance, elle serait venue manger à la maison. Maintenant que nous avions notre propre Internet et notre ligne téléphonique, je pouvais profiter des appels interurbains gratuits. Lors de nos premiers échanges téléphoniques, maman était pressée et parlait à une vitesse folle.

— Ça va te coûter cher !

J'ai dû lui expliquer et réexpliquer que les frais interurbains étaient gratuits avec notre compte téléphonique.

— Allo ?
— Salut, maman !
— Oh, Cynthia. Salut, ma chouette.

Son ton était plus posé qu'à l'habitude.

— Ça va, maman ?
— Oui, oui. En fait, non. Ton grand-père est rentré à l'hôpital. Une crise cardiaque.

J'étais sous le choc. Parmi tous les scénarios possibles que j'avais imaginés sur la vie pendant notre absence du Québec, je n'avais pas pensé à celui-là.

— Il va bien ?
— Il est stable, je vais aller le voir cet après-midi et discuter avec le médecin. Il n'est plus jeune, jeune, tu sais.

Grand-papa… Et s'il fallait qu'il lui arrive quelque chose alors que j'étais à cinq mille kilomètres de lui ? Mon grand-père avait toujours été protecteur envers ses petits-enfants. Sa plus grande peur : qu'il nous arrive malheur. Quand j'étais petite, il m'emmenait au parc, mais ne s'éloignait jamais à plus d'un mètre de moi pour me rattraper si jamais je perdais pied. Comme papa n'avait pas été très présent, lui avait été là pour Cloé et moi. Il nous reconduisait à l'école et nous accompagnait lors des sorties scolaires. C'était réellement un bon grand-papa et je ne voulais pas qu'il nous quitte… Surtout sans que j'aie la chance de lui dire au revoir.

— Penses-tu que…

Ma mère a étouffé un sanglot. Elle essayait de paraître solide pour ne pas m'inquiéter, mais je savais qu'elle avait de forts doutes sur son rétablissement.

— Pense pas à ça, ma grande. Et puis toi ? Ton travail ? T'aimes-tu ça ? m'a-t-elle demandé pour changer de sujet.

Je lui ai alors raconté mes nouvelles rencontres, parlé de mes collègues et de combien je les faisais rire avec mon « accent chanté », comme certains l'avaient décrit. Avec mes histoires un peu plus légères, je l'avais fait sourire dans ce moment pénible.

Ma grand-mère nous avait quittés un an plus tôt et ça avait été une épreuve plutôt difficile pour maman. Perdre sa mère… Je n'aimais mieux pas y penser. Il s'agissait de la première fois que j'avais été confrontée à la mort d'un proche.

Quand j'avais vu grand-maman, étendue dans son cercueil, avec ce maquillage qui la rendait presque méconnaissable, j'avais craqué et je m'étais effondrée en plein salon funéraire. Nathan, qui était trop petit pour comprendre ce qui se passait, mais assez grand pour voir que j'avais de la peine, était venu me réconforter. Grand-papa était anéanti. L'amour de sa vie, celle qu'il regardait encore avec la même admiration après toutes ces années de mariage, était endormie à jamais devant lui.

Grand-papa et grand-maman avaient eu eux aussi une belle histoire d'amour et ils nous en avaient fait le récit maintes et maintes fois à ma sœur et moi lorsqu'ils nous gardaient. Grand-papa était un peu plus âgé que grand-maman et il avait été engagé par mon arrière-grand-père pour fendre du bois sur leur grande terre. Chaque fois qu'il venait travailler, il voyait ma grand-mère, alors toute jeune, par la fenêtre. Elle s'assoyait et le regardait travailler jusqu'à ce qu'il ait fendu la dernière bûche. Mon grand-père avait ainsi travaillé quelques années, sans même qu'ils échangent un mot.

Puis mon arrière-grand-père avait vécu des temps plus difficiles et ne pouvait plus payer grand-papa pour ses services. Mon grand-père avait éprouvé un grand chagrin à l'idée de ne plus voir ma grand-mère, alors il avait décidé de continuer à travailler, sans demander son dû, juste pour le plaisir de voir ma grand-mère. Mon arrière-grand-père l'avait trouvé si généreux qu'il lui avait offert la main de sa fille.

Je ne voulais pas perdre mon grand-père et j'ai eu la folle idée de penser que j'étais peut-être responsable de son malaise. De nature anxieuse, s'en faisait-il trop à mon sujet ? Me voir à l'autre bout de la terre l'angoissait-il ? Il n'était pas venu à notre souper d'adieux, prétextant un mal de dos, mais je savais qu'il n'avait pas voulu que je décèle l'inquiétude dans son visage. Il était anxieux, mais il en était conscient et n'aurait jamais voulu que cela me perturbe.

— Maman, tu me tiens au courant, hein ?
— Oui, oui, ma grande, t'en fais pas. Il est fort, ton grand-père…

J'ai raccroché au moment où Michaël franchissait la porte. J'ai couru me blottir dans ses bras apaisants. J'avais besoin de lui et je ne laisserais jamais rien nous séparer, pas même une Française à talons hauts !

***

— Votre portable, s'il vous plaît, m'a presque gentiment demandé la dame du magasin où je me trouvais.

Depuis que j'avais commencé mon travail, j'étais en train de devenir une véritable accro du « shopping » digne de Becky

Bloomwood, l'héroïne des romans de Sophie Kinsella. J'utilisais désormais ce terme, même s'il m'horripilait, parce que j'avais bien sûr fait bidonner mes collègues avec mon «magasiner». Écrire des textes pour inciter les gens à consommer me donnait l'envie folle de dépenser, même si je n'avais pas encore reçu un centime de ma paye mensuelle.

— Aux deux semaines? C'est étrange! m'avait dit Olivier quand je lui avais parlé de la paye québécoise.

Peut-être, mais ça évitait d'avoir à attendre un long mois avant d'empocher sa première paye. J'avais au moins pu profiter des tickets resto et c'était génial. Notre employeur nous remettait une liasse de billets et nous pouvions aller manger dans les restaurants qui les acceptaient. À Paris, personne n'apporte son lunch. Pas de vieux restants de la veille qui empestent la salle à manger, pas de sandwichs vite faits sur le coin de la table le matin. Les Français s'enlèvent ainsi un énorme poids qui pèse sur les épaules de tant de parents québécois. C'est probablement pour cette raison que j'avais l'impression d'être plus près de mes collègues français que je ne l'avais jamais été de ceux du Québec: parce que nous sortions déjeuner tous les midis.

Et l'heure du lunch pouvait s'étirer, s'éterniser, personne ne semblait en faire de cas. J'avais même appris que Fabien allait parfois au cinéma à l'heure du déjeuner. Chose impensable pour nous au Québec où chaque minute est calculée et doit être rentabilisée. Ici, par contre, c'est bien vu de finir tard, même si on ne bosse pas nécessairement plus.

Ce qu'il y avait d'extra aussi avec le système français, c'était le nombre étonnant de congés auxquels les employés avaient droit.

— Deux semaines de vacances? avait répété Daphnée avant de manquer s'étouffer avec son verre de vin, petit plaisir que nous partagions le vendredi midi, lorsque je lui avais parlé des conditions du marché du travail québécois. Laisse tomber! Je reste ici! avait-elle conclu en avalant une gorgée de plus belle.

Depuis que j'étais arrivée, j'avais semblé éveiller en elle le désir de s'établir au Québec, mais cette réalité avait détruit ses ambitions d'un seul coup.

Il est vrai que dix jours sur une année complète m'apparaissaient très peu. C'est pourtant ce dont une grande majorité de Québécois doivent se contenter chaque année afin de s'évader un peu sur les plages des États-Unis ou d'Amérique du Sud.

En France, les employés ont droit à un minimum de cinq semaines de vacances. J'avais été tellement étonnée que j'avais relu mon contrat trois fois avant de le signer, croyant à une erreur. J'avais même téléphoné à Marc Gagné qui m'avait assuré que c'était la norme. J'étais folle comme un balai!

Mais attention! Les Français ne se satisfont pas de cinq petites semaines. Il y a aussi tous les congés fériés. «Normal», m'étais-je d'abord dit. Ça, c'était avant de découvrir les «ponts».

— Ben ouais, ça, c'est quand un férié tombe le jeudi ou le mardi. Tu ne vas quand même pas entrer travailler juste pour une journée avant ou après le week-end, m'avait expliqué Daphné, comme si c'était une évidence.

— Ah non? avais-je répondu, incrédule.

C'était sans compter les RTT. Une autre abréviation pour dire: réduction du temps de travail. C'était une mesure que je trouvais fort intelligente pour donner plus de temps libre aux Français. Nous avions droit à une demi-journée de congé pour chaque semaine complétée, soit l'équivalent de deux jours par mois.

— Ça permet aussi aux femmes qui ont des enfants de prendre congé le mercredi.

Je ne savais pas si c'était les deux verres de vin que je venais d'ingurgiter, mais je ne voyais pas le lien entre le mercredi et les enfants.

Devant mon regard interrogateur, Daphnée avait poursuivi son explication :

— Les enfants n'ont pas cours le mercredi !

Évidemment !

Ceux qui n'avaient pas d'enfants pouvaient en profiter pour faire rouler l'économie en s'adonnant au shopping. C'est ce que j'avais précisément choisi de faire lors de ma première journée de RTT, dans cette boutique de sous-vêtements du 3e.

— Votre portable, madame, a répété la caissière.

Mon portable ? Pourquoi aurais-je apporté mon ordinateur dans une boutique de vêtements ?

Devant mon absence de réaction, elle a soupiré et m'a demandé, tout à coup visiblement impatiente :

— Votre mobile ?

Mon mobile ? Devais-je vraiment lui expliquer les raisons qui me poussaient à vouloir devenir membre du programme de fidélité de la boutique ? J'en avais envie, c'était tout, et j'allais bien sûr pouvoir profiter des rabais. J'avais décidé de faire une petite campagne de séduction massive auprès de mon homme et ça commençait par un brin de lingerie. Je voulais le rendre encore plus fou de moi, afin qu'il ne soit pas tenté par les charmes de Natalia, que je n'avais, soit dit en passant, jamais vue, mais dont je m'étais imaginé un portrait assez flatteur : grandes jambes, cheveux blonds ondulés naturels, lèvres pulpeuses, poitrine proéminente. Bien sûr, tout cela était le fruit de mon imagination, mais j'avais l'impression que mes 5 pieds 2 pouces, mes banals cheveux bruns et mon bonnet 34B ne rivalisaient pas avec une bombe sexuelle française.

— Votre téléphone portatif ? a réitéré la jeune femme en tâchant de garder son sang-froid.

— Ah ! Mon cellulaire ! ai-je finalement compris quand elle a fait le signe universel du téléphone avec son pouce et son auriculaire. Je n'en ai pas.

Elle a froncé les sourcils comme si je venais de débarquer de la planète Mars.

Je n'avais pas de cellulaire au Québec, alors je ne voyais pas pourquoi j'aurais dû en avoir un à Paris. Je n'en voyais pas l'utilité. Je dirais même que j'en avais horreur. Les relents de mes années de commis à la librairie peut-être ? Vous seriez surpris du nombre de clients impolis qui passent à la caisse tout en poursuivant leur conversation au téléphone, sans dire *bonjour, merci* ni *au revoir*.

Visiblement, à Paris, j'étais la seule dans ma situation. Ici, le cellulaire fait tout simplement partie de l'anatomie du Parisien tout comme un bras ou une jambe. Questionner un Parisien pour savoir s'il en possède un paraît aussi absurde que de demander : « Avez-vous des poumons ? »

J'ai donné mon numéro de téléphone fixe à la dame qui m'a enfin tendu la carte de fidélité du magasin en ajoutant :

— Il y a une boutique Orange[2] en face, vous feriez bien d'aller y faire un tour.

---

2   Orange est une entreprise de télécommunications européenne qui vend, entre autres, des téléphones cellulaires.

J'ai regardé la boutique en question, un instant tentée. Puis j'ai jeté de nouveau un œil vers mon sac. Cet ensemble de porte-jarretelles et guêpière en dentelle noire venait quand même de me coûter près de cinquante euros. Je devais me calmer un peu, au moins jusqu'à ce que j'empoche ma première paye.

En rentrant chez moi, dans le métro, au lieu de lire comme j'en avais l'habitude, j'ai observé les passagers. J'ai été frappée de plein fouet : le wagon scintillait d'iPhone et de portables de toutes les formes, grosseurs et couleurs inimaginables. Tous en avaient un à la main, sans exception ! La vieille dame d'au moins soixante-dix ans, l'adolescent à peine pubère, la femme enceinte, même la jeune fille de huit ans et la poupée qu'elle portait dans ses bras en possédaient un.

Certains parlaient très fort, comme s'ils croyaient que ce qu'ils racontaient était d'intérêt public. D'autres, à voir la vitesse à laquelle leurs pouces glissaient sur le minuscule clavier de leur engin électronique, maniaient depuis longtemps le texto. Mais les plus fascinants à regarder étaient ceux qui portaient l'oreillette et semblaient s'adresser à un ami invisible.

En sortant du métro, mon œil s'est arrêté sur une autre enseigne Orange qui brillait au loin. Je voyais les téléphones cellulaires alignés dans la vitrine. Je ne perdais rien d'y entrer, juste pour jeter un coup d'œil.

Trente minutes plus tard, j'en ressortais avec un portable.

Devant mon scepticisme de départ, le vendeur m'avait gentiment expliqué qu'en France, seuls les appels logés sont payants, pas ceux que les clients reçoivent. Ce qui, ma foi, était tout à fait logique ! Michaël ne serait certainement pas fâché. Et il allait sans doute oublier cette folie en me voyant dans ma nouvelle lingerie…

Chapitre 8

« Fast » food !

— Je vais prendre six *Chicken McNuggets* en menu, s'il vous plaît, ai-je commandé à la caissière du McDonald's.

Je ne pouvais pas croire que je venais de faire cela.

Pas commander des croquettes, non ! Je pouvais me le permettre ; j'avais quand même une silhouette assez flatteuse. Mais demander le tout dans un pseudo-anglais tout en prenant un accent français, ça, c'était limite. C'était toutefois le prix à payer pour pouvoir savourer de délicieuses et tendres pépites de poulet.

Sur le panneau lumineux derrière le comptoir, on pouvait lire : *Happy Meals, McChicken, Filet-o-Fish, Farmer salad, Deluxes potatoes...* La première fois que j'avais mis le pied dans un « MACdo », comme les Français l'appelaient, j'avais cru un instant me retrouver dans un quartier anglophone de la Ville Lumière. À mon grand désarroi, c'était comme ça dans tous les restaurants prétendument rapides de Paris.

J'avais compris assez tôt qu'il était quasi impossible de commander dans la langue du pays quand il s'agissait de « fast-food », concept typiquement américain auquel les Français semblaient d'ailleurs avoir de la difficulté à se conformer. Pour la partie « food », ça allait, mais pour le côté « fast », certains ajustements paraissaient encore nécessaires.

En effet, obtenir sa commande en moins de dix minutes relevait plutôt du département des rêves que de celui de la réalité. Dans les heures d'affluence, il fallait d'abord tenter de se rendre à la caisse en essayant de se frayer un chemin parmi tous les clients qui se bousculaient comme dans un concert rock — à croire que les gars de One Direction étaient derrière le comptoir et servaient les boissons fraîches. L'incapacité des Français à former une « queue » bien droite continuait de m'étonner. Ensuite, il fallait déchiffrer le menu et même le dernier dictionnaire *Harrap's* n'aurait pas été d'un grand secours. Puis il fallait patienter pendant que les employés s'activaient tranquillement, sans aucune pression, à préparer les repas.

J'avais fait les mêmes constatations lorsque j'étais entrée dans un Subway avec Daphnée et Olivier qui découvraient ce restaurant pour la première fois. Instinctivement, j'avais demandé :

— Un six pouces, steak et fromage, pain italien spécial en trio avec les biscuits, s'il vous plaît.

Du temps de l'université, j'avais si souvent fait attendre les commis du Subway situé sur le chemin Ste-Foy parce que je n'arrivais jamais à choisir que j'avais fini par prendre l'habitude de commander toujours la même chose. Quoi ? Quelle idée de donner à une indécise le soin de sélectionner non seulement la longueur de son sandwich, mais la variété de pain, les garnitures et la sorte de fromage ? J'en avais des maux de tête juste à penser à l'heure du lunch.

Le commis est resté complètement de marbre, comme si je lui avais fait une mauvaise blague.

J'ai décidé de jeter un œil au gros tableau que tous les clients, dont Daphnée et Olivier, étudiaient avec sérieux.

Quelques instants plus tard, j'ai recommandé exactement le même sandwich, mais dans un dialecte que les Français comprenaient mieux : un quinze centimètres, *steak and cheese*, pain italien copieux en menu avec les *cookies*.

— Et comme boisson ? m'a demandé la caissière.
— Du thé glacé, s'il vous plaît.
— Nous n'en avons pas, m'a-t-elle répondu.

Pourtant, je distinguais bien le logo sur la fontaine derrière elle.
Je me suis essayée de nouveau.

— Un ice tea.

Elle s'est retournée et a rempli mon verre sous les rires de mes collègues.

***

J'avais réussi à avoir de brèves nouvelles de grand-papa par l'entremise de Cloé. Maman était pratiquement impossible à joindre puisqu'elle passait tout son temps au chevet de son père. Il allait mieux, mais les risques de récidives étaient élevés. Il devait donc rester encore à l'hôpital.

De son côté, Michaël était aux petits soins avec moi et nous passions de longs moments étendus sur le lit de notre minuscule appartement à discuter tout simplement, comme au temps de l'université.

Michaël continuait toutefois de me parler de Natalia chaque jour ou presque. Il me racontait les blagues qu'elle faisait, le nombre de cafés qu'elle buvait et même ce qu'elle commandait à la cafétéria de leur société.

Je me suis alors dit que je devais probablement, moi aussi, lui parler abondamment de Daphnée et d'Olivier avec qui je développais beaucoup d'affinités. Michaël n'avait jamais montré de signes de jalousie. Peut-être ne croyait-il pas que mes charmes pouvaient retenir l'attention d'un homme ? Peut-être me faisait-il confiance ? Ou peut-être que son amour pour moi diminuait ?

Aurais-je réagi de la même manière si Natalia avait eu un copain ? Sans doute que non. Elle aurait représenté un danger moins grand pour moi. Comme ça faisait cinq ans qu'elle était sur le marché, j'avais raison de m'inquiéter.

Michaël est très beau. Grand, bâti, il a les cheveux rasés qui lui donnent un petit air « tough » et des yeux bleu intense. Ajoutez le fait qu'il est Québécois et je me doutais bien qu'il pouvait éveiller des sentiments plus qu'amicaux chez cette Natalia.

Je n'avais pas encore osé sortir ma guêpière. De retour à l'appartement, je m'étais sentie un peu ridicule d'avoir succombé à cet achat. J'avais soigneusement caché mon sous-vêtement au fond de la grosse valise que nous avions glissée en haut du placard. Je n'avais quand même pas besoin de ça pour garder mon homme. C'est le genre de chose que font les femmes de quarante ans quand elles soupçonnent leur mari de les tromper avec une plus jeune, non ? Et je n'allais pas essayer de me faire rembourser ; j'avais eu ma leçon.

***

J'avais enfin obtenu ma première paye et il était temps d'aller explorer ce que le reste du continent avait à m'offrir.

— Et si on profitait du pont de mai pour faire un petit voyage ? ai-je demandé à mon homme.

— Oui, bonne idée. Natalia m'a dit que Vienne est très bien.

Encore elle ! Ah non, elle n'allait pas se mêler de mes escapades amoureuses ! Vienne m'avait toujours tentée, mais je voulais que ce voyage se passe sans la moindre allusion à ma rivale.

— Pourquoi on ne va pas à Londres ? J'ai vu passer un super forfait au travail.

— Oui, bonne idée.

— Super ! Je m'occupe de tout.

Je voulais que notre voyage soit mémorable et je voulais montrer à Michaël que c'était moi, la femme de sa vie. Que c'était avec moi qu'il avait le plus de plaisir. Je voulais aussi lui faire oublier cette maudite Natalia une fois pour toutes. Ça aurait été une bonne idée... si je n'avais pas gaffé.

J'étais si énervée à l'idée de ce voyage que j'avais rapidement « booké » le forfait. Il incluait le transport, l'hôtel et le petit-déjeuner. Le prix était incroyablement bas et j'étais toute fière d'avoir profité de cette offre. J'étais, je le croyais, une voyageuse futée, jusqu'à ce que nous ayons une petite surprise le matin du départ.

— Euh, t'es sûre que c'est d'ici qu'on part ? m'a demandé Michaël. Gare du Nord est par là-bas et Natalia m'a dit que c'est de là que part Eurostar.

— Ben elle est dans les patates parce que c'est ici ! ai-je répondu agacée par le fait qu'elle s'immisce déjà dans mon week-end en amoureux.

J'étais toutefois inquiète ; j'étais au bon endroit, mais ça ne ressemblait pas du tout à une gare de train. J'ai regardé de plus près mes billets. Eh merde ! Le transport était en autocar ! Six heures de trajet nous attendaient au lieu de deux heures en TGV...

Il fallait être positif ; les billets avaient coûté la moitié du prix et nous allions avoir du temps pour nous rapprocher.

Le concept aurait été parfait si Michaël ne s'était pas endormi sitôt l'autocar démarré. Il s'est toutefois réveillé quand nous avons dû passer la douane anglaise.

Chaque passager était prié de descendre et de remplir une fiche indiquant l'endroit où il allait séjourner, la durée et la raison de son voyage. Tout allait bien jusqu'à ce que j'arrive devant le douanier. Je vous ai déjà dit que je ne parle pas très bien anglais... Eh bien, je le comprends encore moins, surtout avec l'accent british.

— *What is your profession ?* m'a demandé l'agent en alternant son regard entre mon passeport canadien et moi.
— *Journalist !* ai-je répondu instinctivement.

Merde ! Non... Pendant trois ans j'avais répondu « journaliste » à cette question, mais maintenant, j'étais rédactrice Web. Quelle nouille ! Bon, il n'allait peut-être pas voir la différence.

— *Journalist, hum ?*
— *Yes...,* ai-je balbutié, ne voulant pas expliquer que je m'étais trompée — ça aurait été trop compliqué.
— *Please wait, M'am.*

Quoi ? Les journalistes n'avaient pas le droit d'entrer au pays ? Merde et remerde ! J'ai jeté un coup d'œil à Michaël ; il était lui aussi en train d'attendre devant un douanier. Tous les autres passagers avaient regagné l'autocar. Bon sang, qu'est-ce qui se passait ?

— *Go get your stuff.*
— *What ?!* ai-je articulé.
— *M'am, please get your stuff, the bus is leaving.*

Mes mains tremblaient, ma respiration était bruyante, j'essayais de capter le regard de Michaël, mais lui non plus ne semblait pas comprendre ce qui se passait. Chacun notre tour, nous avons été escortés dans le bus pour récupérer notre sac à dos. Je me sentais comme une immigrante illégale qui venait d'être capturée. Je voulais uniquement aller voir Big Ben, moi! Pas la faire sauter!

J'ai été conduite dans une petite salle, séparément de Michaël. Une douanière a pris mon sac. Non, s'il vous plaît! J'espérais juste qu'elle ne fasse pas une fouille, car oui, j'avais décidé d'en mettre plein la vue à Michaël et d'apporter la guêpière en dentelle.

L'agente m'a jeté un regard perçant, comme si j'étais une criminelle. Elle a tâté mon sac, l'a ouvert et y a plongé sa main. Elle sortait un à un les articles tout en me regardant. Mon roman, mon chandail chaud, mes bas... Elle se rapprochait dangereusement de mon arme de séduction. Elle a ensuite jeté un coup d'œil rapide à l'intérieur, puis elle a sorti la guêpière, presque triomphante.

J'ai senti mon visage tourner au rouge; je n'avais jamais été aussi mal à l'aise de toute ma vie. Qu'allait-elle penser?

Contre toute attente, elle m'a regardée et a esquissé un sourire en me lançant un clin d'œil. Délicatement, elle a replacé tous les objets à l'intérieur de mon sac et l'a rangé dans un casier.

Elle m'a ensuite fait poireauter pendant une bonne heure. Je ne savais toujours pas ce qui se passait, mais elle m'observait derrière une baie vitrée.

Bon sang! Je songeais à ma mère. Comment allait-elle réagir si elle recevait un appel de l'ambassade canadienne pour lui dire que sa fille était détenue aux douanes britanniques? Elle allait faire une syncope!

Finalement, l'agente est revenue.

— *Follow me.*

Qu'allait-elle me faire ? Elle semblait radoucie, mais son ordre ne me rassurait pas le moins du monde.

Je l'ai suivie jusqu'à un petit bureau sans âme où, à mon grand soulagement et à ma grande peur en même temps, se tenait un agent bien baraqué, campé derrière une table.

— *Sit,* m'a demandé l'homme, le plus sérieusement du monde.

J'avais l'impression de me retrouver dans une salle d'interrogatoire. Allait-il me torturer comme dans les épisodes de *24 heures chrono* que nous avions écoutés en rafale, Michaël et moi, dans cet appartement de Québec qui me manquait terriblement tout à coup ?

L'homme a ouvert un tiroir et a sorti une paire de gants en latex. Il les a fait glisser doucement sur ses mains, faisant claquer chacun des doigts d'un petit coup sec en me regardant droit dans les yeux. Non... Ça ne pouvait pas être possible. Une fouille à nu ? Pourquoi n'étions-nous pas allés à Vienne déjà ? J'étais certaine que l'Autriche réservait un meilleur accueil à ses visiteurs.

Mon pouls a commencé à s'accélérer et mes membres à trembloter. Je n'avais rien à cacher, alors que cherchaient-ils ? Pensaient-ils que je cachais de la drogue au fond de mon... C'était peut-être la guêpière qui avait envoyé un mauvais message ?

Machinalement, j'ai reculé dans ma chaise.

— *Stay where you are.*

Une larme coulait doucement sur ma joue. J'étais terrorisée, tétanisée. Michaël subissait-il le même sort ?

L'homme s'est alors retourné et a sorti une petite boîte noire qu'il a ouverte sur la table.

— *Give me your hand.*

Je me suis exécutée et il tout simplement pris les empreintes de chacun de mes doigts.

J'étais soulagée, mais à la fois inquiète de savoir que des autorités britanniques détenaient mes empreintes digitales.

— *You are free to leave,* m'a alors annoncé l'homme dans ce qui m'a semblé être l'ombre d'un sourire.

J'ai ouvert la porte sans aucune forme de politesse et j'ai vu Michaël qui m'attendait. Je n'ai fait ni une ni deux et j'ai sauté dans ses bras.

— Qu'est-ce qui s'est passé ?
— Un malentendu…

À la différence des douaniers français qui avaient à peine regardé mon passeport avant d'y apposer une étampe à notre arrivée à Charles-de-Gaulle, les douaniers britanniques prenaient leur travail très au sérieux. Lorsqu'ils avaient posé la question à Michaël sur mon occupation, il avait répondu « *Web writer* ». Le manque de concordance avait alors semé un doute dans la tête du douanier un peu zélé.

Grâce à la débrouillardise innée de mon homme et à sa maîtrise de l'anglais plus élaborée que la mienne, nous avons réussi à nous dénicher un autobus en direction de Londres. C'est donc avec un petit cinq heures de retard sur notre plan original que nous sommes arrivés, soulagés, à la gare de Victoria.

L'expérience avait été traumatisante, mais Michaël ne m'en voulait pas du tout. Nous avions même réussi à en rire, une fois allongés sur le lit de l'hôtel tout sauf génial que j'avais réservé. La super offre prétendait qu'il était situé en plein centre de Londres alors qu'il s'établissait en fait à trente minutes de train du cœur de la ville. D'un commun accord, Michaël et moi avons décidé de mettre de côté cette mésaventure et surtout de ne pas en toucher mot à nos parents pour ne pas les inquiéter inutilement.

Le week-end s'est finalement avéré des plus charmants et Londres nous a littéralement renversés. Big Ben, la tour de Londres et le London Bridge nous ont accueillis à bras ouverts. Nous avons dégusté des « breaded scampie » et un « fish and chips » dans les pubs qui foisonnaient. Nous avons même été faire une balade romantique dans le quartier coloré de Notting Hill. À mon plus grand bonheur, Michaël n'a pas évoqué le nom de Natalia une seule fois durant le séjour. Ouf, j'étais rassurée! J'avais quand même traîné cette foutue guêpière et j'avais décidé d'en faire la surprise à Michaël lors de notre dernière nuit. Bien sûr, Londres allait être à jamais mémorable et pour plus d'une raison…

***

Par un beau samedi matin ensoleillé, j'avais décidé de me lever plus tôt qu'à mon habitude pour aller faire un tour au marché. Notre séjour à Londres nous avait fait le plus grand bien, mais nous étions de retour dans la réalité parisienne. Michaël dormait encore. La veille, il était sorti prendre un pot avec ses copains du boulot et je n'avais même pas demandé si Natalia faisait partie de la bande, car la réponse me faisait peur. Je m'étais inventé mille scénarios : Michaël l'embrassant dans le bar, Michaël lui glissant des mots doux à l'oreille, Natalia rigolant la tête renversée vers l'arrière sous le regard approbateur de ses collègues.

Mon imagination était trop fertile. Rien de tout cela ne s'était produit, j'en étais certaine. J'avais tout de même pris la peine de sentir les vêtements de mon homme, à ma plus grande honte, avant de quitter le logement ce matin-là. Aucune trace d'une quelconque odeur féminine et aucune marque de rouge à lèvres sur le col de son chandail. Je pouvais partir la tête tranquille.

— Tomates, cinquante centimes le kilo! Qui veut des tomates fraîches? criait la marchande, une grappe de tomates rouge vif à la main.

Traditionnels par excellence, les marchés parisiens regorgent de produits tous plus alléchants les uns que les autres. Pratiquement chaque quartier en possède un qui se déploie une ou deux fois par semaine. S'y installent producteurs de légumes et de fruits, poissonniers, bouchers, fromagers et quelques autres vendeurs de babioles. J'étais évidemment passée rapidement devant, mais je n'avais jamais pris le temps de m'y arrêter, préférant nettement faire mes courses au Monoprix, semblable aux supermarchés de chez nous.

Je me promenais doucement dans le marché situé près de mon arrondissement. Mes yeux ne savaient plus où regarder, mes narines frémissaient sous les bonnes odeurs, mon ventre gargouillait. J'étais tout juste en train de me demander pourquoi je n'étais pas venue plus tôt quand...

HORREUR!

Devant moi s'alignait une série de poulets avec leurs plumes, suspendus par les pattes auxquelles étaient toujours attachées les griffes. Bien sûr, je n'étais pas naïve; je savais bien que les poulets que j'achetais au supermarché dans leur petit paquet de *styrofoam* blanc avaient déjà marché avant de se retrouver dans les comptoirs réfrigérés, mais présentés comme ça, un samedi matin, sans rien dans l'estomac… c'était plutôt cru !

J'ai fermé les yeux, décidée à poursuivre ma visite quand même. Je les ai rouverts quelques secondes plus tard, pensant avoir échappé à ces atrocités barbares.

J'ai regretté amèrement de voir de nouveau la lumière du jour : derrière un comptoir vitré était disposée une langue d'une grosseur que je n'avais jamais osé imaginer ! Elle était si épaisse que je pouvais clairement y distinguer chacune des papilles gustatives. J'avais déjà vu un bocal de langues de porc dans le vinaigre traîner dans le réfrigérateur lorsque j'étais petite, puisque mon père en mangeait à l'occasion à mon plus grand dégoût. Cette langue-ci semblait provenir directement de la gueule d'un mammouth. Mes jambes sont devenues tout à coup toutes molles. Pensant avoir vu ce qu'il y avait de plus abominable, j'ai alors aperçu, trônant en plein milieu d'une vitrine, une tête entière de cochon, détachée de son corps. Tout y était ! Les oreilles, le museau, on distinguait même encore un peu de pelage. L'image était assez claire ; on comprenait rapidement que les morceaux de chair et les sabots déposés à côté avaient tous, un jour, fait partie du même animal.

Le cœur sur le bord des lèvres, j'ai décidé que j'en avais assez vu. Tant pis pour les légumes frais et l'étalage d'épices qui sentaient bon, c'était beaucoup plus d'images que mon cerveau encore endormi ne pouvait en emmagasiner. J'en aurais probablement pour quelques nuits à faire des cauchemars.

J'ai pris mes jambes à mon cou sous le regard intrigué du boucher qui était en train de servir à une cliente ce qui me semblait être les intestins de ce pauvre petit *Babe*.

Je devais toutefois remplir le frigo. Je me suis dirigée le plus rapidement possible vers une petite épicerie située à quelques pas. Je regardais attentivement les pièces de viande qui paraissaient sages, soigneusement emballées et étendues dans le comptoir réfrigéré.

Entre les rognons, les andouillettes et les tripes logeait une rangée des steaks emballés dans des pochettes d'aluminium. J'étais en train de me déplacer pour examiner les poitrines de poulet quand mon regard a bifurqué sur le sol.

— Ah! Mon Dieu!

Je n'ai pu m'empêcher de lâcher un cri démentiel.
Tous les clients ont cessé leurs activités et se sont tournés vers moi.

J'avais peine à articuler. Je pointais l'index vers la petite chose qui essayait de s'enfuir sur ses quatre pattes.

— Une souris!

Je regardais autour de moi à la recherche d'un objet quelconque sur lequel je pouvais grimper. Il n'y en avait pas.

J'ai croisé le regard d'une femme, elle aussi apeurée, puis je l'ai vue s'enfuir dans une allée.

Les autres clients ont repris leur chemin tranquillement. Un employé est arrivé nonchalamment avec un balai, comme s'il s'apprêtait à faire une tâche routinière.

Quand le petit rongeur a été finalement hors de ma vue, j'ai voulu m'enfuir du supermarché. Mais mon estomac m'a rappelé que je devais au moins acheter quelque chose pour le souper.

J'ai repéré l'enseigne de la poissonnerie. J'avais de la difficulté à résister aux fruits de mer. Je me suis donc convaincue d'aller rapidement me procurer un délicieux poisson et de déguerpir aussitôt.

En m'y rendant, je ne pouvais m'empêcher de jeter des regards furtifs dans toutes les directions, telle une vraie paranoïaque. J'imaginais la petite souris surgir d'un étalage de boîtes de conserve et atterrir directement dans mon panier.

Je devais me calmer. Respirer.

Ce n'était qu'une toute petite souris après tout. Elle ne faisait rien de mal, elle ne cherchait qu'à sortir de ce labyrinthe rempli de nourriture. Elle était même plutôt mignonne en y repensant bien. Elle était sans doute entrée par la porte des livraisons, il n'y avait pas de quoi paniquer.

J'ai soudain mieux compris pourquoi il y avait souvent des chats dans plusieurs restaurants de la ville.

Mon cœur commençait à reprendre son rythme normal; j'avais réussi à me raisonner.

Tout en regagnant mes esprits, j'analysais les différentes variétés de poissons étendus sur le grand comptoir rempli de glace. Du saumon? Du cabillaud? Puis j'ai aperçu de gigantesques crabes.

Après toutes les épreuves que je venais de vivre, j'avais bien droit à un peu de luxe. J'étais en train de m'approcher tranquillement de ces gros crustacés pour distinguer le prix piqué dans la glace concassée quand…

— Ah! Mon Dieu! ai-je crié en sursautant.

Le poissonnier est arrivé en courant.
Je montrais du doigt les carapaces.

— Un des crabes vient de bouger!
— C'est normal, madame, ils sont seulement engourdis par le froid. Je vous en donne combien? m'a-t-il demandé en faisant claquer sa longue pince en métal.

J'ai lâché mon panier et je me suis enfuie, c'en était trop pour une seule journée.

Je suis arrivée à l'appartement, essoufflée.

— Ça va, mon amour ? T'as vu un fantôme ?

Michaël se réveillait tranquillement, les traces d'oreiller encore au visage.

— As-tu trouvé quelque chose pour le souper au marché ?
— Non... Que dirais-tu d'un MACdo ?

Chapitre 9

« Ze » parisian attitude

— Putain ! ai-je crié.

— Qu'est-ce qui se passe, chérie ? s'est empressé de deman-der mon amoureux, inquiet.

— J'ai laissé tomber ma tartine sur le parquet et, bien évi-demment, elle a atterri du côté de la confiture.

— Ta tartine ? Le parquet ? m'a-t-il repris tout en essayant de retenir un fou rire.

Cela faisait quelques mois que nous étions en sol parisien et j'avais le sentiment d'avoir réussi mon intégration. J'étais deve-nue une vraie de vraie Parisienne ! Le fait de côtoyer Daphnée et Olivier avait contribué à ma métamorphose. À force de me faire reprendre sur chaque expression un peu trop québécoise, j'en étais venue à adopter leur langage. Nathan m'avait même fait la remarque lors de nos trop courtes conversations sur Skype.

— Tu parles donc ben drôle, matante ! C'est comme dans les films. Es-tu devenue actrice ?

Son commentaire avait provoqué un grand rire gras du sofa où se vautrait son père.

— Je le savais ! T'as pogné l'accent ! m'a-t-il dit en se pointant le nez devant l'écran de son fils.

— Pantoute, ai-je rétorqué.

— Moi, j'aimais mieux comment tu parlais avant, a riposté Nathan.

Les enfants et leur incroyable franchise.

— Mon loup, t'en fais pas... je suis toujours moi.

Mais il était vrai que j'avais changé. J'avais toujours été outrée de voir les artistes québécois revenir avec un accent que je qualifiais de « hautain » quand ils avaient n'était-ce que les prémisses d'une carrière dans le Vieux Continent. Voilà que j'étais contaminée à mon tour.

Il n'y avait pas que mon langage qui laissait paraître ma transformation. Je sentais maintenant que la ville faisait partie de moi. J'avais mes propres bonnes adresses et oui, la boulangère du coin me reconnaissait ! J'avais fini de jouer les étrangères, je connaissais bien la ville et je me fondais dans la masse. J'avais adopté « ze » *parisian attitude* !

J'ai reçu la véritable confirmation de mon appartenance à la ville quand j'ai commencé à être sollicitée par les touristes. Ils me demandaient, à moi, où se trouvait telle rue, tel monument ou tel restaurant. Je devais, inévitablement, avoir l'air d'une résidente de Paris. Qui l'aurait cru ! J'étais de plus en plus à l'aise, même que je n'avais plus besoin de mon plan de la ville pour me sécuriser.

Je ne sortais plus sans mon « portable » et j'avais commencé à envoyer des SMS. Je disais vivre « sur » Paris et non « à » Paris. Le matin, nous petit-déjeunions, le midi nous déjeunions et le soir, nous ne soupions plus, mais nous dînions, et cela, jamais avant 20 heures. À l'heure du lunch, il n'était pas rare que j'aille me chercher un sandwich à la boulangerie, que je mangeais en marchant dans la rue, s'il vous plaît! Je ne faisais plus la file, je faisais « la queue », mais simplement quand cela me disait, et « mon chum » s'était transformé en « mon copain ».

Même si je n'en étais pas fière, j'avais aussi commencé à démontrer régulièrement des signes d'impatience, à soupirer fréquemment et même à bousculer les gens dans le métro en omettant de m'excuser.

Il faut dire que Daphnée déteignait sur moi. Nous passions de plus en plus de temps ensemble et elle m'avait emmenée dans les endroits les plus branchés de la ville. Elle m'avait présentée à ses copines à qui j'avais dû bousiller l'image d'un pays emprisonné par la neige dix mois par année et reprendre depuis le début sur « l'été des Indiens ». Je ne comprenais pas pourquoi, mais presque tous les Français rencontrés me parlaient de cette accalmie automnale. Ils en étaient fascinés.

— Vous ne vivez pas sous la terre pendant l'hiver ? m'avait demandé l'une d'elles, incrédule, en voulant probablement parler des souterrains de Montréal.

Chaque fois que je répondais à l'une de leurs questions, j'avais l'impression de les décevoir. Mais je n'avais pas le choix ; le portrait qu'elles se faisaient de notre réalité était loin d'être fidèle.

Michaël, lui, continuait de passer beaucoup de temps au boulot. Il avait beaucoup de « taf ». Il n'était pas rare de le voir entrer à 20 heures. J'étais un tantinet déçue et il l'avait remarqué ; j'avais même fait éclater une dispute.

— Allo, chérie, qu'est-ce qu'on mange ? m'avait-il dit un soir en arrivant plus tard qu'à l'habitude.

— Toi, je ne sais pas. Moi, j'ai déjà mangé.

Il avait été surpris par mon accueil peu chaleureux.

— OK... T'es fâchée, toi.

J'avais alors fait une montée de lait sur le fait que je l'avais suivie à l'autre bout du monde pour être avec lui et non avec les quatre murs de notre minuscule appartement.

— Oui, mais je suis venu ici travailler, tu le sais bien.
— Je ne pensais pas que ça serait autant.
— Moi non plus...

« Et je ne croyais pas que tu travaillerais en étroite collaboration avec une grande bourgeoise », avais-je pensé tout en gardant cette remarque pour moi.

Michaël avait toujours beaucoup travaillé, mais le fait qu'il passait autant de temps avec Natalia m'irritait.

Il était aussi plus fatigué. Et j'avais appris pendant notre engueulade qui avait dérapé que c'était la raison de notre baisse d'activité sexuelle. Je l'avais cru, sans être totalement rassurée.

Je me rendais compte que je le voyais très peu et que je n'avais que des bribes d'information sur ses journées.

— Ça va se tasser, on est en pleine livraison de projet, m'avait-il assuré.

J'avais fini par me défâcher et nous étions sortis manger une bouchée à la pizzeria que nous aimions près des Champs-Élysées. À toute heure du jour ou de la nuit, il était facile de manger à Paris ; j'appréciais ce fait.

***

— T'as essayé les trucs coquins ? m'a demandé Daphnée quand je lui ai fait part de notre « chicane », le lendemain à *l'happy hour* dans un bar près du bureau.

Elle en avait profité pour rire encore une fois de moi, m'informant du fait qu'en France, on « chicane » un chien et on « s'engueule » avec notre mec.

— Euh…
— Tu sais, les *sex toys* !

J'ai rougi.

L'aisance de Daphnée à parler de tous les sujets me déstabilisait un peu. J'étais peu accoutumée à parler ouvertement de sexualité. Disons que ma mère avait longtemps choisi d'éviter le sujet. Quand j'ai eu treize ans, elle a glissé sous ma porte de chambre un dépliant sur les ITS, qu'on appelait encore MTS à l'époque, qu'elle avait dégotté dans la salle d'attente de son médecin, et c'était à peu près tout ce que j'avais reçu comme leçon.

Un peu dégoûtée par ma lecture sur la gonorrhée et la chlamydia, j'avais calmé mes ardeurs et ce n'est que beaucoup plus tard que l'envie de passer à l'acte avec un garçon s'est présentée. C'est Cloé qui avait répondu à mes questions quand, vers l'âge de seize ans, j'ai voulu tenter l'expérience avec Jean-Sébastien, un gars totalement *nowhere* de qui je croyais être amoureuse simplement parce qu'il m'avait demandé de danser un slow au party qui avait eu lieu dans le sous-sol de la maison d'Audrey. J'avais appris « sur le tas » et l'expérience avait été franchement décevante.

J'avais bien eu quelques discussions avec Audrey, mais puisque j'étais en couple depuis près de six ans avec Michaël, disons que je n'avais pas réellement d'histoires frivoles comme elle à raconter. J'étais donc plutôt discrète sur ma vie sexuelle et mal à l'aise d'en parler.

— Ton mec a juste besoin d'être stimulé, ils sont comme ça !

Je voulais montrer à Michaël que je tenais à lui et que, malgré son manque de sommeil, il pouvait avoir du plaisir avec moi, comme à nos débuts. C'est donc sans trop comprendre pourquoi que je me suis retrouvée sur le boulevard Pigalle quelques jours plus tard.

En voyant les vitrines évocatrices, j'ai eu un instant envie de fuir. Franchement, j'allais un peu loin. Je marchais en ne me sentant pas du tout à ma place dans ce secteur peu fréquentable de la ville. J'étais toutefois bien contente d'avoir opté pour un t-shirt absolument pas sexy et un pantalon long, malgré la chaleur de ce début du mois de juin. Autrement, j'aurais eu peur de me faire demander des services inadéquats.

Je marchais d'un pas pressé en regardant mes pieds quand je suis arrivée devant une grande boutique d'objets sexuels.

« Bon, je prends un ou deux trucs rapidement et je quitte aussitôt », me suis-je dit en poussant la porte.

— Bonjoureeee !

Ah merde ! Je n'avais pas envie de me faire conseiller par une vendeuse.

La commis aux talons aiguilles de six pouces et à la chevelure blonde éclatante s'est approchée de moi à mon plus grand désarroi.

— Je peux vous aider ? Que cherchez-vous ?

Qu'est-ce que je cherchais ? Je n'en avais aucune idée ! J'étais réellement néophyte dans le domaine.

J'ai jeté un coup d'œil autour de moi : des poupées gonflables au mur, des fouets accrochés ici et là, des phallus en plastique de toutes les grandeurs. Qu'est-ce que je faisais dans ce bordel ? Daphnée et ses idées !

— Euh… non, je vais regarder, merci.

Et j'ai fait mine d'être très intéressée par l'étalage de gode-michets qui se trouvait devant moi.

J'avais chaud et j'avais l'intention de fuir au moment où elle cesserait de me regarder avec insistance, mais elle restait là, plantée à deux mètres de moi. Chaque fois que je faisais semblant de regarder quelque chose, elle y allait de ses recommandations ; à croire qu'elle avait essayé le moindre objet de la boutique qui faisait trois étages. Elle ne pouvait pas être comme toutes les autres vendeuses de cette ville : désintéressée, froide et pressée ? Non, il avait fallu que je tombe sur celle qui aime son métier !

J'ai alors choisi une huile aux propriétés prétendument aphrodisiaques et une plume pour chatouiller. J'ai ajouté des petits dés affichant des positions sexuelles diverses qui se trouvaient près de la caisse. J'ai payé rapidement, je suis sortie en toute vitesse et je me suis heurtée à…

— Marc ! Ah… bonjour !

Le patron de Michaël. Comment se faisait-il que, dans une ville remplie de millions d'habitants, je tombe sur l'une des dix personnes que je connaisse ? Quelle poisse !

— Bonjour, Cynthia ! Que fais-tu dans le coin ?
— Ah euh… je suis un peu perdue… Je cherchais…

Vite, une idée !

— … le Moulin Rouge !

Marc a paru sur le coup un peu surpris, mais il a semblé croire à mon plaidoyer.

— C'est de l'autre côté, par là ! Tu veux acheter des billets ?

— Oui, oui, c'est ça ! ai-je répondu, heureuse de voir que mon mensonge tenait la route.

— Il faut demander à Sid, son copain est dans la production. Attends, je lui passe un coup de fil.

Je n'ai pas eu le temps de rétorquer. Marc avait déjà sorti son portable et composait le numéro de mon patron. C'était donc au Moulin Rouge que dansait le conjoint de Sid ?

Deux minutes plus tard, Marc raccrochait, heureux de m'apprendre que des billets étaient réservés à mon nom pour le soir même. Bon, je ne pouvais plus reculer, je n'avais pas le choix d'y aller. J'ai remercié Marc et je suis partie dans le sens opposé, à la recherche de la première bouche de métro pour me défiler.

Le soir même, donc, j'ai attendu mon copain avec LA surprise. Emmener son homme voir des femmes se trémousser les seins nus quand on veut qu'il n'ait d'yeux que pour soi n'est pas la plus brillante des idées. Puisque mon patron allait sans doute me demander mon appréciation, je n'avais pas le choix de me rendre au Moulin Rouge.

Michaël était effectivement surpris, mais il semblait content. Il avait revêtu sa cravate, moi, une belle robe de soirée pas trop décolletée, et nous sommes allés dans ce quartier qui m'apparaissait encore plus glauque la nuit tombée. Notre table était à quelques mètres de la scène et des bulles nous tenaient compagnie. Je me suis sentie un peu plus décontractée. Ce n'était peut-être pas une si mauvaise idée après tout. Oui, les femmes étaient en partie dévêtues, mais tout était fait avec bon goût. Je m'étais amusée à analyser les danseurs, tentant de repérer lequel partageait la vie de Sid. Étrange réalité.

De retour à l'appartement, le champagne aidant, j'ai eu le courage de sortir mes petits achats qui ont fait sourire mon copain. Tels de vrais Parisiens, nous avons à notre tour tenu réveillés tous les voisins une bonne partie de la nuit.

* * *

Le lendemain, j'étais sereine. Tout était comme avant. Natalia n'avait rien à voir dans notre histoire. Michaël m'aimait, il travaillait trop, c'était tout. Fini la pression, fini les questions.

Tout semblait aussi se placer de l'autre côté de l'océan Atlantique. Mon grand-père était enfin sorti de l'hôpital, à mon grand soulagement, et il était « hors de danger » selon ma mère. Cette dernière paraissait plus reposée et j'avais réussi à l'avoir au bout du fil à quelques reprises. Elle semblait moins nerveuse qu'à l'habitude et elle ne me posait pas ses éternelles questions sur la sécurité des rues de Paris. Son comportement était étrange ; je me demandais si elle me disait réellement toute la vérité.

— T'es certaine que grand-papa est correct, maman ?
— Ben oui, ben oui, ma chouette ! Faut que je te laisse, je dois retourner travailler. À bientôt !

Pas de recommandations sur le métro, les itinérants et l'heure à laquelle je devais rentrer. Pas même une allusion à une nouvelle sombre qui avait fait les manchettes au Québec. Étrange… Soit elle me faisait à présent confiance, soit il se passait quelque chose.

J'avais aussi parlé à papa qui m'avait dit préparer une expédition au Kilimandjaro. Mon père était photographe et alpiniste amateur. Il était heureux lorsqu'il décrochait un contrat qui lui permettait de combiner ses deux passions. De toute manière, il était toujours prêt à partir.

Après son divorce d'avec maman, mon père avait eu une autre conjointe, Martine. Je ne l'avais jamais réellement appréciée, mais c'était dans ma phase « adolescente rebelle ». Je lui en avais fait baver pour le peu de fois que je l'avais vue. Cloé n'avait guère été plus sympathique avec elle. Pauvre Martine ! Mon père était tout de même resté cinq ans avec elle, mais il était de nouveau célibataire. Tout comme maman. Je ne le sentais pourtant pas triste de cette situation. Il semblait satisfait de n'avoir de comptes à rendre à personne. Il avait sans doute été malheureux avec maman qui, rappelons-le, est de nature contrôlante. Papa est bel homme et je me doutais bien qu'il avait régulièrement des relations avec des femmes, souvent plus jeunes que lui. C'était un terrain sur lequel je n'aimais pas m'aventurer.

Mon père avait été pour moi plus comme un oncle ou un proche parent. J'avais un peu souffert de son absence selon la psy que j'avais vue au début de la vingtaine. Je n'avais eu que quelques rencontres avec elle, car elle avait tendance à mettre toute la faute de mes constantes remises en question sur mes parents. C'est quoi cette manie qu'ont les psy de blâmer les parents pour tout ? Je songeais au fait que j'allais sans doute être mère moi aussi un jour, que j'allais faire mon possible comme tout le monde et que je ne voudrais pas qu'une psy à cinq cennes dénigre mon comportement auprès de mes enfants.

De retour au bureau, je suis allée remercier mon patron pour les billets qu'il m'avait eus et j'ai mentionné que son conjoint était un artiste de grand talent, même si je n'ai jamais su lequel des danseurs il était.

— Il est merveilleux. Une telle grâce ! J'essaie d'y être le plus souvent possible.

Sid parlait avec tellement d'admiration de son Bjorn que j'en étais émue. Voir le même show soir après soir, c'était de l'amour !

Tout était passé comme dans du beurre, mais j'ai quand même raconté ma péripétie à Daphnée en lui faisant promettre de ne plus jamais me donner de conseils conjugaux.

— Ça a marché, oui ou non ? Vous avez pris votre pied ?

J'ai rougi. Elle a compris et n'a pas insisté. J'appréciais la pudeur dont elle faisait preuve malgré tout.

Au cours des semaines qui ont suivi, nous avons aussi revu Laurence et Mathieu alors que Michaël était déchargé un peu de son travail. Nous avions décidé de les inviter à l'appartement pour un petit pot improvisé. Fromages, pain, saucissons, rosette de Lyon et rillettes du Mans étaient étalés sur la table basse de l'appartement. Deux bonnes bouteilles avaient déjà été vidées et Laurence était assise sur le bord de la fenêtre donnant sur la cour intérieure, grillant une cigarette.

— Tu fumes ? lui ai-je demandé, même si c'était une évidence.

J'étais surprise, je ne l'avais jamais vue une cigarette au bec.

— Ouin...

Elle semblait honteuse.

— Je lui ai dit que c'est pas bon, mais elle m'écoute pas ! a lancé Mathieu.
— C'est pas de ma faute, tout le monde fume dans cette ville ! Difficile de résister.

Je n'ai pas voulu la contredire, mais toute cette fumée nocive omniprésente dans la ville me faisait à moi l'effet opposé. Je n'avais absolument pas envie de toucher à la cigarette.

— Ça faisait trois ans qu'elle avait arrêté, a ajouté Mathieu, l'air désolé.

Sans vouloir donner raison à Laurence, je pouvais toutefois comprendre qu'elle ait été tentée de toucher à ce petit rouleau meurtrier. Ici, tout le monde fume. Même Daphnée, Olivier et Fabien. J'en étais assez outrée, toutefois j'avais renoncé à les sermonner ; je ne voulais quand même pas me mettre à dos mes seuls amis.

Alors qu'au Québec les accros à la nicotine sont bien souvent pointés du doigt et qu'on tente de plus en plus d'éliminer leur fumée toxique de nos aires publiques, Paris demeure le paradis du fumeur. Les Parisiens peuvent aisément se promener dans la rue, cigarette à la main, sans même recevoir un regard de travers.

Avec le mélange de smog, de gaz carbonique émanant des nombreuses voitures et de fumée secondaire qui plane sur les rues parisiennes, « aller prendre l'air » revêtait une tout autre signification. Il devenait ainsi un véritable défi d'aller simplement poster une lettre sans avoir à avaler une bonne dose de cette émanation nuisible.

Je me demandais si c'était le stress qui enveloppait les rues de la capitale qui faisait en sorte que presque chaque habitant avait ce besoin vital de porter une cigarette à ses lèvres ou si c'était l'évasion qu'elle lui procurait. Peu importe la réponse, je comprenais que c'était une échappatoire pour survivre dans cette jungle urbaine.

Heureusement pour la minorité de non-fumeurs à laquelle j'appartenais, la France avait elle aussi imposé une loi anti-tabac. Bien qu'elle soit beaucoup moins stricte que la nôtre, elle me permettait tout de même de manger au restaurant sans rester collée avec l'odeur persistante de nicotine sur mes vêtements. Les aires publiques étaient des zones sans fumée, mais les terrasses demeuraient accessibles aux plus accros des fumeurs. Impossible donc de passer un après-midi au soleil à se prélasser devant une bonne tasse de café sans avoir besoin d'un masque de protection pour faire face à un nuage de fumée toxique. J'avais compris pourquoi les terrasses étaient constamment bondées, même pendant la saison froide.

— Eille, on voit presque les étoiles…, a lancé Laurence pour qu'on change de sujet.

Les étoiles. Je me souvenais de les avoir observées avec mon père, allongée sur les plages de la Côte Est américaine, quand les vacanciers avaient retrouvé leur terrain de camping ou leur chambre d'hôtel. Papa adorait les promenades à la nuit tombée ; l'ambiance était totalement différente, mais le bruit des vagues demeurait toujours le même.

Je m'ennuyais un peu de ces étoiles que j'apercevais de mon balcon de Québec, mais ce n'était pas la même émotion. Je sentais que je faisais partie de quelque chose à Paris. Et je n'avais pas envie que ça se termine.

Nous avons trinqué à notre vie parisienne et ri des expériences que nous vivions. Malgré tous les irritants, Paris réussissait à m'ensorceler et à provoquer en moi un amour inconditionnel. Je savourais ces moments, je savais qu'ils ne se représenteraient pas. J'étais une Parisienne et je le resterais, je le savais. D'ailleurs, il m'arrivait bien malgré moi d'ajouter des « e » à la fin de mes mots comme « Bonjour ». De balancer des « ouais », des « voilà » et des « quoi » une fois de temps en temps… jusqu'à ce beau matin, en regardant mes courriels.

— Câlisse !!!

— Qu'est-ce qui se passe ? a demandé Michaël, surpris.

— Nadine !

— Quoi Nadine ?

— Elle s'en vient à Paris ; elle veut qu'on l'héberge !

Chapitre 10

Invasion québécoise

— Check ça, c'est full hot. Passe-moi l'Kodak, ai-je entendu au loin.

Un Québécois.

Depuis quelques semaines, mes oreilles se dressaient plusieurs fois par jour alors qu'elles discernaient ces fragments d'accent familier. Le printemps, c'était LA saison par excellence du Québécois à Paris.

Je devais l'avouer, ce petit accent bien de chez nous était réconfortant à entendre. Mais même sans les écouter parler, j'étais parfois capable de reconnaître mes semblables simplement en les regardant. Et pas seulement ceux qui portaient un chandail ou une casquette des Canadiens! Je les débusquais grâce à la physionomie de leur visage, à leur démarche aisée, à leur posture dégagée, à leur sourire détendu et à leurs yeux pétillants.

Chaque fois, un sentiment d'appartenance jaillissait en moi et je me demandais si je ne devais pas les aborder. Mais pour leur dire quoi au juste? « Bonjour! Je suis Québécoise moi aussi! » Et alors?

Non… Après tout, j'étais ici pour apprendre une nouvelle culture et me dépayser.

C'est vrai qu'il m'était difficile de faire abstraction de mes origines, car les Québécois semblaient avoir pris leurs aises à Paris, du moins sur la scène artistique. Il n'était pas rare de voir des affiches de Lynda Lemay, de Stéphane Rousseau ou du Cirque du Soleil dans le métro. Dans les boutiques, il était fréquent d'entendre résonner dans les haut-parleurs les mélodies de Cœur de pirate, de Natasha St-Pierre ou de Corneille. Même à la télé, nous avions capté quelques émissions bien de chez nous, sous-titrées bien sûr !

J'ai continué mon chemin comme si de rien n'était et je suis entrée dans le métro en me disant qu'une Québécoise de plus allait envahir mon espace dans quelques semaines...

* * *

— En tout cas, on s'ennuie ben gros de toi au journal, a déclaré Nadine sur le chemin de l'aéroport menant vers l'appartement.

J'avais peine à croire que j'avais acquiescé à sa demande. En démissionnant du journal, je croyais être débarrassée de cette collègue pour de bon, mais voilà qu'elle me relançait jusqu'à Paris, mon nouvel univers, chez moi en plus.

J'avais tâché par tous les moyens possibles de refuser sa demande, mais elle n'avait rien compris ou n'avait rien voulu comprendre, plutôt. Elle avait réservé ses billets sur un coup de tête et s'était rendu compte que les hôtels étaient hors de prix. Les billets d'avion étant non remboursables, j'étais sa seule option.

Pourquoi avait-elle choisi Paris parmi toutes les destinations possibles ? Pourquoi ? J'avais dès le départ mis les choses au clair : je travaillais et elle venait à l'appartement uniquement pour dormir. Je n'allais pas jouer les guides touristiques, oh que non !

144

Or, ça commençait très mal, car j'avais dû gaspiller un RTT pour aller la chercher à l'aéroport. J'avais tenté de lui expliquer comment prendre le train de banlieue (RER), mais ça lui avait paru trop compliqué! Et un taxi? Trop cher! J'avais voulu lui demander pourquoi elle voyageait si elle n'avait pas un rond en poche, mais je m'étais tue par politesse envers celle qui avait quand même été ma collègue pendant trois ans.

— T'es ben fine de m'héberger.

Son accent m'agaçait et j'avais presque honte d'être assise à côté d'elle; elle regardait partout, comme un caniche qui ne sort jamais. Avais-je eu l'air de ça à mes débuts en terre française? J'osais croire que non!

— On voit-tu la tour Eiffel de ton appartement?

Qu'est-ce qu'elle s'imaginait? Qu'on était millionnaires!

— Non, mais elle n'est pas si loin. Qu'est-ce que t'as prévu faire de ta semaine? lui ai-je demandé pour m'assurer qu'elle n'allait pas passer tout son séjour sur mon sofa.
— Qu'est-ce que tu me suggères?

Ah non! Je n'allais pas avoir à lui faire un itinéraire! Et si j'en profitais pour me venger? L'envoyer faire un tour dans les catacombes ou, mieux, l'expédier à la visite des égouts de Paris. Ses grands yeux de biche et son air innocent m'empêchaient d'être capable d'une telle méchanceté. Bon, ça n'allait être qu'une petite semaine après tout, ce serait vite passé. Dans le temps de le dire, elle serait repartie.

— Et voilà, c'est ici! ai-je dit en déposant l'énorme valise que je transportais pour elle.

145

Elle avait eu l'air d'une telle idiote dans le métro à essayer de gravir les escaliers avec sa lourde valise que je m'étais résignée à lui donner un coup de main.

— Ah... c'est... c'est... Ben, je m'étais pas imaginé ça comme ça.

Autrement dit, elle était déçue.

— Bon, tu peux mettre ta valise là.

Je lui ai rapidement montré où se trouvaient toutes les choses et j'ai installé son lit. Daphnée m'avait prêté un petit lit de camp qu'elle utilisait quand les amis trop saouls de son copain dormaient chez eux. Il sentait un peu le vomi, mais je l'avais nettoyé du mieux que j'avais pu. Juste retour des choses...

— Bon, je dois aller travailler. Ça va aller ?

Elle paraissait effrayée. Pour une fois, elle n'avait pas la maîtrise du jeu ; je tenais les rênes et elle n'avait pas le contrôle.
Elle a poussé un petit « oui » inquiet.
Je lui ai donné une carte de Paris, deux billets de métro et j'ai encerclé sur la carte les endroits à visiter. J'avais fait plus que mon possible pour être une bonne hôtesse, je devais aller au travail, je n'allais pas gâcher une journée entière pour elle.

— Bonne journée !
— Oh... euh, Cynthia ? À quelle heure tu vas revenir ?
— À peu près vers 19 heures, attends-nous pas pour le dîner. Ben... le souper, j'veux dire.

Et j'ai claqué la porte, soulagée et inquiète de la laisser dans mes affaires. Et si elle décidait de fouiner ? Ça ne serait pas une première. Je l'avais déjà surprise en train de fouiller dans mon sac à main au bureau. Pour se défendre, elle avait dit chercher des pastilles.

J'étais sur le quai du métro. Le train approchait, je regardais l'heure et je ne pouvais m'empêcher de penser à Nadine et à son air déconfit. Elle qui avait agi avec une telle complaisance à mon égard. Je sentais que les rôles étaient inversés. Elle était chez moi, dans ma ville et elle semblait perdue.

— Viens, on va aller prendre un café sur les Champs.

Eh oui, j'ai rebroussé chemin et je suis retournée à l'appartement. Quand elle m'a vue arriver, elle m'a fait un si large sourire que j'ai compris avoir pris la bonne décision.

Nous marchions sur les Champs-Élysées et Nadine avait eu un regain d'assurance ; elle avait décidé d'étaler son savoir.

— Tu sais qu'avant, les Champs-Élysées n'étaient que des terrains marécageux. C'est Marie de Médicis qui a…

C'en était trop. J'ai arrêté brusquement et, comme elle avait le nez en l'air, elle a foncé droit sur moi.

— Nadine, tu joueras pas à ça. Je sais pas ce que tu cherches en venant ici, mais essaye pas de m'impressionner. On n'est plus des collègues, pis on fera pas semblant qu'on a déjà été des amies.

Elle a baissé la tête, embarrassée.

— Pourquoi t'es ici ? lui ai-je demandé franchement.
— Ben, je voulais visiter Paris !
— Sois donc honnête ! Tu t'es pas réveillée un matin en te disant que t'as toujours rêvé de voir Paris.

— Non, mais… pourquoi faudrait que je me justifie ? Je suis ici, pis c'est tout !

— Parce que t'es venue chez moi ! T'aurais pu aller n'importe où ailleurs pis t'as fucking choisi de venir chez nous. C'est le boutte pareil.

— Je peux aller à l'hôtel si t'aimes mieux, a-t-elle rétorqué avec un ton provocateur.

J'ai eu envie de lui dire « Vas-y ! » mais je me suis tue. On s'est assises sur un banc vert en fer forgé en partie occupé par deux touristes asiatiques.

— Je comprends juste pas ce que tu viens faire ici. Me semble que c'est un fait établi qu'on a jamais pu se sentir, non ?

— Ah oui ?

Elle paraissait étonnée. Elle ne pensait tout de même pas qu'on s'entendait bien ?

— C'est pour ça que t'envoies des courriels à tout le monde du bureau sauf à moi.

Elle était bien bonne ; Nadine était jalouse ! Est-ce que c'est la jalousie qui l'avait poussée à traverser l'océan ?

— Je pensais pas que ça t'intéressait d'en avoir… c'est tout.

— Ben oui, j'aurais aimé ça.

— Ah ben, excuse-moi. J'aurais dû te mettre en copie. Bon, on le prend-tu ce café-là ? !

J'allais avoir une semaine pour mettre le doigt sur le bobo.

— Oui! Chez Ladurée? Tu sais que la première maison a été fondée...

— Nadine...

— J'ai rien dit!

Finalement, notre « café d'après-midi » s'est transformé en « cocktail d'après-midi ». J'ai emmené Nadine dans le quartier Saint-Germain, dans ce petit pub dissimulé que j'aimais tant. Sur la terrasse ensoleillée, j'en ai appris plus en trois heures sur mon ancienne collègue qu'en trois ans en travaillant dans le même bureau. La vie est drôlement faite.

Avec deux-trois verres dans le nez, Nadine était franchement très drôle et détendue. Avoir su, j'aurais versé un peu de rhum dans son café chaque matin et mon emploi au journal aurait été moins pénible!

Elle parlait, parlait et parlait sans cesse. Elle me faisait un peu pitié. Elle avait déjà la trentaine avancée et elle vivait toujours seule, sans enfants, dans un appartement miteux avec pour unique compagnon son chat, un vieux matou en fin de vie.

J'avais compris que le journal était toute sa vie et que de me voir débarquer avec ma « fraîcheur » — elle n'avait pas osé dire le mot qui lui pendait au bout des lèvres, « talent » — l'avait un peu perturbée. Elle n'avait pas voulu perdre sa place et s'était alors mise à avoir une dent contre moi. Elle le reconnaissait. Depuis que j'étais partie, je lui manquais. D'autant plus que le nouveau journaliste qui avait été engagé pour me remplacer était loin d'être professionnel et rigoureux comme moi. Il « botchait » ses articles, ne se présentait pas aux conférences de presse et remettait toujours ses textes en retard.

— Eh bien, qui aurait cru que je t'entendrais me faire des compliments un jour! ai-je dit en levant le mojito aux framboises que la serveuse venait de m'apporter.

J'avais aussi compris que de me voir quitter mon poste comme ça lui avait fait prendre conscience qu'elle, elle ne vivait pas, elle existait. En cet après-midi, elle avait gagné des points.

Nous sommes rentrées à l'appartement en nous tenant par le cou et c'est un Michaël tout surpris qui nous a accueillies.

— Méchant party…

— Nadine, tu connais Michaël ? Michaël, tu te souviens de mon amie Nadine ?

— Ton amie ? Oui, oui…

Il m'a fait un sourire moqueur.

Michaël a ouvert une bouteille de rouge et nous avons mangé des pâtes d'Alsace au pesto qu'il nous a gentiment cuisinées.

J'avais un sacré mal de bloc quand me je suis réveillée le lendemain matin. Michaël était déjà parti et Nadine était étendue sur le lit de camp visiblement trop petit pour elle. Ses jambes et ses bras sortaient de tous les côtés. La bouche ouverte, elle ronflait comme un camionneur. C'était probablement les relents de notre ancienne vie, mais j'ai songé un instant sortir mon téléphone pour filmer son état de déchéance avancé, juste au cas où. Mais je me suis ravisée. Je me suis dit qu'il valait mieux repartir sur de bonnes bases.

Je me suis douchée et habillée sans miraculeusement la réveiller. J'ai pris soin de lui laisser des indications sur les bons endroits à visiter et j'ai quitté le studio.

— T'es trop bonne ! a lancé Daphnée quand je lui ai raconté ma journée de la veille.

— Ça va, c'est pas si pire finalement.

— Qu'est-ce que vous faites pour les vacances, les filles ? a demandé Olivier en se joignant à nous.

Les vacances ! Je n'y avais pas encore songé. Je me sentais en voyage à longueur de semaine et notre escapade à Londres avait un peu refroidi mes ardeurs à passer les frontières européennes.

Daphnée partirait pour l'Espagne avec son copain ; ils avaient loué une villa sur le bord de la Méditerranée. Olivier irait dans sa famille en Bretagne.

— Tu ne penses quand même pas rester sur Paris ? a demandé Olivier, outré.

— Peut-être, pourquoi ?

— Ça sera l'horreur, j'te promets.

Bon, une chose à la fois. J'allais d'abord devoir passer à travers ma semaine avec Nadine. Allait-elle être la même à mon retour du travail ?

En rentrant, j'ai trouvé l'appartement vide. Le lit de Nadine était fait et la vaisselle que nous avions laissée dans l'évier la veille était nettoyée et rangée. Pratique, finalement, d'héberger des invités ! Nadine avait pris le plan que je lui avais laissé ; elle était sans doute en train de visiter l'Opéra Garnier, le Panthéon, ou de faire une balade le long des rives de la Seine.

J'ai ouvert notre minuscule frigo pour constater ce que je craignais ; les tablettes étaient vides. La journée était particulièrement chaude et j'ai retiré mes vêtements de travail collants et humides. En passant devant ma garde-robe, j'ai choisi d'enfiler ma nouvelle robe soleil, puis je suis sortie.

— Trente-deux degrés ! me suis-je exclamée à voix haute en consultant le panneau indicateur de la pharmacie du coin qui affichait la température extérieure.

— Hey ! Ma jolie ! a hélé entre deux bouffées de cigarette un jeune homme adossé à la porte d'un immeuble.

Je me suis arrêtée. Il s'adressait à moi ?

J'avais régulièrement été spectatrice de ce petit manège qui incitait les hommes à draguer les femmes. Mais moi, chaque fois que je sortais seule, j'optais pour des tenues simples et un ramassis très imparfait de mes cheveux par mesure de prévention; ma mère m'avait un peu inculqué cette peur inconsciente de la gent masculine. De cette manière, je passais incognito. Cependant, dès que je mettais un peu de maquillage ou que je me coiffais légèrement, voilà que les portes m'étaient ouvertes, que les sourires et les clins d'œil masculins fusaient et que les « bonjour » polis se multipliaient.

En général, les Parisiens ne semblaient éprouver aucun scrupule à aborder les femmes. En revanche, ces dernières avaient appris à maîtriser l'indifférence. Dès qu'une jolie femme passait devant un homme, c'était inévitable, son regard la suivait, sans gêne.

Certes, je devais avouer que oui, les Parisiennes embrassaient leur réputation de canons. Daphnée en était la preuve ultime. Elle était vraiment ravissante et je soupçonnais Olivier de n'être pas insensible à son charme. Les Parisiennes étaient nombreuses, du haut de leurs talons aiguilles et avec leurs longs cheveux au vent, à déambuler dans les rues sous les regards admiratifs des hommes. En plus, elles dégageaient un fort sentiment de confiance que j'enviais. Alors, avec cette petite robe soleil, je savais que je faisais détourner les regards.

Je me suis dépêchée d'entrer dans le supermarché. La sensation d'être draguée n'était pas désagréable, mais légèrement inconfortable. J'ai rapidement fait le tour de l'épicerie en remplissant mon panier et en songeant que Nadine allait sûrement payer sa part pour la nourriture. J'ai pris de l'agneau, des steaks, des fromages frais, quelques fruits et légumes et je suis passée devant l'allée des charcuteries emballées.

« Bacon, bacon, bacon… », répétais-je à voix basse, comme si l'emballage de bacon frais allait sauter de lui-même dans mon panier.

Contrairement au Québec, où déjà deux ou trois têtes se seraient retournées vers moi, personne ne faisait de cas du fait que j'étais en train de m'adresser à de fines tranches de viande inanimée. Peut-être avais-je attrapé le virus qui courait dans les rues de la capitale française et qui voulait que tout le monde parle seul à voix haute ?

Toujours est-il que, peut-être en raison de la présence de Nadine qui avait fait ressurgir la Québécoise en moi, je m'étais levée ce matin-là avec le goût irrésistible d'avaler un petit-déjeuner classique américain : œuf, BACON, toasts ! À force d'ingurgiter toute cette nourriture sans gras et sans sel chaque jour, mon taux de cholestérol avait dû descendre sous le niveau recommandé. J'avais donc un urgent besoin de bacon, mais je n'arrivais pas à en trouver.

Un commis est passé près de moi et je lui ai fait ma requête.

Il a d'abord paru fâché que j'ose le déranger, puis il s'est gratté la tête et a étiré lentement mais sûrement son long bras vers un minuscule petit paquet avant de me le tendre.

J'ai regardé la chair attentivement ; la texture correspondait en effet à celle du bacon, mais la viande était ronde et ne portait aucune trace de ce gras si inconcevablement délicieux ! J'allais lui faire remarquer son erreur quand j'ai repéré en grosses lettres noires sur le paquet : B-A-C-O-N. Vraiment ? Il ne ressemblait en rien à celui que ma mère préparait les dimanches matin.

Il y avait bien les lardons, mais je savais qu'ils ne combleraient pas mes papilles exigeantes. J'ai donc entrepris de scruter un à un les paquets de viande afin de pallier mon besoin grandissant de gras saturés. Salami, viande de grison, prosciutto, jambon de Bayonne, tranches de poitrines fumées...

Tranches de poitrines fumées ? J'ai pris le paquet : c'était du bacon !

Ravie, j'ai commencé à imaginer le plat que j'allais concocter et qui allait pouvoir mettre cet aliment en valeur. Des dattes enroulées de bacon ? Mais mon agneau ? Hum... un burger d'agneau au bacon ? Oui !

— Bonjour ! ai-je lancé joyeusement lorsque je suis passée à la caisse.

J'étais tellement heureuse d'avoir trouvé du bacon que j'avais fait preuve d'un élan de jovialité qui était peut-être un peu trop démesuré aux yeux de la caissière.

Elle a commencé à *scanner* mes articles avec son air dépressif habituel en daignant me jeter un de ces regards qui insinuait que j'étais la pire des demeurées. Était-ce si difficile de sourire dans cette ville ? Pourquoi les caissières et les serveurs avaient-ils systématiquement toujours l'air de se nourrir exclusivement de vache enragée ?

J'avais fait beaucoup d'efforts jusque-là, mais je devais me rendre à l'évidence : j'avais autant de chance d'obtenir un sourire d'un employé d'épicerie que d'être invitée aux prochains Oscars.

J'emballais mes aliments tranquillement dans les sacs au fur et à mesure qu'ils atterrissaient au bout du comptoir quand je me suis aperçue que la cadence avait diminué. Je me suis penchée derrière le comptoir pour observer la caissière et j'ai vu qu'elle avait trouvé une meilleure occupation que de *scanner* mes aliments judicieusement sélectionnés : elle complétait un sudoku !

Elle a croisé mon regard surpris, a soupiré comme une adolescente prise en flagrant délit et a continué de passer, sans aucune délicatesse, mes aliments sous l'infrarouge.

J'ai jeté un coup d'œil autour de moi : les autres caissières avaient l'air, elles aussi, plongées dans un état léthargique avancé. Elles semblaient, ma foi, toutes maladivement

154

dépressives! Si elles avaient vu les conditions dans lesquelles travaillent nos caissières québécoises, debout sur leurs deux jambes, elles se seraient sans doute senties privilégiées d'être confortablement assises sur des chaises rembourrées.

L'absence de sourire était simplement un air naturel qui se répandait dans tous les endroits publics de la capitale. Démontrer une quelconque sympathie pour le client devait être proscrit dans cette ville.

J'en avais eu la preuve le samedi précédent, quand Michaël et moi faisions un peu de shopping sur la rue Rivoli. J'avais aperçu une vitrine annonçant des chemises en solde. Michaël en avait essayé deux, puis avait décidé de les acheter.

— Soixante-quatorze euros et soixante-cinq centimes, avait demandé la dame.

Mon amoureux lui a tendu deux billets de cinquante euros et elle nous a regardés avec mépris, avant de s'écrier haut et fort:

— Vous n'avez pas la carte bleue? Qu'est-ce que je suis censée faire, moi? Compter?

En me remémorant cet épisode, j'ai compris que je devais moi aussi jouer les dures. Terminé les gentillesses, j'allais faire comme les Français! On est Parisienne ou on ne l'est pas, après tout!

La caissière a fini de *scanner* tous mes articles et m'a remis la monnaie en me grommelant quelque chose d'inaudible. J'ai pris mon dû, ramassé mes trucs et je m'apprêtais à partir quand...

— Vous pourriez me remercier, quand même! m'a-t-elle lancé, furieuse.

Je me suis retournée ; les autres caissières me regardaient en secouant la tête.

— Un peu de politesse, jeune femme, m'a réprimandée l'une d'elles.

Je suis sortie en me retenant pour ne pas éclater de rire. De la politesse ! J'étais étonnée d'apprendre qu'elles connaissaient ce mot.

Sur le chemin du retour, j'ai eu droit à deux sifflements qui m'ont donné envie d'aller directement à l'appartement pour enfiler un bon vieux col roulé.

En poussant la porte, essoufflée, j'ai aperçu Nadine et Michaël qui m'attendaient. Ils avaient ouvert une bouteille de rosé pour l'apéro et des quiches chaudes étaient sur la table.

— Allo, mon amour ! T'es donc ben belle là-dedans ! m'a dit Michaël en venant m'embrasser langoureusement.

J'étais un peu gênée qu'il m'étreigne de la sorte devant Nadine ; cette dernière m'avait fait des confidences sur la solitude pesante qu'elle vivait depuis plusieurs années.

— J'ai acheté des quiches à la boulangerie, ça va ? a-t-elle fait discrètement.

Merde ! Et mon délicieux burger d'agneau au bacon ? Bon, il allait attendre !

On s'est attablés et Nadine nous a fait le récit en long et en large de sa journée. Elle donnait d'interminables et assommants détails qui auraient été difficiles à supporter si Michaël n'avait pas constamment rempli nos verres.

***

Le reste de la semaine s'est somme toute bien passé, si on omet le fait que Nadine se plaignait sans cesse de ne pas retrouver les mêmes marques de produits que chez elle. Nous n'avions pas la bonne sorte de dentifrice ni de céréales, et le savon de Marseille lui irritait la peau. Elle était estomaquée de ne pas avoir de beurre d'arachides à tartiner sur son pain le matin et geignait un peu sur l'heure des repas. C'était une vieille fille, ça paraissait; elle n'était pas du tout flexible. Au moins, nos rapports étaient plus cordiaux et quand elle se lamentait trop, Michaël remplissait son verre et nous profitions d'une période d'accalmie.

La veille du départ de Nadine, nous avions décidé de nous promener avec elle pour lui faire découvrir des endroits qu'elle n'avait pas encore vus. C'était une chose de partager sa compagnie pendant les repas, mais passer toute une journée avec elle, c'en était une autre.

— Encore combien? a demandé Nadine, à bout de souffle.

Nous avions eu la bonne idée de l'emmener à Montmartre qu'elle n'avait pas eu la chance de visiter. Or, avant d'atteindre la butte où nous attendaient cafés, crêpes et tableaux d'art, nous devions gravir une centaine de marches.

— Une dizaine et c'est fini, lui a assuré Michaël.

Elle s'était lamentée une bonne partie de la journée sur le fait que ses pieds la faisaient souffrir. Pourquoi était-elle venue à Paris avec de vieilles godasses à moitié finies, aussi? Pour sa défense, je dois avouer que les escaliers de la butte sont ardus pour une novice.

Il est rare de croiser des gyms dans Paris. La raison en est fort simple: les Parisiens en ont un à ciel ouvert. Les escaliers à monter et à descendre pour emprunter le métro, les acrobaties à faire pour éviter les excréments canins et les distances à parcourir à pied pour se rendre à l'épicerie ou à la pharmacie sont suffisants pour se tenir en forme. Si j'avais calculé chacune des marches sur lesquelles j'avais posé le pied, j'aurais certainement cessé de me culpabiliser en avalant les petites douceurs que j'aimais acheter à la pâtisserie du coin.

Mes jambes se plaignaient de moins en moins et laissaient même entrevoir des muscles que je n'avais jamais vus, mais mes souliers, eux, souffraient beaucoup. En quatre mois, je devais avoir usé au moins trois paires de chaussures et pas seulement parce que la saleté avait pris le dessus, mais parce que les semelles ne remportaient jamais le combat contre les trottoirs inégaux de la ville. Par chance, de nombreux escaliers roulants venaient à la rescousse des Parisiens qui avaient moins la forme… et de mes pieds parfois engourdis après des heures de shopping.

— Enfin ! ai-je dit en atteignant le palier.

J'ai regardé Nadine qui gravissait l'ultime marche. Elle reprenait son souffle bruyamment et paraissait totalement exténuée.

— On se trouve une terrasse où se poser ? me suis-je empressée de suggérer pour mettre fin à son calvaire. Celle-là ? ai-je demandé en passant devant une jolie terrasse.
— Non, elle n'est pas au soleil, a critiqué Nadine.
— Celle-ci, alors ? a proposé Michaël.
— Non, aucune table n'est libre à l'extérieur, a exposé princesse Nadine.

Bon, du calme. Elle quittait Paris le lendemain à l'aube, nous allions tenter de conserver des rapports amicaux. J'ai croisé le regard de Michaël et j'ai compris que lui aussi avait hâte de retrouver notre intimité. De toute façon, ce n'était pas comme si Montmartre était en pénurie de terrasses ; il n'y avait que ça à des kilomètres à la ronde et il n'en fallait pas beaucoup pour que les restaurateurs en installent une. Dès que quelques centimètres de trottoir étaient libres devant leur commerce, ils s'empressaient d'y mettre une table, deux chaises et hop, ils avaient une terrasse !

Nadine pouvait donc faire sa capricieuse comme elle le voulait, pourvu qu'elle en choisisse une où on offrait les olives ou les arachides ou les deux avec un peu de chance.

Mon amoureux a soupiré, légèrement impatient. Nous venions d'en dépasser plusieurs et j'avais moi aussi les pieds endoloris.

— Tiens ! Celle-là, a décrété Nadine alors que nous passions encore une fois devant une terrasse complètement bondée.

Devant nous, des gens étaient alignés en direction de la rue. Au lieu d'être disposés l'un en face de l'autre et de regarder leur interlocuteur, les Parisiens préfèrent s'asseoir côte à côte. La première fois que j'avais remarqué cet étrange positionnement, je m'étais arrêtée par réflexe, croyant qu'un spectacle ou un défilé allait bientôt avoir lieu. J'avais bien vite compris que le spectacle, c'était moi. Et tous les autres passants qu'on s'amusait allègrement à observer et sans doute à critiquer.

Un serveur dans son habit réglementaire parisien — la chemise blanche, le débardeur noir, le nœud papillon et le long tablier blanc jusqu'aux chevilles — s'est approché de nous. Il nous a fait un signe avec trois doigts. Nous avons fait un petit hochement de tête et l'avons suivi.

La terrasse était pleine à craquer, j'avais peine à croire qu'on pouvait véritablement y asseoir trois personnes de plus.

Au lieu de tirer ma chaise comme dans un restaurant civilisé, le serveur a tiré la table. Nous n'avions plus qu'à nous insérer dans le minuscule espace qui nous avait été assigné. Je m'y suis glissée en me félicitant d'avoir résisté à ce décadent gâteau au chocolat à l'heure du lunch. Nadine s'est plus difficilement que moi introduite derrière la table ronde. Une fois que nous avons été installés, le pingouin a remis la table en place et nous a tendu les menus.

J'ai ouvert la carte en prenant soudainement conscience du degré d'intimité de l'endroit.

À notre gauche, trois filles au début de la vingtaine fumaient comme des cheminées en rigolant à gorge déployée.

— J'te jure, pauvre mec, elle faisait à peine cinq centimètres.

Charmant.

J'ai tourné la tête. À notre droite, un couple était plongé dans un long échange de *french kiss* langoureux.

Craquant.

Nadine semblait mal à l'aise.

— Alors, tes bagages sont prêts ? Tu as hâte de retrouver tes affaires ? ai-je commencé pour lancer la discussion.

— HA, HA, HA, HA, HA, me suis-je fait couper avant que Nadine ouvre la bouche et se lance dans un long monologue.

Ce gloussement strident provenait de la table voisine. La plus vieille des trois dames qui y siégeaient avait la tête renversée et s'esclaffait en répandant de la cendre un peu partout sur notre table.

Adorable.

Je me suis retournée vers la droite pour tenter d'éviter le nuage de fumée qui s'avançait vers moi et qui menaçait de remplacer l'odeur de mon nouveau parfum, et j'ai vu que le couple n'avait toujours pas terminé sa séance de bécotage intensif.

J'étais si près d'eux que je voyais la bave couler sur le menton du jeune homme.

Élégant.

— Est-ce que tu travailles demain ? ai-je recommencé avant de carrément m'étouffer en avalant plus que la quantité quotidienne recommandée de monoxyde de carbone.

Le serveur est alors arrivé pour prendre notre commande. Nadine m'a regardée, suppliante. J'ai hoché la tête.

— Vous avez une table à l'intérieur ?

Soudain, le visage de mon copain a changé.

— J'ai oublié la carte bleue...

Eh merde !

— OK, on redescend, mais on prend le funiculaire pour remonter !

***

— Elle est partie ! ai-je lancé, triomphante, en revenant de l'aéroport.

Eh oui, j'avais poussé l'hospitalité jusqu'à me taper le chemin aller-retour en RER jusqu'à l'aéroport.

— Enfin tous les deux !

Michaël m'a soulevée et a voulu me faire tournoyer dans ses bras, mais je l'ai arrêté juste à temps, lui rappelant mon tibia douloureux à la suite de son élan d'enthousiasme quand je lui avais appris que je le suivrais à Paris.

— N'empêche qu'elle fait pitié, tu trouves pas ?
— Bof… pas mal miss Princesse, ton amie !
— Eille, c'est pas mon amie !
— Bon, bon, on parle plus d'elle.

Michaël s'est mis à m'embrasser. Je me rendais compte que j'étais chanceuse, moi, d'avoir un amoureux qui m'aimait inconditionnellement et avec qui je pouvais tout partager. Je songeais malgré moi à Nadine, qui allait rentrer dans son appartement vide où personne ne l'attendait, sauf son vieux chat.

Le téléphone a mis fin à nos ébats imminents. Il était rare que nous recevions des appels sur notre ligne fixe, car les gens devaient payer les interurbains, alors que pour nous c'était gratuit.

Machinalement, j'ai regardé ma montre. Midi, il était donc 6 heures du matin à Québec.

— Allo ?
— Cynthia…, a fait la voix d'Audrey, toute sanglotante.

Son *douchebag* l'avait quittée. Pour une autre, rencontrée dans un bar. C'était prévisible, mais j'ai feint la surprise, par respect pour l'intégrité de mon amie.

— C't'un chien sale comme toutes les autres. Oh… j'aimerais tellement que tu sois là.

J'aurais aussi aimé être là pour elle. Comme la situation se présentait souvent, nous avions notre petit rituel. Je débarquais dans son appartement très « girly » avec un plateau de sushis, une bouteille de saké et plein de films de filles. Nous

162

nous mettions en pyjama et elle déblatérait sur le « pas fin » qui venait de la quitter, tout en jetant des regards de temps à autre aux Channing Tatum et Gerard Butler de ce monde, en criant : « J'vas-tu en rencontrer un de même, moi, un jour ? » Inévitablement, je répondais : « Ben oui, ben oui, y'en a un quelque part pour toi », phrase qui la réconfortait un peu.

Ce midi-là, j'avais passé plusieurs heures au téléphone à consoler mon amie. Michaël lisait sur notre sofa-lit et je n'avais qu'une envie : aller me blottir contre lui.

— Je veux pas être plate, Audrey, mais l'après-midi est avancé ici, j'ai pas encore mangé, pis ça va te coûter une beurrée en longue distance, non ?

— …

— Audrey ?

— T'es pas mal cheap, Cynthia ! Je t'appelle pour me confier, pis t'as même pus de temps pour ton amie. Tu vis ton trip à Paris, mais t'oublies qu'il y a du monde qui continue à vivre icitte.

— Comment ça, pas de temps ? Ça fait deux heures que je te parle. J'ai l'oreille en feu pis l'estomac dans les talons. J'ai passé une semaine de malade avec Nadine, je vais te rappeler demain, promis.

— Nadine ? Comment ça ? Nadine était à Paris ? C'est quoi la joke ?

Oups, j'avais oublié de mentionner ce détail à mon amie.

— Tu l'as invitée ? Pis moi ?

— Wô ! Je l'ai pas invitée, elle s'est pas mal invitée toute seule, je dirais même imposée. J'ai pas eu le choix.

— …

— Audrey… *come on!,* Tu peux venir nous voir, toi aussi, tu le sais.

— Les billets d'avion sont pas achetables, j'ai regardé tantôt.

Audrey n'avait jamais d'argent. Elle était blogueuse de mode, mais ce n'était pas suffisant pour payer son loyer et les vêtements hors de prix qu'elle s'achetait compulsivement. Elle avait donc pris « en attendant » un travail de barmaid qui se prolongeait depuis deux ans. Voilà pourquoi elle rencontrait toujours des gars avec des histoires sans avenir… Je savais qu'elle rêvait de venir faire les boutiques avec moi, mais je savais aussi que son budget ne le lui permettait pas. Apprendre que Nadine était venue semblait l'avoir blessée.

— Bon, je vais te laisser.
— On se reparle… OK ?
— Hum, hum.

J'étais fatiguée et j'en avais assez d'argumenter. Comment régler des conflits quand une distance de cinq mille kilomètres nous séparait ? Ma stratégie : la laisser digérer le tout et lui parler plus tard.

Chapitre II

Comme une odeur de...

Toc! Toc! Toc!

Je me suis réveillée en sursaut.

J'ai regardé l'heure : 9 :00, un dimanche matin ?

Probablement quelqu'un qui se trompait d'appartement. J'ai recalé ma tête dans l'oreiller. Je n'avais pas bien dormi. J'avais eu de la difficulté à trouver le sommeil après mon froid avec Audrey. Je ne voulais pas qu'elle pense que je ne me souciais pas d'elle, mais c'était difficile de conserver nos liens d'amitié à une telle distance.

Toc! Toc! Toc!

Merde !

— C'est qui ? ai-je crié à partir de mon lit.
— C'est la police, madame ! a annoncé une voix d'homme.

La police ? Mon Dieu ! Est-ce que j'avais enfreint une loi française qui m'était inconnue ? J'ai un instant pensé à Nadine ; est-ce qu'elle s'était mise dans le pétrin à l'aéroport et avait donné mon nom ?

Michaël a ouvert les yeux, l'air perdu.

J'ai sauté hors du lit, attrapé ma robe de chambre et ouvert rapidement.

Deux policiers se tenaient devant ma porte. J'entendais mon rythme cardiaque s'accélérer, pourtant je n'avais rien à me reprocher.

— Vous devez évacuer l'immeuble, madame, il y a un colis suspect dans la rue.

Prise de panique, j'ai refermé la porte brusquement et j'ai secoué Michaël.

— Vite, lève-toi !

Comme nous restions tout près de l'Élysée et des ministères importants, nous voyions fréquemment des policiers dans la rue. Nous avions cru que le quartier était sécuritaire. Ces policiers nous effrayaient moins que les soldats qui se promenaient dans les gares, les aéroports et près de lieux touristiques, mitraillette à la main.

J'ai attrapé un jean, une veste et j'ai lancé un t-shirt et des pantalons à mon homme. Je n'avais qu'une idée en tête : SORTIR AU PLUS VITE !

Michaël, lui, était calme ; il enfilait tranquillement ses vêtements.

— Dépêche ! ai-je gueulé en chaussant mes souliers sans même les lacer.

Deux minutes top chrono plus tard, nous étions à l'extérieur.

Je m'attendais à intégrer une scène de panique, à voir des gens qui couraient partout, mais tout le monde paraissait calme.

À droite et à gauche s'étendaient des barrières de sécurité. La rue nous était bloquée.

— Sortez du périmètre de sécurité! nous a ordonné un policier en voyant notre air bêta.

Ah, je n'avais pas compris que nous étions à l'intérieur du périmètre.

Nous avons marché d'un pas rapide pendant cinq minutes avant de nous arrêter. Nous étions suffisamment loin.

— Bon, qu'est-ce qu'on fait? ai-je demandé après avoir repris mon souffle.

— Tu peux commencer par remonter ta fermeture éclair, a dit Michaël en pouffant de rire.

Oups, j'avais été si pressée que je n'avais pas pris le temps de le faire.

— On n'a ni argent ni carte de crédit; tout est resté dans l'appartement.

Je me suis assise sur un banc de parc. J'ai songé à ma mère. Pas un mot. Une autre cachotterie.

Puis des bruits de tambours et de trompettes se sont fait entendre et des avions militaires sont passés au-dessus de nos têtes.

— Qu'est-ce qui se passe? ai-je lancé, paniquée.

— Calme-toi, chérie. C'est le 14 juillet aujourd'hui, ça doit juste être le défilé. On y va?

Ah oui, le 14 juillet! Jour de la fête du pays. Tant qu'à être réveillés, aussi bien y assister.

Nous sommes donc allés nous joindre à la masse qui s'agglutinait le long des Champs-Élysées pour voir défiler le cortège militaire et les chars d'assaut.

C'était impressionnant, mais à la fois effrayant de voir toutes ces armes et tous ces équipements de défense.

Une fois la parade terminée, la foule a commencé à se disperser et je me suis demandé si nous pouvions réintégrer l'appartement. Mon ventre gargouillait et j'avais hâte de me doucher.

— Putain! Mais j'en ai marre! hurlait une jeune femme dans la vingtaine, complètement hystérique, alors que nous tournions le coin de notre rue.

Elle se plaignait à voix haute, sans gêne, du fait que plusieurs rues étaient fermées en raison du défilé militaire.

Ce qui me fascinait avec les Français, principalement les Parisiens, c'est qu'ils ont du mal à garder leurs pensées pour eux. Ils n'ont tout simplement pas ce petit filtre que nous, Nord-Américains, possédons en grande majorité. Si quelque chose les dérange, et Dieu sait qu'une petite chose les rend à bout de nerfs, ils doivent le partager avec tous ceux qui croisent leur chemin.

En revenant du défilé, nous nous sommes heurtés aux mêmes policiers qui nous avaient réveillés. Ils bloquaient poliment l'accès au chemin qui menait à notre appartement.

— Est-ce que c'est encore pour le colis suspect? a demandé Michaël.

— Non, non, tout est réglé. C'est une mesure de sécurité en raison du défilé.

Vivre tout près de la résidence du président de la République avait ses inconvénients.

Ils nous ont gentiment demandé d'emprunter la rue voisine, un détour d'à peine quelques mètres pour accéder à l'appartement.

Un homme qui venait d'essuyer le même refus de passage que nous s'énervait.

— Mais ce n'est pas possible! lançait-il, furieux, tout en cherchant un signe de compassion de notre part.

Le soleil rayonnait dans le ciel bleu, la température était clémente, nous étions en congé, Nadine était partie, ces deux minutes de marche ne nous dérangeaient pas le moins du monde. Nous étions tout simplement heureux de pouvoir réintégrer notre appartement et de savoir que le colis suspect n'était qu'une fausse alerte.

Nous avons emprunté la rue voisine, le sourire aux lèvres, suivis par l'homme enragé dont nous avons croisé le regard.

— Mais pourquoi vous souriez bêtement, vous? nous a-t-il demandé à la volée.

J'ai éclaté de rire. Michaël a fait de même. Ces Parisiens nous amusaient; leur attitude ne nous horrifiait plus.

***

En soirée, nous avons décidé d'aller voir avec Laurence et Mathieu le légendaire feu d'artifice qui avait lieu près de la tour Eiffel. Laurence fumait comme une cheminée, au grand désespoir de Mathieu.

— Ah… arrêtez, je fais comme je veux! a-t-elle dit, agacée, quand je lui ai répété que c'était nocif.

Heureusement, je n'avais jamais touché à la cigarette. Bon, OK, une seule fois. En première secondaire. Audrey en avait volé une dans le paquet de sa mère et nous l'avions fumée dans la petite maison dans l'arbre qu'il y avait dans sa cour. En revenant, ma mère avait repéré l'odeur et m'avait passé un tel savon que je n'avais jamais plus eu envie de retoucher au tabac. Elle m'avait parlé de certains de ses clients qui étaient pris avec un cancer ou qui avaient de l'eau sur les poumons. Elle avait également évoqué les enfants atteints d'asthme. Elle avait eu raison et je lui en étais reconnaissante.

Voulant éviter les bains de foule, nous avons opté pour la place de la Concorde, où nous pouvions nous asseoir sur une rambarde.

Je me suis assise, à l'aise, en croisant les jambes, et j'ai passé une main dans mes cheveux, détendue.

— Je te l'avais dit…, a déclaré Laurence en me donnant un coup de coude.
— Quoi ? Qu'est-ce que tu m'avais dit ?
— Que tu t'intégrerais ! Regarde-toi ! *You're a Parisian !*

Nous avons cogné nos poings, faute d'avoir des verres pour trinquer.

Lorsque les feux ont débuté, nous ne voyions que quelques brefs éclats ici et là. Tout autour de nous, c'était la protestation.

— On voit rien, bordel !
— Qu'est-ce que c'est que ces feux, ils coûtent une fortune et il faudrait se rendre tout près, c'est un scandale, rugissait une femme dans la mi-quarantaine.

Nous nous sommes regardés et nous avons décidé de nous approcher de l'action, pour éviter que les arbres nous obstruent la vue.

170

Nous sommes arrivés au pont Alexandre III, d'où nous avions une magnifique vue, juste à temps pour le bouquet final; des feux d'artifice éclataient partout pendant que la Tour reine scintillait.

Majestueux!

Nous n'entendions pas la musique, mais le bruit ambiant et les conversations des gens nous rappelaient que nous étions bien en train de célébrer le jour des Français. Évidemment, comme certaines personnes se bousculaient pour bien voir, on entendait beaucoup de:

— Putain, vous pourriez faire attention!

* * *

« Ouf! Terminé! » me suis-je dit avant de me laisser tomber sur le canapé-lit.

Nous n'avions peut-être qu'un minuscule studio de vingt-cinq mètres carrés, mais en faire le ménage était tout aussi épuisant que de courir un marathon. Et cette chaleur étouffante de juillet ne faisait qu'empirer les choses. À cause d'une pénurie de ventilateurs dans les magasins de Paris, nous suffoquions.

J'exagérais à peine...

J'avais terminé plus tôt ma journée de travail qui avait été assez pénible puisqu'il m'avait fallu supporter le départ en vacances de plusieurs collègues. J'avais hâte d'être en congé moi aussi avec Michaël! J'avais donc décidé de faire un peu de bichonnage à notre appartement qui en avait grand besoin.

J'avais commencé par passer le balai dans chaque recoin de l'appartement. Vu sa superficie, nous avions convenu à notre arrivée que l'achat d'un aspirateur était totalement superflu. Nous avions pensé, en toute innocence, qu'un simple petit porte-poussière et son minuscule balai assorti suffiraient. Il ne m'avait fallu qu'une seule journée pour constater l'urgence de nous procurer un vrai balai.

Alors que dans notre logement de Québec nous pouvions très bien nous contenter de passer l'aspirateur une fois par semaine, à Paris, nous ne pouvions sauter plus d'une journée. La poussière entrait constamment de partout et se régénérait toute seule. Je voyais si souvent des mousses rouler sur le sol que je finissais par me croire en plein Far West. Ma mère, Madame Blancheville en personne, aurait eu honte de sa progéniture !

Le fait qu'il n'y avait pas de moustiquaires aux fenêtres ne nous aidait pas. D'ailleurs, je n'en avais pas vu une seule sur aucune fenêtre. Seuls ces gros volets en métal blanc semblaient jouer le rôle de protection avec le léger inconvénient qu'une fois fermés, on ne voyait pas à l'extérieur. Donc, dès qu'on souhaitait respirer de l'air frais, on ouvrait les volets et on lançait du même coup une invitation aux moustiques, mouches et abeilles du quartier. Par le fait même, la poussière pouvait allègrement participer à la fête, elle aussi.

Une chance que nous avions gardé notre habitude québécoise consistant à nous déchausser avant d'avancer plus loin que le tapis d'entrée. Coutume que nos copains français trouvaient étrange lorsque nous leur rendions visite.

— Pourquoi t'enlèves tes chaussures ? m'avait demandé Daphnée quand j'étais passée chercher le lit de camp à son petit appartement.

Pour moi, c'était normal. Ma mère n'aurait jamais autorisé quiconque à fouler les parquets de sa maison avec des godasses. Vu l'état des trottoirs parisiens et tout ce qu'on pouvait y trouver, il était hors de question de marcher avec mes chaussures à l'endroit même où je déposais mes pieds nus chaque matin.

En plus du ménage, j'avais dû laver la vaisselle de la veille plus celle du petit-déjeuner ; mes doigts étaient complètement ratatinés. Je n'aurais pas cru, avant mon départ, que mon lave-vaisselle ferait partie des choses qui me manqueraient le plus !

Mes petites mains devaient aussi souvent laver la douche puisque le calcaire présent dans l'eau de Paris prenait plaisir à s'imprégner dans la céramique et les vitres. Chaque fois, je devais m'armer de courage et d'une bouteille entière d'anticalcaire !

Comme je venais de tout récurer et que j'avais aspiré une bonne quantité de produits ménagers toxiques, je désirais m'offrir une petite escapade dans les rues parisiennes, question de changer d'air. Étant donné qu'il était tôt, j'avais décidé de me rendre à Bercy Village, que j'adorais. C'était un ancien marché vinicole qui abritait de mignonnes petites boutiques, dont cette biscuiterie charmante à souhait ! C'était le genre d'endroit dont Audrey aurait raffolé et j'avais planifié lui envoyer une jolie boîte de biscuits par courrier, question de faire la paix.

— Pouah !

J'ai pris une grande respiration et je suis entrée dans le métro Madeleine où flottait une abominable odeur d'urine forte comme on en trouvait ici et là dans le métro parisien. Malheur à moi, je devais me rendre jusqu'à la ligne 14 où, je ne savais pas pourquoi, il régnait toujours un parfum terreux, voire de soufre.

Alors que les yeux étaient grandement sollicités à Paris à cause de toutes les lumières étincelantes, que l'ouïe était constamment attirée par les joueurs d'accordéon et de guitare, que le toucher était au paradis avec les milliers de boutiques qui envahissaient les rues, et que le goût avait déniché son royaume absolu au pays de la gastronomie, l'odorat était le seul sens à ne pas trouver son compte.

Autant mon nez se réjouissait chaque fois qu'il croisait une boulangerie dégageant des effluves de pains chauds et de pâtisseries sucrées, autant il aurait préféré être hors fonction lorsqu'il croisait une flaque « d'eau » quelque part dans le métro.

Peu importe où j'allais, mon nez n'arrivait jamais à trouver le repos. Il était entre autres mis à l'épreuve chaque fois que j'entrais à l'épicerie et que j'empruntais l'immense allée de fromages menant vers le lait. Si mes papilles aimaient bien les saveurs fromagées, mon organe olfactif avait encore en mémoire l'odeur qui avait flotté pendant plus d'une semaine dans notre petit vingt-cinq mètres carrés lorsque j'avais acheté une meule de camembert.

Ce jour-là, mon sort ne s'est pas amélioré quand je suis entrée dans le train bondé. Serrée contre tout un tas de gens, je pouvais très bien sentir l'haleine loin d'être fraîche sortant de la bouche du jeune homme qui était en grande conversation avec sa comparse ! Pauvre elle !

C'en était trop ! Moi qui voulais changer d'air, c'était raté. Les biscuits ne me tentaient soudainement plus et j'ai décidé de descendre à la prochaine station.

Je suis sortie du métro en courant, toute rouge, en quête d'un peu d'air frais. Je n'ai pu prendre que quelques respirations avant qu'une nouvelle odeur nauséabonde fasse son entrée dans mes narines. Tout juste à côté de la bouche de métro se tenait un itinérant, ou plutôt un SDF (sans domicile fixe) comme on les appelait ici, qui n'avait manifestement pas profité des pluies des derniers jours pour se doucher. Les sacs de poubelle qui lui tenaient compagnie dégageaient une forte puanteur.

J'ai redressé la tête et j'ai aperçu sept lettres blanches qui allaient me sauver : SEPHORA.

Je suis entrée dans la boutique et je me suis aspergée du premier échantillon de parfum à portée de main.

Ah, enfin !

J'en avais mis une quantité amplement suffisante pour m'envelopper pour le reste de la journée.

Soulagée, j'ai regardé attentivement la bouteille que je tenais dans mes mains, puis j'ai compris pourquoi la vendeuse me toisait avec un sourcil relevé.

Dior… pour hommes !

Et merde !

J'ai décidé de faire une longue marche pour retourner à l'appartement, question que les effluves masculins s'évaporent un peu dans les rues parisiennes et que je n'empeste pas l'appartement fraîchement lavé au grand complet. Au passage, je me suis arrêtée pour m'acheter un délicieux pain au chocolat.

Quelques heures plus tard, j'ai poussé la porte de l'appartement pour y trouver Michaël, le balai dans les mains.

— Surprise ! J'ai fait le ménage ! Regarde toute la poussière que j'ai amassée !

Chapitre 12

Mais où sont les Parisiens ?

En mettant le pied à l'extérieur de notre immeuble en ce matin d'août, je me suis rendu compte que quelque chose clochait.

Non seulement la rue, ordinairement bondée de travailleurs pressés, était déserte, mais l'habituelle symphonie de klaxons ne parvenait pas à mes oreilles.

Curieux.

J'ai regardé ma montre. Il était encore tôt, mais quand même !

Une soudaine angoisse m'a alors envahie.

Et si Paris avait été victime d'une catastrophe pendant la nuit et que nous étions les seuls survivants ?

Mon pouls commençait à s'accélérer tandis que je réalisais que les cafés, restaurants, boutiques et salons d'esthétique que je venais de croiser étaient tous fermés. Pourtant, nous étions lundi matin.

Étonnant.

De l'autre côté de la rue, la boulangerie où je me rendais pour aller chercher des croissants semblait close elle aussi.

Le cœur battant, j'ai voulu aller m'en assurer de plus près.

Au moment où j'allais traverser la rue, une voiture est arrivée, faisant taire en même temps mes craintes d'apocalypse.

Habituée aux règles parisiennes, j'allais laisser passer l'automobiliste même si j'étais sur une voie piétonne, quand quelque chose d'inattendu s'est produit.

La voiture s'est immobilisée.

Bizarre.

Sous le choc, je n'ai pas bougé d'un poil. L'homme a descendu tranquillement la vitre et, convaincue de recevoir une pluie d'insultes, j'ai affiché l'air suffisant que j'avais eu l'occasion d'exercer pendant les derniers mois.

— Allez-y, m'a-t-il dit en me faisant signe de passer, sourire aux lèvres.

Étrange.

J'ai avancé, tremblante, vers la vitrine où une note manuscrite avait été laissée :

Vacances annuelles — Fermé jusqu'au 28 août !

C'était donc vrai ! Le mois d'août venait à peine de se pointer le bout du nez que les Parisiens avaient tous déguerpi sur les chaudes plages de la Côte d'Azur, laissant derrière eux une ville déserte, ou presque…

Je commençais moi-même ma première journée de vacances estivales. Vendredi, Olivier, Daphnée et moi avions trinqué après le bureau en raison du long congé.

— *Viva Espagna !* avait lancé Daphnée en levant son verre de sangria.

— Quand je pense que tu restes collée ici, Cynthia, c'est vraiment trop relou, avait déclaré Olivier.

— Mais non, ça va. C'est pas comme s'il n'y avait rien à faire à Paris, quand même ! avais-je lancé pendant que mes amis se foutaient de ma gueule encore une fois.

Nous avions été tentés par quelques destinations, mais c'était assez dispendieux et Michaël n'avait pas pris un mois complet de vacances comme moi, car il avait trop de travail. Nous avions décidé de rester sur Paris et d'en profiter pour visiter les endroits que nous n'avions pas encore vus comme le musée d'Orsay et le château de Versailles.

Mes plans avaient semblé amuser mes copains et, malgré leurs protestations, j'avais décidé de demeurer en ville. Mais en cette matinée silencieuse, je commençais à comprendre ma mauvaise décision.

J'ai tourné dans la rue voisine, habituellement malmenée sous des pas pressés de Parisiens stressés.

Elle était d'un calme fou et d'une propreté rare.

Puis ont surgi des quatre coins plusieurs de ces créatures bien connues : des touristes en bermudas, t-shirt, baskets, avec appareil photo accroché autour du cou et carte à la main. L'air désemparé, ils se ressemblaient tous.

Consciente que j'étais ce qui se rapprochait le plus d'une Parisienne à des mètres à la ronde, j'ai tenté d'esquiver leurs regards, mais mes efforts ont été en vain : j'avais été repérée.

Un couple asiatique a pressé le pas et s'est avancé vers moi pour me demander « Champs-Élysées ? » dans un français cassé.

Le manège s'est répété avec deux Américaines qui cherchaient les Galeries Lafayette et une famille britannique en quête de la station de métro la plus près.

Par la suite, j'ai croisé quelques citadins en veston-cravate, mais leur pas avait incroyablement ralenti ; ils semblaient si imperturbables que je n'ai pu faire autrement que de m'adapter, moi aussi, à ce nouveau rythme déboussolant.

Je suis finalement entrée au supermarché en quête d'un petit-déjeuner à rapporter à mon homme. À l'intérieur : le calme plat. On entendait presque la lumière du plafond vaciller. J'ai pris quelques produits dans les allées où j'ai compté plus de commis que de clients. J'ai même sursauté lorsque l'un d'eux m'a abordée pour me demander s'il pouvait m'aider alors que je tâchais maladroitement d'atteindre la boîte de céréales sur le haut de la tablette. À la caisse, c'était le comble : deux caissières brandissaient la main presque avec supplication pour que je passe à leur station.

Je suis revenue à l'appartement avec une seule idée en tête :

— Chéri, et si on allait passer une semaine à Nice ?

* * *

Trois jours plus tard, nous étions dans le TGV qui nous menait à Nice. Michaël avait accepté, trouvant lui aussi que la ville était devenue mortellement ennuyante. Il bénéficiait tout de même de trois semaines de congé. Trois semaines sans voir Natalia et sans en entendre parler, j'étais ravie !

Le train était bondé, mais nous avions réussi à nous dégotter des billets, bien que le prix fût assez élevé. L'hôtel avait aussi été difficile à trouver, mais il restait une chambre dans un établissement deux étoiles et demie du Vieux-Nice. C'était mieux que rien.

Nous étions assis dans un « carré », soit un espace pour quatre personnes, en face d'un homme duquel émanait une odeur de transpiration surie. La sueur dégoulinait sur son front, malgré la climatisation sommaire qui était diffusée dans le wagon. À côté de lui, un jeune homme dans la vingtaine était plongé dans un roman depuis le début du voyage.

Comme toujours, Michaël s'était endormi. Les transports avaient toujours eu l'effet d'un somnifère sur lui et même si ça me faisait un compagnon de voyage peu loquace, j'avais décidé de lui laisser récupérer ces heures de sommeil qu'il méritait bien. Il travaillait tellement qu'il dormait très peu. Ces vacances allaient décidément nous faire du bien. Moi, lui et la mer Méditerranée.

Avant de partir, j'avais tenté de reparler plusieurs fois à Audrey, mais elle n'avait pas rappelé. Elle semblait réellement blessée par le fait que Nadine soit venue à Paris et pas elle. Elle avait seulement répondu brièvement à mes courriels, m'informant qu'elle allait passer ses deux semaines de vacances au chalet de Béatrice sur la Côte-Nord, une de nos amies communes.

Quant à elle, Nadine m'avait envoyé une panoplie de messages. D'abord pour me remercier de cette magnifique semaine et ensuite pour me donner constamment des nouvelles de son chat qui était malade, de son proprio qui faisait des siennes et des derniers cancans du journal. J'essayais d'être brève et neutre dans mes réponses; je ne voulais pas être méchante, mais je voulais encore moins qu'elle s'imagine que nous étions devenues les meilleures amies du monde pour autant!

Papa, lui, était parti au Kilimandjaro et maman, au camping dans Charlevoix, le même où elle allait depuis plusieurs années. Elle s'installait confortablement dans la roulotte qu'elle partageait avec sa sœur, ma tante Monique.

Nathan, lui, avait un horaire encore plus chargé qu'à la garderie.

— J'ai un camp d'immersion anglaise, après c'est mon camp de cirque pis mon camp d'équitation, après je commence la maternelle, m'avait-il dit quand j'avais réussi à lui parler sur Skype avant notre départ.

C'était un classique, ma sœur travaillait tout l'été. Pas de pause pour la justice! Je me demandais vraiment pourquoi elle travaillait autant. À quoi ça sert d'avoir tant d'argent si on n'en profite pas? Elle et son mari avaient une belle grande maison, mais n'y étaient presque jamais. Luc partait à la pêche une bonne partie de l'été, dans un chalet qu'il possédait dans le nord de la province. Ma sœur envoyait donc Nathan de camp en camp.

— As-tu hâte de commencer l'école ?

J'allais manquer cette grande étape dans la vie de mon filleul : l'entrée à l'école. J'osais espérer que ma sœur allait au moins l'accompagner lors de cette importante journée.

— Ouin…
— T'as pas l'air dans ton assiette, mon grand ?

J'avais remarqué sa mine abattue. Bien que régulièrement « barouetté » d'un bord et de l'autre, Nathan avait toujours été un petit garçon jovial. Je voyais que quelque chose clochait.

— C'est juste que je sais pas dans quelle école je vais aller. Peut-être que je vais en avoir deux.
— Pourquoi tu dis ça ?

J'étais intriguée ; de quoi parlait-il ?

— Nathan, viens souper, avait coupé ma sœur. S'cuse Cynthia, on est pas mal pressés, on se parle une autre fois.

Et elle avait fermé l'ordinateur.

« Une autre fois » ne s'était pas présentée avant notre départ pour Nice. Je n'aimais pas savoir mon petit Nathan triste. J'avais toujours fait tout en mon possible pour qu'il ne souffre pas de l'absence de sa mère et de l'incompétence totale de son père.

Je songeais à Nathan quand l'homme en face de moi, celui qui dégoulinait de sueur, a sorti un peigne et s'est mis à se coiffer. Comme ça, en plein trajet. De grosses pellicules tombaient sur la table qui nous séparait chaque fois qu'il glissait le peigne dans ses cheveux gras. J'étais franchement dégoûtée, mais j'étais heureuse que Michaël dorme, sinon nous aurions été incapables de nous retenir de rire. C'était le genre de situation qui provoquait une contagion entre nous et qui pouvait être interminable.

Après un long trajet de cinq heures quarante et une minutes durant lequel Michaël avait dormi comme un loir, nous sommes finalement arrivés à Nice. À nous les plages de la Côte d'Azur !

En mettant l'orteil en dehors du train, la chaleur accablante nous a fait comprendre que nous étions réellement dans le sud du pays. La croix verte installée à l'extérieur d'une pharmacie indiquait 41 degrés. Quoi ? C'était insensé ! Le simple fait de marcher exigeait un effort incroyable.

De peine et de misère, nous nous sommes rendus à notre petit hôtel défraîchi.

Je comprenais pourquoi nous avions réussi à obtenir une chambre. À côté de cet établissement, l'hôtel Crystal de Boulogne-Billancourt avait l'air d'un palace !

— Bonjour ! nous a dit en nous accueillant la dame à la réception avec un immense sourire.

Même si le *check-in* était seulement dans trois heures, nous avions choisi de nous risquer. Je n'avais nullement envie de trimballer mes lourdes valises sur la plage.

Un peu craintive à l'idée de me faire répondre abruptement, j'ai demandé avec un ton de supplication :

— Je sais que nous ne sommes pas encore à l'heure du *check-in*, mais pouvons-nous déposer nos bagages ?

J'ai effectué un mouvement de recul, comme par réflexe de protection. J'ai fermé un œil et j'ai penché la tête sur le côté en attendant la réaction de la réceptionniste.

— Mais bien sûr! a-t-elle répondu chaleureusement.

Quoi? J'ai regardé Michaël, ahurie. Il ne semblait pas en croire ses oreilles, lui non plus.

— Encore mieux! Je vais vérifier si votre chambre est prête, a-t-elle ajouté devant mon air ébahi.

Je ne savais pas si je faisais face à de l'ironie ou à un véritable acte de gentillesse. Il s'avéra que c'était la seconde option, puisque cinq minutes plus tard, nous montions dans l'ascenseur, bouche bée, avec notre carte en main.

Eh ben, dis donc!

Il régnait une odeur d'humidité persistante dans la chambre et les murs étaient tachés, mais les draps de nos lits étaient d'une propreté acceptable. Je dis « nos lits », car comme nous avions réservé à la dernière minute, nous n'avions réussi qu'à obtenir une chambre avec deux lits simples. Ce n'était pas grave, nous étions en Provence!

Nous avons troqué nos vêtements pour nos maillots et nous sommes allés nous étendre sur la plage. Bon, « étendre » est un bien grand mot, car on avait oublié de me mentionner que les plages étaient composées de galets. C'était pratique pour moi qui avais toujours détesté ramener du sable partout dans mes vêtements au retour de la plage, mais c'était assez peu confortable. Qu'à cela ne tienne, moi et Michaël sommes tout de même allés nous rafraîchir dans la Méditerranée.

Dans les vagues de Nice, en observant les bateaux défiler au loin, Michaël m'a prise dans ses bras.

— Maudit que j'taime, toi!
— Que me vaut l'honneur?
— Ç'a pas été facile ces derniers temps, je travaille beaucoup, pis… toi, t'es toujours là. Je t'aime tellement.

J'étais heureuse, Michaël m'aimait. Tous les doutes que j'avais eus au cours des derniers mois se sont évaporés.

**

Nous adorions Nice. La ville était animée, chaude et franchement très belle. Tout le monde était en vacances, alors une atmosphère de détente régnait sur les rues et les grandes artères.

Les bonnes surprises avaient continué au restaurant alors qu'on avait pris le temps de nous accueillir aimablement, de nous conseiller sur les plats sans montrer de signes d'exaspération et même de nous regarder en prenant la commande, ce que je n'avais pas vécu depuis un bon moment !

J'ai alors pris conscience qu'il y avait une véritable distinction à faire entre le Parisien et le Français. Le Parisien est une espèce à part entière. Pressé, stressé, continuellement sollicité, il en vient à n'avoir aucune patience ni tolérance. Le Français, lui, est très capable de gentillesse et de politesse. Quel soulagement !

Nous sommes aussi allés nous promener à Monaco, splendide ville qui avait toutefois un parfum d'artifice. Tout semblait impeccable, pas le moindre déchet ne jonchait le sol, pas un seul itinérant n'errait dans les rues. C'était beau, mais je n'aurais jamais pu vivre dans un endroit pareil. Devant le casino de Monte-Carlo étaient alignées les voitures de luxe qui avaient fait saliver Michaël, mais qui m'avaient laissée indifférente. J'avais toujours considéré les automobiles comme un moyen pénible de me déplacer du point A au point B et je n'avais jamais vraiment compris cette fascination qu'avaient les hommes pour les bolides. J'avais insisté pour visiter le palais princier et la cathédrale où repose Grace Kelly.

Nous avons ainsi passé nos journées à visiter, boire, manger et à nous baigner dans les eaux claires de la Méditerranée. De vraies vacances !

Pour le plaisir de mes papilles, nous avions pris l'habitude de terminer nos journées au célèbre glacier Fenocchio, établi dans le Vieux-Nice. J'avais trouvé ardu, avec mon légendaire sens de l'indécision, de choisir parmi les quatre-vingt-quinze saveurs proposées. Alors que toute petite, j'étais incapable de me décider entre les limités chocolat, vanille et marbré, j'étais encore plus confuse devant ce nombre de parfums surprenants et totalement inattendus. Dans un élan de preux chevalier, Michaël avait donc proposé d'y revenir chaque jour. Nous sélectionnions chacun trois saveurs différentes et nous les critiquions en nous prenant un peu trop au sérieux.

Le jour de notre départ, j'avais opté pour les audacieuses saveurs olives noires, thym et avocat et mon amoureux avait choisi piment, poivre rose et bière. J'étais jalouse de ses choix et j'étais en train d'essayer de lui subtiliser des bouchées en marchant sur la promenade des Anglais qui longeait la plage quand... tout a basculé.

— Michaëleeeeee! C'est toi?

Une grande rousse, cheveux au vent, lunettes de soleil à mille euros, petit short court, camisole qui laissait clairement savoir qu'elle ne portait pas de soutien-gorge, se ruait vers MON chum comme une groupie ayant vu son idole.

Elle ne lui colla pas deux traditionnels bisous sur les joues, mais l'embrassa de manière interminable quatre fois! Elle était exubérante et parlait sans reprendre son souffle.

J'étais là, plantée comme une dinde, pendant qu'elle s'éprenait de mon homme. C'était Natalia, j'en aurais mis ma main au feu. À la simple différence qu'elle avait une chevelure rousse plutôt que blonde, j'avais misé juste quant à son apparence. Ou plutôt non: elle était encore cent fois plus belle que je ne l'avais imaginée.

— C'est complètement dingue, tu aurais dû me dire que tu venais ici !

— On a décidé ça à la dernière minute.

Elle a penché la tête en arrière en déversant un rire un peu trop exagéré à mon goût.

— Je t'avais dit que son accent était craquant ! a-t-elle lancé à son amie tout aussi ravissante, mais qui passait presque inaperçue à côté de l'élégante Natalia.

J'avais remarqué que tous les passants se retournaient sur son passage, paraissant hypnotisés par son incroyable beauté qui me faisait cruellement souffrir.

Michaël a finalement pris ma main. J'étais soulagée de savoir qu'il n'avait pas oublié ma présence.

— Oh, je te présente ma copine, Cynthia. Cynthia, Natalia.

J'ai serré sa main parfaitement manucurée qui, à ma grande surprise, manquait d'assurance et était plutôt molle. Elle m'a fait un grand sourire qui dévoilait ses dents d'une blancheur impeccable, puis s'est approchée et m'a fait la bise à mon tour.

— C'est toi, enfin !

C'est moi quoi ? Ta rivale ? Elle devait se dire que ses chances étaient gagnées d'avance. Avec mes cheveux remontés en chignon et dépeignés par le vent de la mer, mes gougounes roses et ma petite robe soleil délavée, j'étais loin d'être à mon meilleur.

— Bon, il faut que vous veniez dîner avec nous ! a-t-elle rapidement enchaîné à l'adresse de Michaël.

Quoi ? Elle pouvait bien rêver ! De toute façon, nous avions l'excuse parfaite, car j'avais réservé une table dans un petit resto en dehors de la ville pour notre dernier repas. J'avais demandé conseil à la réceptionniste de l'hôtel et elle m'avait recommandé ce restaurant couru des gens de la place. Michaël savait que je mourais d'envie d'y aller et il ne pouvait pas me faire ça !

— On a loué un appartement avec des copines, on va vous faire une pissaladière, un plat typique… Allez !

À mon grand soulagement, Michaël m'a regardée, semblant chercher mon approbation. J'ai esquissé un petit sourire. Que pouvais-je faire d'autre ? Lui faire de grands signes montrant mon refus ? Nous n'étions pas dans un vaudeville. Natalia était à deux mètres de moi, elle aurait parfaitement vu mes réticences, qu'elle aurait sans doute interprétées comme une faiblesse à exploiter.

— Ben oui, pourquoi pas ! a lancé Michaël.

Natalia a littéralement sauté de joie. De mon côté, je m'efforçais de conserver mon sourire pour cacher mon envie de pleurer pendant que ma glace coulait doucement le long de mes bras.

***

— Redis-nous l'expression que tu as balancée l'autre jour, c'était trop marrant !

Elles étaient toutes en rond, dix magnifiques filles aux allures de mannequins, avec un centre d'attention : mon chum.

— Virer une brosse ?

Elles s'esclaffaient en faisant circuler des cocktails girly. Aucune trace de la pissaladière promise. Seulement un pain et de la tapenade traînaient sur la table du petit appartement avec vue sur la mer.

En dépit du fait que j'avais enfilé la plus belle robe de ma valise, je ne rivalisais pas de beauté avec tous ces pétards. J'étais on ne peut plus mal à l'aise et je n'arrivais pas à croire que Michaël ne se rendait pas compte de l'incongruité de la situation. Imaginons l'inverse : comment se serait-il senti si je l'avais emmené dans un appartement rempli de beaux mâles en pâmoison devant moi ?

Pourquoi avait-il fallu que nous tombions sur Natalia ? La situation avait-elle été préméditée ? Car Michaël n'avait pas été tellement difficile à convaincre de faire ce voyage ! Savait-il que sa collègue y passait ses vacances ? Sans doute !

Mon amoureux semblait à l'aise ; il avait toujours aimé faire rire. Il avait devant lui un public déjà conquis. C'en était trop, la vision de ce harem me brisait tellement le cœur que les larmes me montaient aux yeux. J'ai attrapé mon verre de rosé et je suis sortie prendre une grande bouffée d'air sur le balcon. Comment pouvait-il me faire une chose pareille ?

Les larmes coulaient sans retenue sur mes joues. J'avais beau jouer les filles fortes, je n'allais quand même pas rester impassible en regardant mon homme, celui avec qui je me voyais avoir des enfants, m'être dérobé sous les yeux.

— C'est magnifique, cette vue !

L'une des filles était sortie et me tendait un croûton avec de la tapenade, que j'ai refusé.

Elle a vu mes yeux et a semblé tout de suite comprendre.

— Vous deux, c'est l'amour fou, hein ?

— Je ne sais pas… Ça l'a été, oui.

— Allons ! Ça crève les yeux, il est raide dingue de toi, ton mec.

Était-ce de la véritable sympathie ou avait-elle été envoyée par Natalia pour sonder le terrain ?

— Veux-tu ben me dire pourquoi je suis ici, pendant que lui est là, debord !

J'avais haussé un peu le ton, emportée par mon sentiment d'abandon. Un couple de promeneurs s'était même arrêté en levant la tête vers nous.

La copine de Natalia a appuyé ses coudes sur la rambarde pour me faire face.

— Natalia n'est pas dangereuse, ne t'en fais pas. Elle aime juste… plaire.

— Et ça marche, tu crois ? Elle lui plaît ?

— Je ne crois pas, non. Regarde…

Je me suis retournée ; Michaël arrivait sur le balcon.

— Ça va, chérie ? Wow, la vue est splendide ici.

Il a enroulé ses bras autour de moi et m'a discrètement glissé à l'oreille :

— On s'en va ?

J'ai à peine eu besoin de le regarder que nous quittions les lieux, main dans la main, à la grande déception de Natalia qui lui a fait une interminable étreinte, un peu trop dramatique à mon avis, étant donné qu'ils allaient se revoir dans une semaine.

En atteignant le trottoir, j'ai éprouvé un tel soulagement ! Mais je ne voulais pas montrer ma rancœur, je ne voulais pas qu'elle risque de l'éloigner.

— Merci, lui ai-je dit tout simplement.
— On a encore le temps pour ta réservation ?

Je n'ai pas cherché à en savoir plus ; il ne m'avait pas abandonnée, c'était tout ce qui comptait.

Chapitre 13

Bonjour, Docteur !

L'automne était bien installé dans les rues de Paris. Les feuilles avaient commencé à envahir le sol et les vendeurs de marrons chauds avaient repris leur territoire sur les larges trottoirs parisiens.

Michaël avait recommencé le boulot depuis quelques semaines, tout comme moi. Je n'étais pas enchantée à l'idée de le savoir se rapprocher de la belle Natalia, car finalement mes craintes étaient bien fondées. L'intuition féminine !

— La salope ! a lâché un peu trop vigoureusement Daphnée quand je lui ai raconté ma mésaventure estivale.

Olivier, lui, avait essayé d'obtenir son numéro, en feignant la sympathie.

— Je peux lui faire oublier ton copain, tu sais, je suis totalement irrésistible.

Avec ses petites lunettes, ses cheveux blonds en brosse et son look un peu trop désinvolte, j'étais loin de croire qu'Olivier puisse séduire une femme de cette trempe. Michaël, par contre...

— Qu'est-ce que tu vas faire ? a enchaîné Daphnée.

— Rien. Qu'est-ce que tu veux que je fasse ?

— Comment rien ? Il faut que tu baises, et tous les jours s'il le faut !

— Chut…

Daphnée avait parlé un peu trop fort. Je ne voulais pas que Sid entende. Et même s'ils prétendaient ne pas comprendre, je soupçonnais les employés des secteurs italien et espagnol de très bien saisir toutes nos conversations.

— Cynthia, tu DOIS garder l'intérêt de ton homme.

— Ouais, un homme satisfait ne va pas voir ailleurs, a confirmé Olivier.

— Tu parles par expérience ? Ta copine n'est pas top au lit ? l'a agacé Daphnée.

Olivier a voulu se défendre.

— Je ne parlais pas de moi.

— Me semble, oui, ai-je ajouté pour détourner la conversation de mon couple.

Mes amis n'avaient pas tort. Michaël n'aurait aucune envie d'aller voir ailleurs s'il était comblé côté sexe. Mais je voulais faire l'amour quand j'en avais envie et non pas avec des intentions cachées.

J'aurais aimé parler à Audrey, mais elle ne répondait plus que très sommairement à mes courriels, prétextant être trop occupée par le travail. Ma sœur, en revanche, semblait éprouver un fort besoin de se confier. Elle, qui avait toujours été plutôt discrète côté confidences, m'écrivait de longs courriels et empruntait un peu de temps aux conversations que j'avais avec Nathan pour me parler de ses états d'âme. Elle semblait

194

s'être enfin ouvert les yeux et se questionnait sur son mariage. Alléluia !

C'est à l'anniversaire de Nathan, tout juste après que j'ai soufflé pour lui les cinq bougies que j'avais allumées sur un petit gâteau que j'avais acheté à la boulangerie du coin, qu'elle m'a fait l'annonce.

— Cynthia, on divorce, Luc et moi. Mais dis-le pas à maman. Je veux attendre que tout soit réglé avant.

Je le savais ! Quand Nathan avait évoqué le fait d'avoir deux écoles, j'avais bien sûr compris. C'était une évidence, ce mariage était voué à l'échec dès le départ. Pour ce qui était des deux écoles, Nathan pouvait bien rêver ; ce serait sans doute ma sœur qui aurait la garde complète de son fils.

— Nathan le sait ? ai-je demandé tout bas.
— Pas encore, mais tu le connais, il est tellement intelligent. Il a compris.

C'était une des rares fois où je voyais ma sœur triste et, surtout, parler d'autre chose que de sa carrière. J'aurais aimé la consoler, mais elle a conclu la conversation en me parlant de la nouvelle cause qu'elle avait à défendre. Une histoire de viol sordide qui avait eu lieu dans un quartier de Limoilou. Je ne savais pas comment elle faisait pour évoluer dans cette réalité macabre. Elle m'avait fait répéter ma promesse de tenir le sujet mort devant maman et avait fermé la caméra.

* * *

— Bonjour, j'aimerais prendre un rendez-vous s'il vous plaît, ai-je demandé anxieusement au téléphone.

Cela faisait presque deux semaines que mon œil droit était tout rouge. Il démangeait et l'irritation devenait de plus en plus intense. Chaque jour, je me disais que si ce n'était pas mieux le lendemain, j'irais voir le médecin. La vérité était que je ne savais pas vraiment comment fonctionnait le système de santé français et j'avais la forte impression que ce serait compliqué. Mais en me regardant dans le miroir, ce matin-là, j'ai compris qu'il était temps de faire quelque chose : je ressemblais à Rocky Balboa après un combat !

J'ai donc décidé de faire ce que le commun des mortels fait dans ce millénaire lorsqu'il a un problème de santé : j'ai tapé mes symptômes sur Google :

ŒIL ROUGE QUI PIQUE

Je suis alors tombée sur des forums peu sérieux, puis sur des sources un peu plus fiables. Plus je lisais, plus mon cœur s'emballait : conjonctivite, chalazion, blépharite, glaucome... Mon Dieu : allais-je perdre mon œil ? Prise de panique à l'idée de devoir porter un œil de verre pour le reste de mes jours, je me suis donc ruée sur le téléphone.

— Oui, bien sûr. À 10 heures, ça vous convient ? m'a répondu la réceptionniste du cabinet médical que Daphnée m'avait recommandé la veille.
— Quel jour ? ai-je demandé, surprise.
— Aujourd'hui, bien sûr, m'a-t-elle répondu, amusée.

J'ai manqué de tomber en bas de ma chaise. J'ai regardé ma montre : 9 heures. Ça alors ! Moi qui devais appeler un minimum d'un mois d'avance pour prendre rendez-vous avec le médecin de famille qui me suivait depuis vingt ans ! Quel était donc le secret du système de santé français ?

J'ai téléphoné au bureau pour prévenir que j'arriverais un peu plus tard et je me suis préparée rapidement. J'ai marché jusqu'au cabinet qui n'était situé qu'à quelques coins de rue de chez moi. De l'extérieur, il ressemblait à un immeuble à logements, mais une plaque dorée indiquait le nom du médecin.

Je suis entrée, puis j'ai pris l'ascenseur jusqu'au quatrième étage.

Lorsque les portes se sont ouvertes, je me suis demandé si j'étais au bon endroit.

Le lieu était plutôt chic et il y avait une grande fenêtre avec une magnifique vue sur la ville. Dans la salle, on retrouvait tout au plus quatre chaises, une petite table et, bien sûr, une pile de magazines. Je devais donc être au bon endroit. Un seul détail clochait : il n'y avait personne dans la salle d'attente.

Une porte était fermée et j'entendais quelques bribes de conversation :

— Aux pieds... douloureux... depuis deux jours...

J'ai pris un magazine et, étonnamment, il s'agissait de celui du mois de septembre. De l'année en cours !

Quelques minutes après mon arrivée, la porte d'un bureau s'est ouverte et un homme dans la cinquantaine en est sorti, en boitant.

Le médecin m'a souri et m'a fait signe d'entrer.

Je lui ai alors expliqué mon problème oculaire et il a rapidement conclu qu'il ne s'agissait que d'eczéma. Le calcaire présent dans l'eau de Paris et la pollution étaient les deux causes possibles.

Ouf ! Du moment que j'allais garder mon œil !

Le médecin m'a rassurée, m'a prescrit une crème, puis m'a demandé si j'avais une « carte vitale ».

Je savais que c'était trop beau...

— Euh, non, ai-je répondu, gênée.

Je pensais au sort qu'on réservait aux gens qui n'avaient pas leur carte d'assurance-maladie au Québec : pas la peine de daigner se présenter à la clinique.

— Pas de problème, alors ça sera vingt-deux euros, m'a-t-il dit en griffonnant un reçu. Vous pourrez en faire la réclamation auprès de vos assurances.

Tout simplement. Comme ça.

Je me suis alors dit que vingt-deux euros étaient bien peu à défrayer pour éviter les heures d'attente interminables dans une salle miteuse, en compagnie de dizaines d'autres malades qui vous toussent dessus !

Il y avait peut-être quelques irritants à la vie parisienne, mais au moins, mon œil cesserait de piquer rapidement.

***

— On se pose ?

Malgré le fait que Laurence travaillait de son petit appartement et ne se mêlait pas à la masse, elle avait vraiment l'air d'une Parisienne. J'avais profité d'un RTT pour aller faire une balade automnale dans le bois de Vincennes et elle avait accepté de m'accompagner.

— Alors, vous partez bientôt ?

Laurence a réprimé un petit soupir.

— Ouais, on part juste avant Noël.

Je sentais une certaine nostalgie dans sa voix.

— Je sais pas trop ce qui m'attend. Je suis pas pressée de retourner à mon ancienne vie.

Son ancienne vie... C'était quoi la mienne ? Le journal, les embouteillages, les soupers de famille, les dimanches matin au resto avec les copains ? Pour l'instant, ma vie parisienne me plaisait entièrement. J'avais l'impression d'être libre et d'avoir laissé toutes mes responsabilités sur le point d'embarquement de YQB.

Laurence a sorti une cigarette qu'elle a allumée. Elle était loin d'avoir arrêté et j'étais déçue pour elle.

Nous regardions les petits bateaux de bois avancer doucement sur le lac.

— Laurence, est-ce que Mathieu te parle d'une certaine Natalia ? me suis-je risquée.

Mathieu travaillait dans le même bureau que Michaël, mais ils n'étaient pas affectés au même projet.

— La grande rousse ?
— Ouin...
— Bof, pas plus que d'une autre. Pourquoi ?
— Oh... rien, rien.
— T'as un problème avec les gouines ?
— Quoi ?
— Ben, c'est ce que j'ai cru comprendre.

Lesbienne ?
J'ai alors eu un flash : les filles, l'appartement, cette soirée bizarre.

— Ma jolie, tu aurais une clope pour moi ?

Pendant que je m'efforçais de contenir ma joie, Laurence tendait une cigarette au beau garçon à la veste de cuir qui se tenait au-dessus de nous.

— On peut s'asseoir ?

« On », c'était lui et son copain boutonneux.

J'allais dire non, quand Laurence s'est déplacée pour les laisser s'installer. Merde ! Qu'est-ce qu'elle faisait ? Je n'avais aucune envie de bavarder avec ces deux-là qui, de toute évidence, voulaient nous draguer.

Depuis que Laurence m'avait appris la BONNE nouvelle, je n'avais qu'une envie : rentrer directement à l'appartement pour vérifier auprès de Michaël si ce n'était qu'une simple rumeur. Mais j'étais coincée ici et Laurence était plongée dans une discussion politico-économique avec le jeune homme basané qui ne se cachait pas du tout pour la séduire. Je trouvais dommage de voir que Laurence embarquait dans ce petit jeu alors qu'elle était avec Mathieu. Après une demi-heure à déblatérer, les deux garçons sont finalement partis, non sans laisser leur numéro de portable à Laurence. J'étais subjuguée de voir qu'elle l'avait pris en note.

— Tu joues avec le feu, toi ! lui ai-je dit alors que nous attendions le métro pour rentrer.

— Fais pas ta matante !

Matante ? Moi ? Eh bien, j'aimais mieux être une matante qu'une adolescente attardée en mal d'émotions fortes.

Tout compte fait, j'étais bien contente qu'elle rentre à Montréal.

À l'appartement, Michaël n'était toujours pas rentré et j'avais décidé de lui concocter un délicieux festin. J'avais fait un saut chez Picard, les surgelés, pour acheter un sublime tartare de saumon. J'ai accompagné le tout d'une salade avec pacanes grillées et vinaigrette émulsionnée aux petits fruits. J'ai couronné le repas d'un brownie à la poêle. Le dîner parfait, quoi !

J'étais en train d'essayer de déboucher maladroitement la bouteille de Pinot gris quand Michaël a franchi la porte.

J'y suis allée de but en blanc :

— Michaël, est-ce que Natalia est gaie ?
— Euh… Bonsoir, chérie.
— Michaël, réponds à ma question.

Il a déposé son sac et s'est approché de moi.

— Je pense que oui.
— Tu penses ou tu en es sûr ?
— J'en suis sûr.

Je me suis retenue pour ne pas le gifler. Tout ça semblait l'amuser.

— Ça te tentait pas de me le dire avant ?

Il jouait à celui qui ne comprenait rien.

— Je te l'avais pas dit ?
— Non, Michaël, tu ne me l'avais pas dit !
— T'étais jalouse d'elle ?
— Jalouse ? Comment j'aurais pu faire autrement ? Même Angelina Jolie serait jalouse si une fille pareille travaillait à deux pouces de Brad tous les jours.
— Tu me compares à Brad ? Merci !

J'ai alors vu dans ses yeux qu'il savait, qu'il avait toujours su.

— Tu m'as laissé m'en faire! Sais-tu comment je me suis sentie, moi?
— Arrête, Cynthia, c'était juste un jeu.
— Un jeu?

J'étais estomaquée.

— Plus t'étais jalouse, plus tu faisais tout pour me séduire. Je peux pas dire que c'était pas le fun.

Ça me faisait mal. Je me demandais si je n'aurais pas aimé mieux apprendre qu'il m'avait trompée. Au moins, il m'aurait blessée à cause d'un désir et non d'un divertissement malsain.

J'ai pris mon manteau et j'ai quitté l'appartement alors qu'il essayait de me retenir.

Il le savait! Comment avait-il pu me faire vivre cet enfer pendant tous ces mois? J'avais réellement eu peur de le perdre, moi, merde! Je l'aimais, je l'aimais de tout mon cœur, mais je ne l'aurais jamais cru capable de faire une telle chose.

J'ai marché, marché, marché à vive allure. «Tassez-vous de mon chemin», me disais-je intérieurement. Puis je me suis arrêtée sur un de ces bancs verts et j'ai pleuré. Pleuré de soulagement, pleuré de tristesse, pleuré de colère. Les passants me regardaient comme si j'étais une attraction, mais aucun ne venait voir si j'avais besoin d'une aide quelconque.

Il était 23 heures et la tour Eiffel scintillait derrière moi comme elle le faisait chaque heure quand la noirceur recouvrait Paris. Ma mère aurait eu peur de me voir ainsi, seule, à cette heure tardive. Mon téléphone avait sonné à plusieurs reprises, mais je n'avais pas répondu. Inutile de croire que, comme dans un film, Michaël allait apparaître devant moi, repentant. La ville était immense et mes endroits fétiches étaient si nombreux que Michaël n'aurait certainement pas su auquel se rendre. J'allais devoir rentrer, j'étais calmée.

Je marchais tranquillement, la tête basse, quand je l'ai vu, devant notre immeuble, faisant les cent pas. De loin comme ça, je pouvais discerner l'inquiétude dans sa démarche. Quand il m'a enfin aperçue, ses yeux se sont remplis d'eau. Il a accouru et m'a serrée fort dans ses bras. J'étais à peine capable de respirer.

— J'suis con, pardonne-moi.

Je l'ai regardé droit dans les yeux. Il avait l'air sincère. Et je voyais qu'il avait réellement eu peur. Peur de me perdre.

— On va-tu le manger, ce tartare-là ?

Tout était derrière nous. La page Natalia était définitive-ment tournée. Je réalisais, en nous attablant, que nous étions à mi-chemin de l'aventure. C'était le moment d'un nouveau départ.

Chapitre 14

Pardon !

— Pardon. Pardon. PARDON ! m'époumonais-je en tâchant de me frayer un chemin vers la sortie du métro.

J'avais rapidement compris que ce petit terme de deux syllabes était le mot de passe que tout Parisien devait maîtriser et utiliser s'il voulait survivre dans cette jungle urbaine avec un minimum de civisme.

Je ne savais pas si c'était parce que les Français avaient tant de choses à se faire pardonner, mais c'était LE mot à employer dans toutes les situations de la vie quotidienne.

Michaël avait aussi beaucoup utilisé le mot « pardon » dans les jours précédents, puisqu'il savait qu'il avait déconné en laissant grandir ma jalousie envers Natalia pour rien. Pour se faire pardonner une fois pour toutes, il m'avait emmenée manger au Ciel de Paris, le magnifique restaurant érigé au cinquante-sixième étage de la tour Montparnasse dont je lui avais sans cesse parlé. L'endroit romantique par excellence ! Avec la splendide vue sur la Tour reine, le moment était tout simplement délicieux. Paris était à nos pieds.

J'avais aussi pardonné à Audrey de m'avoir ignorée depuis l'épisode Nadine. J'avais eu la surprise d'avoir ma meilleure amie au bout du fil, un jeudi soir d'octobre. Alors que je me préparais à aller au lit, elle se pomponnait pour son traditionnel

5 à 7. Inévitablement, chaque jeudi, elle était invitée à un cocktail et si l'invitation ne se pointait pas, elle ne se gênait pas pour en organiser un. Quand je l'ai eue au téléphone, elle s'apprêtait à se rendre au cocktail d'ouverture d'une nouvelle boutique.

— Cynthia! a-t-elle lancé joyeusement quand j'ai décroché la ligne.

— Salut…

J'étais surprise par son ton enjoué alors qu'elle m'avait complètement boudée au cours des dernières semaines.

— J'étais pas mal occupée, je m'excuse.

— …

— Enweye, tu sais ben que je t'aime, ma pitoune! Je l'avoue, j'ai été jalouse de Nadine, j'aurais voulu que ce soit avec moi que tu magasines des guenilles sur les Champs, que tu manges des macarons qui font grossir, pis que tu boives des cocktails chers. Je le sais que toi aussi t'aurais voulu ça. Pardonne-moi.

— Je te pardonne, ma grosse!

Audrey m'avait donné le droit d'utiliser ce surnom depuis la deuxième secondaire. Avec sa taille de guêpe, nous savions toutes les deux qu'elle était loin d'être corpulente.

— J'ai de quoi à t'annoncer!

Il me semblait bien aussi! Son enthousiasme débordant ne pouvait qu'avoir pour origine une nouvelle relation amoureuse.

— T'es enceinte! ai-je dit pour la faire rire.

— …

— Quoi? T'es pas enceinte, toujours!?

206

— Ben non, je te niaise ! Mais... je suis fiancée !

— Fiancée ? Avec qui ?

Fiancée ? Mon amie ! C'était toute une nouvelle... même si je me demandais ce que ça voulait réellement dire dans notre société. Les fiançailles n'annonçaient plus obligatoirement un mariage. Elles étaient plutôt devenues une sorte d'engagement informel.

Audrey m'avait alors raconté brièvement sa rencontre avec le beau Carlos, un Mexicain qui venait d'immigrer au Québec. Elle l'avait rencontré pendant l'été alors qu'elle faisait du patin à roues alignées près de la baie de Beauport. Un fou à vélo lui avait presque rentré dedans et elle s'était complètement éraflé le genou en tombant. Le gars en question avait continué sa « ride » sans même s'arrêter pour voir si mon amie allait bien. Il l'avait même insultée en poursuivant sa route. Carlos, qui avait vu la scène et qui était infirmier dans une banlieue de Mexico, s'était porté à son secours. Depuis, ils étaient inséparables et il lui avait fait la grande demande sur la plage de la baie de Beauport, deux jours avant cet appel.

Je ne savais pas si cette relation allait fonctionner, mais j'étais heureuse pour mon amie. Et surtout, j'étais contente de notre réconciliation.

En mettant le pied hors du wagon de justesse, j'ai une fois de plus constaté l'efficacité du mot « pardon ». J'avais remarqué qu'il était l'outil verbal essentiel pour que toute sortie en métro se déroule sans anicroche. Avec un franc et sincère « pardon », il était tout à fait acceptable de bousculer les gens pour sortir intact du train, et ce, avec classe et politesse.

Une fois, j'avais essayé le « excusez-moi », mais il n'avait pas eu le même impact et j'étais restée coincée à l'arrière du wagon entre un landau de bébé et une bibliothèque IKEA. J'utilisais donc régulièrement le mot magique parisien lors de mes déplacements. Vu le nombre impressionnant d'individus qui pénétraient dans le métro, il relevait du défi de se déplacer d'une station à l'autre sans heurter le pied, le bras ou la jambe d'un passager. Il était donc couramment d'usage de se faire « pardonner », mais aussi de « pardonner » à quiconque vous le demandait.

J'avais aussi noté que pour se faire servir dans tout bon restaurant ou magasin, il était préférable d'employer ce mot, à moins d'avoir plusieurs heures devant soi. Avant d'adresser une requête à n'importe quel préposé, je débutais avec un honnête « pardon ? ». Tel un « Sésame, ouvre-toi », cette formule me donnait droit au service courtois. Après tout, les employés avaient bien raison : ne m'apprêtais-je pas à les déranger ? Peu importe qu'ils soient payés pour le faire ou non... Mieux valait donc me faire pardonner d'avance pour mon impudence.

« Pardon ? » était aussi un raccourci efficace pour dire : « Je n'ai rien compris du tout à ce que vous venez de dire, pouvez-vous répéter ? » Parce que s'il était vrai que mes collègues ne saisissaient rien à mes « Y fait donc ben frète », « Ç'a ben d'allure » ou « C'est vraiment broche à foin », il m'arrivait aussi plus souvent qu'à mon tour de ne rien comprendre lorsqu'ils poussaient un « C'est vraiment chelou ce truc de ouf ! » ou un « Ça me saoule ! » quand ils en avaient assez de leur journée.

Bref, à Paris, j'avais compris qu'il valait mieux se faire pardonner nos offenses et pardonner aussi à ceux qui allaient indubitablement nous offenser.

En ce vendredi soir, j'avais réussi à sortir sur le quai où Michaël devait m'attendre. Nous nous étions donné rendez-vous à la station Porte de Champerret, car nous allions au Salon des vignerons indépendants. Marc Gagné avait parlé de cet événement à Michaël et lui avait gracieusement offert des billets. J'ai aperçu les épaules de mon mec à travers la foule et nous nous sommes dirigés vers l'espace d'exposition qui nous a fait entrer dans un monde euphorique : devant nous s'étalaient des allées infinies remplies de stands où des producteurs attendaient simplement qu'on leur tende notre coupe !

Nous avions commencé à arpenter les stands timidement, à la recherche de noms familiers : Alsace, Beaujolais, Bordeaux, Languedoc… Chacune des quatorze régions viticoles de la France comportait de nombreux représentants qui n'avaient qu'une seule phrase en bouche :

— Voulez-vous déguster ?

Et tout était gratuit.

Les allées débordaient de curieux, de professionnels, de consommateurs traînant un nombre impressionnant de caisses sur des petits chariots roulants, et même d'ivrognes titubants avec deux verres à la main.

Michaël et moi avions toujours aimé le vin. À l'université, nos connaissances se limitaient au Gallo rosé et au Monkey Bay. Le choix d'une bouteille était principalement guidé par son prix ou une étiquette accrocheuse. Mais depuis que nous étions à Paris, nous avions eu la chance d'évoluer sur le plan vinicole.

Le fait que le vin soit beaucoup moins cher qu'au Québec avait aidé la cause. Alors que dans notre belle province, trouver une bonne bouteille en bas de quinze dollars relève du miracle, en France, il est possible de se procurer un bon vin pour moins de trois euros. Il y a aussi des bouteilles qui se détaillent trois mille euros, mais ça, c'est une autre histoire.

En général, l'alcool est plus accessible en France qu'au Québec. Il est d'ailleurs facile de trouver du porto, de la vodka ou du whisky au supermarché. J'avais même déjà vu des bouteilles de champagne dans les étalages d'une boulangerie-pâtisserie un peu chic de notre quartier. La croyance voulant que les Français soient de grands consommateurs de vins est bien vraie. Il est même possible de se procurer des minibouteilles dans certaines pizzerias et quelques restaurants de fast-food.

Michaël m'avait aussi dit qu'il y avait des petites bouteilles de vin à la cafétéria de son boulot !

— Un peu de champagne, mademoiselle ?

J'ai calé le contenu de ma coupe qui était emplie d'une bonne quantité de Chateauneuf-du-Pape millésimé, puis je l'ai tendue à la dame, les joues rouges comme des tomates.

Munis de l'accessoire essentiel de tout bon dégustateur, soit un verre vide, nous nous étions arrêtés à plusieurs kiosques où nous avions pu discuter de la vie quotidienne de vigneron avec les propriétaires qui remplissaient généreusement nos coupes de liquides alcoolisés.

Ça faisait moins d'une heure que nous y étions et ma tête tournait déjà. Nous allions devoir nous restreindre si nous voulions être en mesure de prendre le bon métro pour revenir chez nous ! Je ne pouvais tout de même pas consentir à recracher le contenu de mon verre dans les petites corbeilles placées devant les kiosques. J'en aurais éprouvé une trop forte culpabilité, d'autant plus que ça aurait été directement devant ceux qui avaient consacré tant d'ardeur à fabriquer les élixirs que nous buvions.

Mes connaissances œnologiques étant très limitées, je me contentais de commentaires empruntés aux chroniqueurs d'émissions matinales québécoises que j'avais vues lorsque venait la question fatidique :

— Qu'en pensez-vous ?
— Euh... très rond en bouche... la robe est... claire et les tannants... euh les tanins sont très présents.

Devant le regard intrigué du premier vigneron, j'ai reformulé mon appréciation :

— Impec !

Et j'ai conservé cette formule pour le reste du salon. Elle était passe-partout, efficace et polie.

À 20 heures, les portes fermaient et nous avions assez bu.

Nous gloussions en marchant et en prenant notre temps pour ne pas débouler les escaliers bondés du métro.

Arrivée à l'appartement, j'avais eu le temps de dégriser un peu, puisque nous avions manqué notre sortie à deux reprises et que nous avions fait une longue marche pour regagner notre chez-nous. J'avais fait un saut à la boîte aux lettres qui était le plus souvent remplie uniquement de publicités et de comptes, et j'avais découvert une enveloppe brune à mon nom.

En l'ouvrant, j'ai sorti un magazine touristique canadien. C'était papa qui m'envoyait la copie du numéro dans lequel figuraient ses photos du Kilimandjaro. Collée sur le dessus, une petite note manuscrite indiquait : « Je pense à toi, papa xxx ».

Toujours aussi loquace, même à l'écrit ! Mon père n'avait pas besoin de beaucoup de mots pour qu'on se comprenne. Les images qu'il avait capturées étaient tout simplement magnifiques. Il avait un grand talent que j'admirais. Même s'il n'avait pas été très présent dans ma vie, je savais qu'il m'aimait.

J'ai ensuite été surprise par l'appel de ma mère sur Skype.

— Allo !
— Mon doux, t'as ben l'air éméchée, Cynthia.

Merde ! C'étaient les joies de la caméra ! Pourquoi avais-je doté ma mère d'un ordinateur, déjà ? J'avais du mal à cacher mon état d'ivresse avancé.

— Tu ne devrais pas abuser de l'alcool. Ça attaque ton foie, tes reins, pis tu sais que c'est l'une des principales causes d'accidents de la route ?

Ma mère avait toujours eu de la difficulté à faire la part des choses entre son travail et la vie.

— J'conduis pas, maman, j'suis en métro, ai-je rétorqué.
— Une chance...
— Bon, maman, tu m'appelais pour me réprimander comme une adolescente ou pour prendre de mes nouvelles ?
— Prendre de tes nouvelles, mais surtout te demander si tu sais des choses à propos de ta sœur. Elle m'inquiète...

Inévitablement, si quelqu'un vous partage un secret et vous fait promettre de ne pas le dévoiler, l'opportunité de briser votre engagement se présentera un jour.

— Est-ce qu'elle a recommencé à prendre de la drogue ?
— Maman !

La drogue, comme l'appelait ma mère, était en fait des pilules antistress que ma sœur prenait à l'occasion. Je ne cautionnais pas son geste, car il y avait bien d'autres moyens de gérer son anxiété, mais que ma mère appelle cela de la drogue me choquait ; ma sœur n'était pas une *drug addict* !

— C'est pas ça !
— C'est Nathan ? Il lui est rien arrivé de grave ? Il a une maladie, c'est ça ?
— Maman, arrête de t'imaginer le pire, c'est pas ça pantoute.
— Elle m'évite, je sais qu'elle me cache quelque chose.

Je savais qu'elle n'arrêterait pas tant qu'elle n'aurait pas obtenu de réponse. Et d'ici là, elle inventerait les pires scénarios. À cause de cette maudite technologie, elle voyait mon visage et savait que j'étais au courant du secret. Je me suis donc résignée à tout lui avouer. Au moins, mon taux d'alcoolémie pourrait jouer en ma faveur quand j'aurais à défendre mon geste auprès de ma sœur.

— Ils divorcent, OK ? Luc et elle, c'est fini.

Maman a porté une main à son cœur et a figé sur place.

— Ben, dis quequ'chose !
— Elle s'ouvre les yeux, enfin !

Quoi ? J'avais toujours cru que maman aimait Luc. Il était vraiment charmeur avec elle, il passait son temps à la complimenter, sans doute pour qu'elle continue de s'occuper autant de Nathan et qu'il puisse, lui, sortir avec ses chums.

— Mais c'est Nathan qui va écoper, a-t-elle ajouté, plus calme.
— Je sais, mais on va être là, comme toujours. Pis il est fait fort, notre grand garçon, tu vas voir. Mais là, j't'ai rien dit, hein ?
— Promis.

Je ne savais pas si ma mère allait pouvoir tenir sa langue. Ses talents de comédienne étaient plus que limités, mais bon, au moins, elle cesserait de s'imaginer que ma sœur était devenue une trafiquante de drogue ou que Nathan était atteint d'une maladie incurable. J'allais seulement devoir gérer ma sœur. Elle allait me pardonner.

J'étais étonnée de la sérénité de ma mère face à la situation. La cinquantaine lui allait bien. Elle paraissait plus réfléchie.

Complètement crevée, je suis allée me blottir contre Michaël qui dormait déjà la bouche grande ouverte sur notre canapé-lit loin d'être confortable. Je me disais « Plus jamais de vin ! » en pensant à mon réveil qui allait être brutal.

***

Gaaaaaaaaaaaaaaaaaaaaaaargl

Mon ventre venait de me trahir.

J'ai regardé ma montre : 22 : 04.

Nous venions à peine de nous installer dans ce petit resto italien.

Mon sandwich avalé en vitesse sur le coup de midi avait été digéré depuis déjà belle lurette et mon estomac ne cessait de m'envoyer des cris d'alerte.

Nous nous étions « posés » dans un petit bar quelques heures plus tôt pour prendre un verre avec les collègues de Michaël. Laurence et Mathieu partaient bientôt et Michaël avait organisé ce pot. Je n'avais pas revu Laurence depuis l'épisode du bois de Vincennes et j'espérais de tout mon cœur qu'elle n'avait pas trompé Mathieu avec le gars au blouson de cuir qu'elle avait rencontré. Son amoureux ne méritait pas cela.

Nous étions une quinzaine et Natalia faisait partie du groupe. J'étais plus posée face à cette dernière et j'avais su qu'elle avait été mise au courant du « quiproquo ».

— Pauvre chou ! s'était-elle empressée de me lancer quand elle m'avait vue arriver. Bien que je puisse avouer que ton mec est craquant, il a un attribut de trop, m'avait-elle dit avec son exubérance habituelle.

Elle avait donné une petite tape derrière le crâne impeccablement rasé de Michaël en disant :

— Et les hommes ! Tous pareils !

Puis elle m'avait présenté Johanna, sa compagne, qu'elle embrassait langoureusement sous le regard intéressé des hommes du groupe, y compris Michaël.

Nous avions levé notre verre plus d'une fois au départ de Mathieu et de Laurence, mais j'avais judicieusement alterné l'alcool avec de l'eau pétillante. Mon mal de tête au lendemain du Salon des vignerons m'avait rappelé que je n'étais plus à l'époque de l'université et qu'il ne m'était plus possible de me lever fraîche comme une rose au lendemain d'une brosse. C'était encore un peu éméchée que j'avais reçu la pluie de bêtises de ma sœur.

— Je t'avais demandé de rien dire! avait-elle hurlé au téléphone.

— Tu sais comment elle est! J'ai pas eu le choix.

— C'est pas une excuse, ça, Cynthia!

Heureusement, les insultes avaient été de courte durée puisque ma sœur avait beaucoup de travail à préparer, et j'avais vivement pu regagner mon lit où j'avais passé une partie de la journée.

Au bar, lorsque Mathieu avait proposé à ses collègues qu'on pourrait aller « se faire » un petit resto, je m'étais retenue à deux mains pour ne pas lui sauter au cou en signe de reconnaissance. J'avais terriblement faim! S'en était suivi une longue discussion sur le choix de l'établissement: près d'un métro, dans tel quartier, pas de sushi et rien de trop gras. Je ne m'étais pas mêlée de la discussion, car rendue à ce point, mes critères étaient fort simples: qu'il y ait de la nourriture.

Au bout du compte, nous avions opté pour ce petit italien qui avait fini par faire le bonheur de tous.

Les délicieuses pizzas et les bols de pâtes alléchantes avaient envahi la table et j'ai attaqué, sans plus attendre, mon immense pizza couverte de jambon, artichauts et mozzarella.

Lorsque j'étais affamée, mon indécision se faisait plus rationnelle et je pouvais arrêter mon choix plus rapidement. Le bol de pâtes de Natalia me faisait toutefois envie et elle avait repéré le regard que j'avais jeté sur son plat.

— Tu veux goûter ? m'avait-elle gentiment demandé.

J'avais accepté. Tout à coup, elle me paraissait incroyablement gentille ; j'aurais même pu développer des affinités avec elle. Bon, ne poussons pas trop, quand même !

Elle s'était mise à me poser des questions sur le Québec, sur la manière dont nous vivions, et elle en était même venue à s'inviter chez nous :

— Ça serait sympa, Johanna, si on allait faire de la motoneige et du traîneau à chiens.

Ce à quoi sa copine avait acquiescé.

Une fois de plus, nous avons levé nos verres de vin bien remplis à la santé de ceux qui nous quittaient.

Alors que nous étions tous bien repus, le serveur est venu déposer LA facture : une seule et unique addition, alors que nous étions quinze autour de la table !

D'où je viens, les serveurs demandent toujours en fin de repas : « Je procède de quelle façon pour les factures ? » En France, on va au plus simple. Peu importe que vous soyez deux, quatre ou dix, vous n'aurez qu'une seule facture par table, à moins d'en faire expressément la requête et d'avoir envie de faire face à une horde de mécontentements, de soupirs et de regards méprisants de la part des employés.

Une âme charitable devait donc prendre la facture et calculer la part de chacun, à condition bien sûr que tous se souviennent de ce qu'ils avaient commandé. Lors des soirées plus arrosées comme celle-ci, il en relevait davantage de la multiplication que de l'addition et une règle d'algèbre était presque nécessaire pour enfin savoir le montant exact que chacun devait débourser.

Même si j'étais nulle en math, je me retrouvais souvent malgré moi avec ce damné bout de papier entre les mains. Chaque fois que nous déjeunions, Olivier, Daphnée et moi, j'étais celle qui calculait. Cette fois-ci n'a pas fait exception à la règle.

— Alors, tu avais la pizza aux quatre fromages et deux bières, c'est ça ? ai-je demandé à l'un des collègues de Michaël dont j'avais oublié le nom, tout en gribouillant des calculs sur le napperon en papier.

— Non, moi j'avais les pâtes primavera et j'ai partagé une bouteille de vin avec Florence. C'est Julien qui avait les deux bières. J'avais aussi les profiteroles au dessert.

Très simple.

Ce n'était pas tout. Une fois que tout le monde connaissait le montant de ce qu'il avait mangé et bu, il fallait payer. J'ai failli m'arracher les cheveux lorsque j'ai vu que cinq personnes payaient avec la carte, deux avec des tickets resto et les autres en espèces. C'est à ce moment que je me suis rendu compte de la véritable utilité des calculatrices intégrées aux téléphones cellulaires.

Après avoir finalement payé notre dû, nous avons fait nos derniers au revoir à Laurence et Mathieu.

— On se fait un petit souper à Montréal à votre retour ? m'a demandé Laurence en me faisant la bise.

— C'est sûr ! s'est empressé de répondre Michaël en serrant la main de Mathieu.

Et ils sont partis, main dans la main, pendant que Natalia pleurnichait.

Nous avons alors décidé de rentrer à l'appartement à pied. Il était déjà passé minuit, mais la nuit était belle et pas trop froide malgré ce début décembre. Sur notre passage, les salles à manger des restaurants étaient encore remplies, ce qui n'était pas étonnant pour un vendredi soir.

Tous juste comme nous allions tourner le coin de la rue pour rentrer, une odeur familière est parvenue à mes narines. Mon ventre s'est remis à chanter de plus belle. Tous ces calculs m'avaient franchement creusé l'appétit.

J'ai regardé mon amoureux en quête d'approbation.

Il a levé les yeux au ciel, découragé :

— Vas-y...

J'ai couru comme une gamine jusqu'au petit stand identique à tant d'autres dissimulés un peu partout dans Paris.

— Je vais prendre une crêpe bananes-Nutella !

« Gaaaaargl », a approuvé mon ventre.

Chapitre 15

Un compte de Noël

Écoutez les clochettes, du joyeux temps des fêtes Annonçant la joie de chaque cœur qui bat...[3]

Pendant que les meilleurs classiques de Noël interprétés par Roch Voisine jouaient dans les haut-parleurs au plus grand bonheur de la foule, mon cœur, lui, battait la chamade. J'étais coincée en haut de la grande roue qui surplombait la place principale de Lille, mais ce n'était pas le vertige qui faisait pomper à une vitesse anormalement élevée mon organe vital, mais bien cette envie urgente d'aller aux toilettes.

Peut-être que les deux grands verres de vin chaud que j'avais bus juste avant de monter y étaient pour quelque chose ? J'avais simplement tenté de me réchauffer. Le Nord, c'est le Nord !

En ce samedi de décembre, nous avions décidé de passer une journée à Lille, chez les Ch'tis. À la recommandation d'Olivier, Michaël et moi avions regardé *Bienvenue chez les Ch'tis* et je dois avouer que nous nous étions réellement bidonnés. Lille était à peine à une heure de TGV de Paris et nous avions conclu que c'était la destination idéale pour se mettre dans l'ambiance du temps des fêtes qui approchait à grands pas.

---

3   *Au royaume du bonhomme Hiver.*

La ville était tout illuminée, la grande roue volait la vedette, tout le monde avait le cœur léger et le marché de Noël débordait de gens joyeux. En omettant mon envie pressante et le froid qui s'abattait sur la ville, c'était parfaitement idyllique.

Nous avions passé l'après-midi à nous réchauffer de café en café, de boulangerie en boulangerie et de boutique en boutique. Allez savoir pourquoi, malgré mon ADN de Canadienne qui supportait pourtant bien nos moins trente degrés hivernaux, le moins cinq degrés qu'affichait la croix verte de la pharmacie près de la Grand-Place m'était intolérable. Le froid transperçait mes pantalons et semblait vouloir se tailler une place au creux de mes articulations. Nous avions donc abusé un peu des joies du marché de Noël pour nous réchauffer.

Les marchés de Noël sont une tradition typiquement européenne que j'affectionnais grandement. Qu'ils soient installés sur les Champs-Élysées, dans le quartier de la Défense ou ici, dans le Nord-Pas-de-Calais, un point commun les ralliait : tous les produits présentés par les marchands étaient soit chauds, soit magiques.

— Vin chaud ! Qui veut du vin chaud ?
— Bouillottes magiques !

Marrons, cidres, chocolats, beignets… le marché de Noël offrait un assortiment de produits chauds. Tout était donc brûlant à l'exception de la température extérieure qui était anormalement froide.

Tout était aussi magique : cagoules, portefeuilles, écharpes, même les appareils pour faire des drinks étagés. Hum, une idée de cadeau pour Audrey ?

Les gens se rassemblaient devant des cabanes qui offraient des produits aux propriétés fantastiques et ils applaudissaient ; on se serait cru dans une mauvaise infopublicité. Dieu merci, il restait encore de ces kiosques qui proposaient artisanat, décorations et autres babioles classiques du temps des fêtes.

Les odeurs étaient aussi à l'honneur. Tartiflettes, saucisses et oignons caramélisés bouillonnaient dans d'énormes casseroles et bataillaient une place au creux de mes narines. Sans oublier les crêpes, gaufres, pains d'épices et autres douceurs qui envahissaient le marché. Mais c'était le vin chaud qui avait conquis mon cœur et dont j'avais un peu trop abusé.

Quelques minutes plus tard, j'étais enfin délivrée de ma position vertigineuse et par le fait même des cantiques du beau Roch. Aussitôt la nacelle stabilisée, je me suis ruée en plein milieu de la Grand-Place. Autour de moi, aucun signe d'une quelconque toilette publique.

Elles semblaient être une denrée rare en sol français. À Paris, il y avait bien des « sanisettes » ici et là qui ressemblaient à de gros conteneurs à déchets. Bien qu'elles fussent automatiquement lavées après chaque utilisation, elles ne m'avaient jamais inspiré confiance. Toutefois, ce jour-là, j'aurais bien aimé en trouver une dans cette ville ô combien charmante, mais glaciale du Nord-Pas-de-Calais.

Soudain, j'ai aperçu au loin l'arche dorée : ce grand M jaune sauveur ! J'y ai couru le plus vite que j'ai pu, me tortillant comme un diable dans l'eau bénite, Michaël sur les talons. Une fois à l'intérieur, je ne voyais aucune trace du célèbre couple de bonshommes allumettes universel. Les toilettes étaient sans doute au deuxième. J'ai alors voulu emprunter l'escalier avec l'espoir de mettre enfin un terme à cette torture intolérante au bas-ventre, mais je me suis cognée à une espèce de gros gorille à l'air impitoyable.

— Il faut passer en caisse avant de monter, a-t-il grogné.

J'avais peut-être une chance si je sortais mon accent québécois.

— Oh, je voulais jusse aller aux toiélettes.

Il m'a regardée avec l'air prétentieux de celui qui détient le pouvoir. Il n'avait pas besoin d'en dire plus : je comprenais en voyant la taille de ses muscles et la dilatation de ses narines qu'il n'était même pas nécessaire que je tente le coup des larmes, elles n'arriveraient pas à faire fondre ce bloc de glace.

Je suis sortie du restaurant avec la vessie prête à exploser. Il était d'une urgence capitale que j'arrête ce supplice.

— Michaël, faut vraiment que je trouve une toilette.
— Par ici, on va en trouver une.

La place était bondée et je savais qu'il serait inutile d'entrer dans un autre restaurant.

Nous avons donc marché quelques instants à la recherche d'une cuvette pour mettre fin à mon cauchemar. J'avançais avec difficulté en tâchant de retenir mes larmes. Enfin, nous avons vu un centre commercial.

J'ai suivi les panneaux indicateurs et je suis arrivée devant une affiche qui indiquait :

Toilettes 40 centimes

Évidemment, elles étaient payantes ! J'ai fouillé dans ma poche en tremblotant... Dix, vingt, trente, merde ! Je n'avais que trente centimes.

— Michaël, as-tu de la monnaie ? ai-je articulé en m'efforçant de me retenir le plus possible.

Il a fouillé dans ses poches pendant ce qui m'a paru une éternité.

222

— J'ai juste ma carte bleue, m'a-t-il annoncé, désemparé.

Alors que je m'apprêtais, en signe de désespoir, à poser les genoux par terre et à joindre les mains pour mendier, espérant ainsi obtenir un peu de pitié d'un Lillois généreux, j'ai vu une pièce dorée briller au loin sur le sol.

J'ai alors inséré les quatre pièces de dix centimes dans la machine, poussé le tourniquet et pu enfin... enfin... bon, vous savez quoi.

Une fois sortie, je me suis juré non pas de ne plus jamais boire de vin chaud, mais d'aller aux toilettes chaque fois que j'en verrais une, car en France, c'est comme dans le désert, on ne sait jamais quand on croisera la prochaine !

* * *

— Mille euros ! a hurlé Michaël en manquant de s'étouffer.

Nous venions de recevoir notre facture pour les achats de Noël.

Je m'étais peut-être un peu emportée.

À ma défense, Paris avait revêtu ses plus beaux habits en cette période des fêtes et je n'avais pu que me laisser transporter par cette magie. J'avais toujours aimé Noël. J'aimais la nourriture de Noël, les décorations de Noël, les odeurs de Noël et surtout l'ambiance de Noël. Tout le monde semble plus généreux et plus ouvert en cette période clémente.

C'est en décembre que j'ai compris toute la signification du surnom de Paris : la Ville Lumière. Je n'ai eu qu'à déambuler quelques instants sur les Champs-Élysées pour constater que le décor était à la hauteur du film *Le sapin a des boules*. Des lumières partout, des bleues, des blanches, qui flashaient, qui scintillaient, tout Paris était couvert de guirlandes et d'ampoules. Alors que l'Halloween passe presque inaperçue en

France, Noël est fêté en grande pompe ! Tous ces sapins géants décorés, ces rues illuminées, ces marchés de Noël enchanteurs et ces vitrines alléchantes avaient fait en sorte que j'étais devenue presque incontrôlable.

À Paris, il suffit de mettre le pied à l'extérieur de son appartement pour être exposé à une quantité incalculable de boutiques, pâtisseries, chocolateries, épiceries fines et j'en passe. Cette ville foisonne de tellement de magasins qu'il est impossible de sortir de chez soi sans en croiser par centaines. Comment résister quand les vitrines sont aussi joliment décorées ? Dans les passages, les avenues, les boulevards et même dans le métro, il y a toujours un comptoir, une boutique, un stand ou une personne qui vend quelque chose. Avec ma nouvelle propension à dépenser, j'avais de la difficulté à ne pas entrer dans ces magasins agréablement ornés.

Tout juste dans ma rue, je défilais chaque jour devant une boutique de sacs à main, une autre de chaussures, une galerie d'art, une librairie spécialisée, une pâtisserie, une boutique de vêtements pour enfants, et ma rue faisait à peine cent mètres de longueur. Je n'avais pas besoin d'aller m'enfermer dans un centre commercial bondé les samedis après-midi. Tout était toujours là, sur mon chemin.

Il m'était quand même risqué de sortir en plein jour pour aller faire quelques achats essentiels sans me se laisser distraire. J'avais alors adopté depuis plusieurs mois les balades nocturnes ou dominicales, qui me permettaient de faire du lèche-vitrine en toute tranquillité, sans dépenser un sou.

C'était la première fois que j'allais passer Noël loin de ma famille et j'avais voulu gâter les miens. Pour faire taire mon sentiment de culpabilité, j'imagine. Nathan avait paru déconfit quand je lui avais appris que je ne serais pas avec lui.

— Le père Noël, il fait le tour du monde en une nuit, tu pourrais lui demander de t'embarquer ?

Que répondre à une requête aussi mignonne et innocente ? Je me doutais bien que Nathan ne saisissait pas l'immensité de notre planète et qu'il ne croyait pas que j'étais si loin de lui. Je lui avais alors promis de lui faire parvenir un cadeau par la poste. J'avais eu l'idée de réserver la même surprise à tous les membres de ma famille. Une idée de grandeur, je l'avoue.

J'avais d'abord fait une première tournée sur les Champs-Élysées. Un arrêt à la boutique Disney s'était imposé pour Nathan. Je lui ai acheté une peluche, un chandail et une tasse à l'effigie de son idole : Flash McQueen.

En passant devant les vitrines du GAP, j'ai vu un magnifique chandail qui allait ravir papa. Je n'avais jamais su quoi lui acheter, car je connaissais très peu ses goûts. J'avais longtemps opté pour des cartes-cadeaux de resto, cinéma ou spectacle, mais j'avais envie d'un cadeau plus personnalisé. Lui nous bricolait toujours quelque chose de ses mains en plus de nous donner un peu d'argent.

À huit ans, j'avais eu une petite bibliothèque, à douze, un coffre à bijoux, et l'an dernier, il m'avait offert un très beau support à épices. À la naissance de Nathan, il lui avait fabriqué un cheval à bascule. Mon père était vraiment habile de ses mains et il avait entretenu cette passion du bois entre les contrats de photographie. Il devait toujours se tenir occupé. Je n'avais jamais passé Noël avec papa, c'était maman qui avait ce privilège. En revanche, c'était au jour de l'An que nous visitions papa.

Noël était très traditionnel dans ma famille. Nous nous retrouvions chez mes grands-parents et mangions tourtières, dinde, atocas, sucre à la crème et bûche de Noël. C'était les mêmes plats, année après année. C'était habituellement ma grand-mère qui cuisinait, mais depuis qu'elle était décédée, ma mère et ma tante Monique avaient pris le flambeau.

De notre côté, je ne savais pas quels seraient nos plans pour Noël. On n'avait rien prévu. Je m'étais dit que nous pourrions passer le réveillon tous les deux, à l'appartement, avec du champagne, du caviar et des marrons glacés. Ça allait être différent, mais n'étais-je pas dans la plus belle ville du monde ?

Dans mes élans de magasinage, j'avais aussi fait un petit arrêt chez Sephora pour gâter maman. Un parfum haut de gamme allait sans doute lui faire plaisir. Et pour Cloé ? Il m'avait toujours été difficile de trouver un cadeau pour ma sœur. Outre son travail, elle n'avait pas beaucoup de champs d'intérêt.

J'avais acheté des produits de soins de luxe, une écharpe en cachemire et une belle montre pour Michaël. Je savais que notre carte de crédit conjointe atteignait déjà un solde faramineux et je n'avais toujours rien trouvé pour Cloé et Audrey.

J'ai donc quitté la célèbre avenue pour me diriger tout droit vers les portes de l'enfer : les Galeries Lafayette. Centre du monde aux yeux de certains Parisiens, ce grand magasin est un lieu à éviter quand notre limite de crédit souffre déjà.

L'extérieur de l'établissement était un véritable spectacle pour mes yeux. Les milliers de petites ampoules semblaient m'attirer comme un aimant vers les portes tournantes qui allaient m'engloutir dans cette marée humaine composée d'individus en quête du cadeau parfait.

Tel un zombie avançant droit vers sa proie, je me suis dirigée vers l'entrée du magasin, mais quelque chose m'a fait dévier de ma trajectoire : des dizaines et des dizaines de personnes étaient attroupées devant les vitrines animées. Des couleurs, des formes, de la musique, tout était mis en place pour dire : « Entrez voir la magie ! » J'ai regardé le spectacle quelques instants, souriante comme tous les enfants autour de moi qui pointaient les nounours et les poupées qui s'activaient dans leur cage de verre.

J'ai tenté un instant de me ressaisir : avais-je besoin de faire autant de cadeaux ? L'amour que j'avais à offrir n'était-il pas suffisant ? Je me questionnais sur le vrai sens de Noël et me remémorais toutes les petites morales prémâchouillées des contes d'hiver quand mes yeux se sont rivés sur le plus immense des sapins de Noël que j'avais jamais vu. Là, je n'avais plus le choix, je devais entrer. Au moins pour l'admirer, quitte à fermer les yeux en passant devant les stands Gucci et Chanel.

Deux heures plus tard, je suis ressortie avec des paquets plein les bras.

J'avais craqué.

Mes parents et mes amis avaient-ils réellement besoin de tout ce que j'allais leur envoyer ? Non. Seraient-ils plus heureux une fois qu'ils auraient déballé tous ces présents ? Non. Étais-je enchantée de leur offrir ces cadeaux et de leur montrer que je pensais à eux même si plus de cinq mille kilomètres nous séparaient ? Oui. C'était tout ce qui comptait.

Il fallait maintenant tout envoyer par la poste ! Ouf !

— L'an prochain, nous ferons une pige ! ai-je lancé à mon copain pour me déculpabiliser avant de courir me cacher.

***

Le matin du 24 décembre, Sid avait organisé un petit-déjeuner spécial au bureau. En fait, tout le monde avait tenu à apporter un plat typique de son pays. Sur l'immense table que notre patron avait installée au milieu de l'*open space* s'éparpillaient mille gâteries.

Nos copains italiens avaient préparé quelques antipasti avec des charcuteries et les Espagnols avaient apporté des churros. Il y avait des pasteis de nata, ces petits flans portugais, et du hareng fumé, gracieuseté de Sid. Pour ma part, j'avais tenu à faire du sucre à la crème et du pouding chômeur au sirop d'érable. Quand j'avais dit qu'il y avait du sirop d'érable dans mon dessert, j'ai failli voir naître une bataille générale ! Tous s'arrachaient un morceau et Olivier avait largement exagéré dans sa portion.

La matinée avait été très peu productive et nous nous étions empiffrés comme des goinfres. C'était plaisant, pour une fois, de connecter. Bien que nous travaillions dans un espace commun, toutes les nationalités formaient des clans distincts. Pour une fois, nous sentions que nous étions ensemble.

Puis Sid a déclaré qu'il fermait le bureau à midi. Avec tout ce que nous avions ingurgité, nous n'aurions pas pu travailler de toute façon.

J'ai fait la bise à Daphnée et Olivier, puis je suis partie, le cœur léger. Il n'aurait manqué qu'une petite neige pour rendre l'instant magique, mais le ciel était clair. Un Noël sans neige allait aussi être une première pour moi.

Pour le réveillon, nous avions été invités à la dernière minute chez Marc Gagné. Comme sa famille était au Québec et que celle de sa femme était peu nombreuse, il tenait chaque année une petite réception où amis et collègues étaient conviés. Les esseulés, quoi! Plutôt que de rester seuls, nous avions accepté son invitation.

La réception débutait à 19 heures et j'avais tout l'après-midi devant moi pour me pomponner. J'avais aussi décidé de faire une nouvelle « batch » de sucre à la crème, question de faire goûter ce dessert national aux invités français.

À 16 heures, j'étais fin prête. J'ai décidé de faire un petit Skype avec maman pour lui souhaiter un joyeux Noël.

Comme à son habitude, elle a répondu, mais sa caméra ne montrait uniquement que son tablier et ses mains couvertes de farine.

— Oh, excuse-moi, ma chouette! a-t-elle dit en recadrant l'image. Y'é quelle heure pour toi, là?

J'avais beau lui répéter qu'il était six heures plus tard, elle continuait de me le demander chaque fois.

— Il est 16 heures, maman.

— Veux-tu que j'enfourne cette tarte ? a demandé une voix d'homme inconnue.

Maman a aussitôt rougi.

— Qui est avec toi, maman ?

— Ah... C'est Jean-Claude, il est venu me donner un coup de main pour les préparatifs. Ta tante Monique s'est cassé une cheville. Je pouvais pas tout préparer toute seule.

Ma mère avait l'air de vouloir se trouver mille excuses pour expliquer la présence d'un homme dans sa cuisine.

Jean-Claude ? Je n'en avais jamais entendu parler.

Ledit Jean-Claude s'est alors pointé le visage devant la caméra.

— Bonjour, Cynthia ! a-t-il lancé en faisant semblant de me serrer la pince à travers la caméra.

Un petit comique !

Il avait la cinquantaine avancée, le front dégarni et portait des lunettes vieillottes. Ce n'était pas un très bel homme, mais il semblait sympathique.

— Ta mère m'a beaucoup parlé de toi, a-t-il ajouté.

— Jean-Claude est un collègue du secteur des assurances collectives, a tenu à préciser maman, visiblement mal à l'aise.

Maman avait une idylle ? Elle était bien bonne celle-là ! Après vingt ans de célibat, elle s'ouvrait enfin.

Je n'ai pas étiré le malaise plus longtemps et j'ai laissé maman finir sa popote avec son bellâtre.

Je me suis servi une petite coupe d'un vin de vendange tardive que nous avions déjà entamé la veille et j'ai attendu mon amoureux.

* * *

— Un petit canapé ? m'a demandé Corinne, toujours aussi radieuse.

Dans le superbe appartement d'Issy-les-Moulineaux, nous étions une quinzaine d'invités : quelques collègues de Michaël et des amis de Corinne et de Marc. La table était merveilleusement dressée et des petites bouchées, de toute évidence achetées chez un traiteur, étaient offertes en même temps que le champagne coulait à flots.

C'était chic, c'était bien, mais ce n'était pas le réconfort de mes Noëls d'enfance. Il manquait le feu de foyer, les enfants qui courent partout et les mononcles trop saouls. Ici, tout était impec. Un vrai Noël de grands ! Corinne et Marc n'avaient jamais eu d'enfants et ça ne faisait pas partie de leurs désirs, m'avait-elle avoué, même si elle le regrettait un peu ; ça se voyait dans son œil. Elle nous a demandé si nous voulions des gamins.

— Bientôt ! a répondu Michaël, tout de go.

Je me suis retournée vers lui, étonnée.

Bientôt, bientôt, ça voulait dire quoi ? Un mois, un an, cinq ans ?

Il a enroulé un bras autour de mes épaules en guise de réponse. Je voulais des enfants, oui. Mais selon mes plans, je devais d'abord avoir une maison, un vrai travail, une voiture familiale. Nous allions en reparler… Pour l'instant, nous fêtions.

Nous avons passé un beau réveillon et sommes rentrés à l'appartement vers une heure du matin, en taxi. Paris était merveilleusement belle et plutôt calme. Nous avions l'impression d'être privilégiés.

Avant de me coucher, j'ai vérifié mes courriels. J'en avais deux : un de Nathan qui m'envoyait une carte électronique avec un gros père Noël qui tirait la langue et un autre, très court, d'Audrey : « Veux-tu être ma demoiselle d'honneur ? On se marie le 24 juillet. »

Chapitre 16
Jour de repos

J'avais les deux yeux encore à moitié fermés lorsque j'ai ouvert le réfrigérateur ce matin-là.

— Bon ! Y'a pu de lait, ai-je soupiré. Je vais à l'épicerie, as-tu besoin de quelque chose ?

— Euh, chérie… On est dimanche !

Eh merde ! Ça, ça voulait dire que je devais soit me rendre à l'autre bout de la ville pour aller au petit dépanneur qui était exceptionnellement ouvert en cette journée dominicale, soit manger mes céréales avec du jus d'orange.

— Tu viens te recoucher, mon amour ? s'est enquis Michaël.

Me recoucher ? Quelle idée ! Il était déjà onze heures. J'ai pensé à tout ce que j'aurais déjà accompli si j'avais été dans mon appartement à Québec : deux lavages, des lunchs pour la semaine, trois allers-retours entre la pharmacie, le Wal-Mart et l'épicerie.

Mais ici, en France, le dimanche est sacré. Magasins, boutiques, épiceries, boulangeries, presque tout est fermé. C'est jour de repos pour tout le monde !

Une fois par semaine, la ville entière reprend son souffle, épuisée d'avoir supporté pendant six jours le mouvement continuel, le bruit des klaxons incessants et les sirènes de police. La rue prend un congé bien mérité après avoir soutenu le poids d'une quantité incalculable de talons Gucci, de bottes de travail et de roues de divers véhicules motorisés. Le dimanche, le trottoir se permettait même de nous renvoyer l'écho de nos pas, alors que nous arpentions presque seuls les rues de la capitale.

Tandis que les Français profitent tout simplement de cette journée pour rester chez eux, pénards, nous, les Québécois, nous fendons en quatre pour organiser des activités mur à mur afin d'être certains de rentabiliser chacune de nos précieuses secondes de congé.

Lors de mes premiers dimanches en sol français, j'avoue avoir quelque peu angoissé : ne rien faire ? Pas de magasins dans lesquels me « garrocher », pas d'épiceries à dévaliser, pas de souper de famille à préparer alors que l'appartement venait d'être astiqué ? Comment allions-nous nous occuper ?

J'avais alors compris que, pour la première fois depuis bien longtemps, je pouvais, sans en ressentir une once de culpabilité, dormir jusqu'à midi comme une adolescente, me balader tranquillement à un rythme presque trop lent, m'arrêter pour admirer le paysage, manger sans être pressée et être avec mon amoureux, tout simplement. Est-ce que les Français avaient trouvé une partie de la clé du bonheur ?

Les fois où j'avais parlé à Audrey, maman ou Cloé un dimanche, j'avais presque été stressée. J'avais ressenti chez elles une urgence de bouger, alors que moi, je profitais tout simplement de la vie.

La porte du frigo toujours grande ouverte, mon regard oscillait entre le carton de jus d'orange et ma paire de souliers sur le bord de la porte. Finalement, j'ai étiré le bras et pris le restant de baguette de la veille que j'ai coupée en deux puis tartinée d'une généreuse couche de délicieux Nutella.

— Qu'est-ce qu'on fait aujourd'hui ? m'a demandé Michaël en me voyant arriver avec le petit-déjeuner près de lui.

J'ai tiré les rideaux et poussé un grand soupir de soulagement.

— Absolument rien ! lui ai-je répondu en me glissant sous les couvertures.

***

Ça aurait pu être vrai si Audrey ne m'avait pas appelée totalement angoissée vers la fin de l'après-midi. Je n'avais pas eu le choix de m'extirper de mes draps.

— Je fais-tu une gaffe, moi, là ? a-t-elle lancé sans même me saluer quand j'ai décroché le combiné.

Nous n'avions pas eu de réelle conversation depuis qu'elle m'avait annoncé son mariage, le jour de Noël. Je lui avais bien sûr répondu pour la féliciter et lui dire que j'acceptais d'être sa demoiselle d'honneur.

— Euh… De quoi tu parles, Audrey ?

Je voulais être bien certaine qu'elle était en train de me parler de son mariage, plutôt que de risquer de l'offenser.

— Mon mariage, j'suis pus sûre…

Si moi j'étais indécise, mon amie Audrey l'était mille fois plus. Elle avait changé plusieurs fois d'idée sur sa carrière, déménagé d'appartement quatre fois et pour ce qui est de ses chums, le décor changeait aussi fréquemment, sinon plus. Cette soudaine indécision ne me surprenait pas.

De nous deux, j'avais toujours été celle qui ouvrait la marche. J'avais été la première à décrocher mon diplôme, la première à emménager en appartement, la première à avoir eu un amoureux stable, la première à avoir trouvé un « vrai » travail… Bref, j'avais presque toujours fait tout avant elle. Alors, le fait qu'elle se marie avant moi m'ébranlait. Pas que Michaël et moi avions sérieusement songé à nous unir devant l'Église, mais quand même, la situation me rendait un peu envieuse, à ma grande honte.

— Ben voyons !

Je me voulais rassurante. Audrey m'a alors raconté que les préparatifs du mariage commençaient à lui peser. Ça paraissait énorme et la famille de son Carlos s'en mêlait. Il fallait tous les faire venir du Mexique et les célébrations devaient se passer selon leurs traditions. Ce qui devait être un petit mariage tout simple se transformait en une noce monstre.

— T'es comme dans *My Big Fat Greek Wedding*, lui ai-je lancé à la blague.

Nous avions regardé ce film à plusieurs reprises lors de nos soirées entre filles.

— T'es pas drôle ! Pis avec ta sœur qui divorce, on dirait que je me trouve folle de m'embarquer dans c't'affaire-là.
— Ouin, mais ma sœur et Luc, j'suis même pas certaine qu'ils se soient déjà aimés. Toi, tu l'aimes, ton beau Carlos ?
— Ben oui…
— Ben c'est tout ce qui importe, non ?

— Ouin, on dirait que la sagesse de Michaël déteint sur toi ! Ça te fait pas de passer tout ton temps avec lui !

J'avais réussi à désamorcer son moment de panique. Oui, elle allait se marier avant moi, mais j'étais heureuse pour elle.

— J'en ai une bonne pour toi, je t'ai pas dit : ma mère, elle a un amant !
— Ta gueule !
— Je te le jure !

Nous avons ri comme des gamines quand je lui ai raconté ma première rencontre officielle avec mon nouveau « beau-père ».

— On se voit bientôt, ma grosse ! Encore quelques mois pis on va être de retour.
— Je m'ennuie... Hey, tu pourrais magasiner ta robe de demoiselle d'honneur à Paris, ça ferait *big* !

En voyant mes yeux s'agrandir devant la perspective de magasiner, Michaël a secoué le dernier relevé de la carte bleue devant mes yeux afin de calmer mes ardeurs.

— On verra, ai-je dit en sachant pertinemment que le mariage de ma meilleure amie était un cas de force majeure.

**

— Je vais prendre la soupe à l'oignon gratinée, la raclette nature et la mousse au chocolat en dessert, ai-je commandé en me léchant les babines.

Mes papilles frétillaient déjà...

S'il y avait une chose que j'adorais de la France, c'était bien la nourriture ! Depuis mon arrivée, je m'empiffrais avec délectation de salades de chèvre chaud, de bœuf bourguignon, de saumon fumé, d'escargots à l'ail, de moules marinières, de confits de canard... Mon ventre se plaignait rarement. Les Français étaient vraiment à la hauteur de leur réputation en ce qui concernait la gastronomie.

Il y avait longtemps que je n'avais pas mangé de pâté chinois, de macaronis aux tomates, ni même de pâté au poulet et je ne m'en portais pas plus mal. Toutefois, une seule chose me manquait énormément. En fait, cette envie persistante avait fait son apparition en face de l'immense comptoir de fromages de l'épicerie.

Devant l'emmental, le gorgonzola, le parmesan, le comté, le brie et le camembert, l'irrésistible goût d'un bon fromage en grains fondant sous une louche de sauce brune versée sur des pommes de terre coupées et frites dans l'huile m'était apparu. Une poutine !

Le désavantage avec une envie comme celle-là, c'est que ça ne passe pas facilement. Ça vous poursuit et ça enlève toute saveur à ce que vous avalez, ça vous tient jusqu'à ce que vous le combliez. Je n'avais donc plus aucun choix : le reste de mon séjour en France en dépendait.

— Qui veut manger une chose pareille ? m'a balancé Daphnée avec une mine de dégoût quand je lui ai fait part de mon envie grandissante le lendemain.

J'ai éclaté de rire. Toujours aussi franche !

— C'est bon, j'te jure !
— Des frites détrempées, une sauce graisseuse de nature inconnue et un fromage tout fondu... C'est ça, votre gastronomie québécoise ? a-t-elle ajouté.

238

— Si c'est aussi bon que votre pouding du pauvre, j'suis prêt à goûter ! a lancé Olivier en brandissant la main derrière son ordinateur.

— Pouding chômeur ! ai-je rectifié en rigolant.

J'avais une mission : je devais leur prouver que la poutine, c'était bon !

Heureusement, avant de partir, j'avais prévu que cette dépendance ferait surface. J'avais donc dissimulé quelques enveloppes de sauce dans une pochette intérieure de ma valise, juste au cas. Jusque-là, la cuisine française m'avait satisfaite, mais le temps était venu de sortir mon arme secrète.

Avant de montrer à mes copains français que notre mets national était bon, j'ai voulu faire des tests pour voir si une poutine *made in France* par une Québécoise pouvait égaler celle qu'on servait dans les casse-croûte de la belle province.

J'avais besoin d'un fromage doux. Comme la mozzarella et le cheddar sont moins répandus en France, j'ai opté pour l'emmental qui me semblait le substitut idéal. Puisque je n'avais ni four ni friteuse, j'ai acheté des frites congelées à faire cuire au four à micro-ondes.

J'ai préparé le tout et versé la sauce sur les frites extra croustillantes. J'ai parsemé le plat de fromage emmental râpé et je l'ai présenté à mon amoureux qui arrivait du boulot. Il allait servir de cobaye.

— Tadam ! ai-je lancé dès qu'il a mis le pied dans la porte.

— Euh... C'est quoi ça ? a-t-il dit en pointant l'assiette, qui, je l'avoue, n'était pas du tout appétissante.

— Tu renies tes origines ? Tu me déçois, ai-je répondu pour plaisanter.

Nous nous sommes attablés et avons goûté à cette préparation qui était loin de combler ma folle envie et qui ne ressemblait en rien à la poutine délicieusement chaude servie dans un contenant en aluminium chez Ashton !

Devant ma déception, Michaël m'a prise par la main.

— Viens, j'ai une surprise.

Il m'a entraînée dans le métro et, malgré mes supplications, il est resté muet comme une carpe ; impossible de connaître notre destination. Il n'a même pas flanché devant mes « Onvaoù ? Onvaoù ? Onvaoù ? » répétitifs.

Il m'a fait fermer les yeux et je n'ai pu les ouvrir que quelques minutes plus tard.

— Tadam ! a-t-il à son tour lancé pour se moquer.

Devant moi se dressait un petit pub canadien. Sur le menu affiché à l'extérieur, on pouvait lire en grosses lettres « Poutines ».

Avec un peu de chance, elle serait meilleure…

J'ai regardé de l'autre côté de la rue : il y avait un petit bistro français. À travers la fenêtre, je pouvais distinguer les alléchantes assiettes de magrets de canard, de foie gras, de tartiflettes et de tartares.

— Tu sais quoi, chéri, de la poutine, je vais pouvoir en manger en masse au Québec… Viens, ai-je dit en l'entraînant vers le bistro d'en face.

J'ai toutefois texté l'adresse du pub à Daphnée et Olivier ; ils allaient pouvoir goûter à la poutine que je réservais pour mon retour. Comme m'avait déjà dit un immigrant installé à Québec, l'important quand on arrive quelque part, c'est de s'intégrer et de ne pas essayer de recréer sa culture ailleurs. Il avait bien raison !

Chapitre 17

Paris... ville romantique !

— Veux-tu m'épouser ?

J'ai retenu mon souffle quelques secondes en remarquant que tout le monde autour de moi avait fait la même chose.

Le temps semblait s'être figé un instant.

Il était là, le genou posé au sol, devant le symbole suprême de cette ville qui raflait la palme du romantisme. L'immense tour s'était mise à scintiller au moment même où il avait prononcé ces mots solennels.

Le cadre enchanteur qu'offrait la ville illuminée en ce soir de Saint-Valentin était tout simplement parfait pour LA grande demande.

Paris était, selon moi, la ville la plus romantique du monde. Loin devant Venise qui était sans conteste sublime, la Ville Lumière avait ce petit je-ne-sais-quoi d'exaltant.

Destination privilégiée des amoureux l'espace d'un week-end, Paris était constamment peuplée d'amants se baladant main dans la main au rythme du temps.

Nous avions décidé de passer la soirée de la Saint-Valentin dans le quartier sans doute le plus romantique de la ville: Montmartre. Cette petite colline située en plein cœur de Paris et fréquentée autrefois par les plus grands artistes baignait dans une atmosphère toute particulière. On se croyait dans une bulle complètement hermétique, fermée à l'agitation de la ville. Nous avions déniché un petit restaurant qui donnait sur la grande place où attendaient patiemment les peintres en quête de muses.

Assis à une petite table tout au fond du restaurant, nous avions passé une soirée idyllique. Le pianiste avait agité ses longs doigts sur l'instrument prestigieux, la voix suave de la chanteuse était parvenue jusqu'à nos oreilles et les huîtres, le confit de canard et les langoustines avaient diverti nos papilles.

Nous avions toujours tenu à célébrer la Saint-Valentin, mais discrètement, parce que nos amis trouvaient cette fête totalement dépassée. Or, après tout ce que nous avions vécu cette année, nous avions eu envie de nous réjouir de notre amour. Et en France, à l'abri des regards, nous avions pu jouer le grand jeu.

J'avais souri en recevant un courriel d'Audrey ce matin-là. Elle m'avait dit que son Roméo l'emmenait manger au Saint-Amour, rien de moins. Elle qui avait toujours dénoncé haut et fort l'aspect trop commercial de la Saint-Valentin se laissait prendre au jeu. C'est drôle comme les convictions peuvent changer lorsqu'on est en amour !

Nathan, lui, m'avait envoyé une jolie carte par la poste qu'il avait fabriquée à la maternelle. Ça m'avait fait chaud au cœur de savoir qu'il tenait toujours à moi, même si j'avais été loin pendant une année entière. J'avais eu une petite pensée pour Cloé, qui passerait probablement la soirée en tête-à-tête avec ses classeurs.

Pour conclure cette exquise soirée en beauté, nous avions décidé d'aller nous imprégner de l'image de cette tour qui faisait tant rêver.

En voyant ce jeune homme demander la main de sa douce, je me suis retournée vers mon amoureux en disant :

— C'est donc ben romantique…

Nos yeux, comme ceux des passants, étaient rivés sur le couple. Suspendus aux lèvres de la jeune femme à la chevelure noire comme la nuit, nous attendions avec impatience sa réponse.

— Oui!!!!!!!!!!!! s'est-elle exclamée.

La foule s'est mise à applaudir, comme dans tout bon film américain à saveur Walt Disneyenne.

J'ai repris la main de Michaël et nous avons poursuivi notre balade dans la nuit.

Un mariage était suffisant dans une année! Audrey était de plus en plus fébrile et elle avait réussi à calmer les ardeurs de sa future belle-famille. Mais elle n'arrêtait pas de m'écrire chaque fois qu'elle devait faire un choix à propos des cartons d'invitation, de la couleur des nappes, de la liste des invités... J'avais presque l'impression d'organiser mon propre mariage! Elle envahissait ma boîte courriel et ne cessait de répéter qu'elle avait hâte que je vienne la sauver.

Pour ma part, j'avais fait l'achat de ma robe de demoiselle d'honneur, comme promis. Elle était magnifique. Bleue, aux désirs d'Audrey, couverte de paillettes et en bustier.

— Comment on va faire pour ramener ça? m'avait demandé Michaël, un peu fâché, quand j'étais revenue à l'appartement avec la robe en question.
— Ben, dans les valises...
— Ça prend de la place!
— On payera un supplément.

Audrey avait été aux anges quand je lui avais envoyé la photo. Elle avait hâte de faire les essayages pour sa propre robe, mais je lui avais fait promettre de m'attendre. Il ne restait plus qu'un mois à notre aventure.

Maman avait aussi choisi la Saint-Valentin pour me faire la grande annonce.

— Jean-Claude est mon… mon…
— Chum ? avais-je enchaîné pour l'aider un peu.

Sur le petit écran, elle était devenue toute rouge.

— Tu le savais ?
— C'était pas ben, ben dur à comprendre. Pas besoin d'être Sherlock Holmes !
— J'attendais le bon moment.
— C'est correct, maman. Je suis contente pour toi.

L'amour lui allait bien. Elle paraissait plus sereine. Elle avait bien droit au bonheur, elle aussi.

De son côté, ma sœur avait divorcé ; elle avait bien sûr su comment s'y prendre pour faire accélérer les choses. Luc avait déménagé dans un condo hyper luxueux de Ste-Foy, bien loin de l'école de Nathan. Cloé semblait soulagée, car elle avait obtenu la garde complète.

Nous allions bientôt réintégrer notre ancienne vie tout en devant faire face aux nouvelles composantes qui l'agrémentaient. Mais pour l'instant, nous voulions profiter à fond de nos derniers moments de Parisiens. Nous sortions donc allègrement pour vivre intensément cette aventure qui se terminerait trop vite.

***

— Direction Porte de Clignancourt, prochain train dans quatre minutes, le suivant dans sept minutes, annonçait la voix électronique féminine dans les haut-parleurs de la station de métro.

J'ai soupiré.

QUATRE minutes! Et moi qui n'avais ni bouquin ni musique pour patienter tout ce temps.

J'ai regardé ma montre; j'allais être en retard en plus!

En ce vendredi soir, Michaël m'avait donné rendez-vous dans un petit bar du quartier Montorgueil, après quoi nous devions aller voir une pièce de théâtre, une comédie qu'Olivier m'avait conseillée.

Ah… vendredi! N'y a-t-il pas de sensation plus délicieuse que celle de commencer deux jours complets de congé?

Quand arrivait le week-end, comme il était systématiquement appelé en France, une certaine frénésie s'emparait des rues de Paris. L'excitation était palpable et l'atmosphère devenait soudainement plus légère. La joie de vivre se lisait presque sur le visage des Parisiens qui déambulaient dans les rues. Chaque fois que nous sortions dans un quartier branché de la capitale en cette journée tant attendue, on pouvait percevoir à travers le regard de tous ces citadins attablés sur une terrasse qu'ils avaient rêvé de cet instant toute la semaine.

J'étais émerveillée du fait que, vu ma localisation géographique plutôt exceptionnelle, j'avais littéralement la ville à mes pieds. Je n'avais qu'à sortir le petit orteil en dehors de mon appartement pour avoir un aperçu instantané de l'énergie à l'extérieur.

Chaque vendredi soir, nous avions pris l'habitude, comme la majorité des Parisiens, de sortir pour célébrer le week-end. Et c'était systématique depuis que le compte à rebours s'était enclenché. Il me semblait qu'il me restait tant de choses à voir, à vivre, à goûter, à découvrir! Les sorties ne manquaient pas à Paris: restos, bars, pubs, théâtres et cinémas peuplaient la ville, et le bon vin, la bouffe décadente et les manifestations artistiques nous séduisaient. Que demander de mieux?

À Paris, impossible de se sentir seul. J'adorais l'effervescence qui se dégageait de la ville entière. Je m'amusais souvent sur mon chemin à lever les yeux en l'air pour observer les appartements et je n'apercevais bien souvent que quelques fenêtres éclairées, la majorité étant éteinte. Où étaient tous ces gens ? Il suffisait de baisser les yeux pour comprendre qu'ils se tenaient tous là, dans les cafés, bistros et brasseries. La ville était vivante et bien remplie.

Je me rappelais que lorsque j'étais à Québec et que je jetais un coup d'œil aux fenêtres des maisons que je croisais en soirée, des lumières étaient allumées, mais bien souvent l'éclairage provenait de la télé inévitablement ouverte. Peut-être que l'étroitesse de leur appartement y était pour quelque chose, mais les Parisiens sortaient beaucoup et vivaient plus en société que nous, été comme hiver, jour comme nuit.

Après que j'eus observé les publicités placardées, analysé le contenu du distributeur de friandises et donné quelques centimes à un SDF, le train est finalement arrivé.

J'ai fait comme tout le monde et je me suis approchée pour être certaine d'être la première à sauter dans le métro à l'instant même où les portes allaient s'ouvrir. Mais une vieille dame se supportant de peine et de misère sur une canne tentait de s'extirper lentement du wagon et, contrairement aux autres passagers autour de moi, j'ai pris soin de la laisser descendre avant de m'engouffrer à l'intérieur.

Puis j'ai réussi à entrer à la dernière seconde, avant que le signal ne se fasse entendre. Les portes se sont refermées d'un coup sec et, par chance, tous mes membres avaient eu le temps de se glisser à l'intérieur du wagon.

J'ai regardé autour de moi. Zut ! Il n'y avait plus de sièges libres.

Je me suis avancée vers le poteau érigé au centre de l'allée, mais je ne pouvais malencontreusement pas m'y agripper. Un jeune homme d'une vingtaine d'années avait décidé de l'accaparer et s'y appuyait de tout son long, ne laissant aucune place pour l'empoigner. Pourtant, il n'était pas aveugle, car il activait ses doigts à une vitesse ahurissante sur l'écran de son iPhone.

Je me suis donc repliée sur le poteau de derrière où trois personnes étaient déjà attroupées. J'ai esquissé un petit sourire poli que personne ne m'a rendu, puis j'ai tendu la main sur la barre humide, cadeau du passager précédent qui devait avoir les mains moites.

Tout juste à côté, une jeune femme au début de la vingtaine tâchait de se tenir en équilibre tout en avalant une boîte de biscuits. Elle mastiquait tranquillement ses *cookies* au chocolat en hochant la tête au rythme de la musique qui résonnait de ses écouteurs. Elle aurait sans doute été la moins désagréable de mes comparses si ses miettes de biscuit ne s'étaient pas mises à tomber sur la manche de mon chandail.

Je me suis étiré le cou pour m'apercevoir, avec soulagement, que j'étais arrivée à ma station.

J'ai pris congé de mes gentils camarades et j'ai tenté de descendre du train sans me faire bousculer par les passagers trop pressés d'entrer.

Je suis arrivée au bar cinq minutes plus tard. J'ai aperçu Michaël au loin, assis à une table de la terrasse, et je lui ai fait de grands signes de la main, heureuse de le voir. À ma grande surprise, il ne m'a pas répondu, se contentant de prendre une gorgée de la bière qui était posée devant lui.

Je me suis approchée, un peu essoufflée, et j'ai glissé une main sur sa nuque.

Il a sursauté.

— Tu m'as fait peur, je ne t'avais pas vue !

— Tu m'attendais à l'extérieur ? lui ai-je demandé en lui sautant au cou.

— Oui, il n'y a plus de tables en dedans. La rue est complètement bondée. Il n'y a plus de place nulle part.

— On a juste à aller au théâtre en premier. Tu as acheté les billets ?

— J'y suis allé et c'est complet. Il y a tellement de monde partout, c'était l'enfer dans le métro. On rentre regarder la télé ?

* * *

En ce bel après-midi aux allures printanières, alors que le soleil était sorti de sa cachette et réchauffait tous les passants, je profitais de mon dernier RTT. J'avais hésité un moment à le prendre, désirant savourer mes derniers instants avec mes copains français, car, oui, la perspective de les quitter me peinait. Mais je n'étais pas un bourreau de travail ; une journée à profiter de la ville valait toujours mieux que bosser.

Je voulais aussi commencer à empaqueter soigneusement nos biens dans les deux valises qui avaient séjourné pendant une année entière dans le haut de notre grande penderie. À voir tout ce que je m'étais procuré au cours des presque trois cent soixante-cinq derniers jours, je me demandais bien comment j'allais faire pour tout rapatrier. En m'apercevant que mon imagination avait surestimé la taille de nos bagages, j'ai compris que Daphnée allait récolter de nouveaux morceaux pour sa garde-robe.

Après avoir fait un tri dans mes vêtements et le ménage dans les produits de beauté que j'avais accumulés dans l'étroite armoire de la salle de bain, j'ai décidé de sortir pour à peine une petite demi-heure, question de m'aérer l'esprit. L'atmosphère était plutôt calme sur Paris et j'étais convaincue que cette petite balade improvisée me ferait le plus grand bien. Je me retrouvais une fois de plus avec un cocktail émotif contradictoire. J'étais fébrile à l'idée de retrouver Audrey et de la côtoyer comme avant, de constater comment Nathan avait grandi et de reprendre mes leçons de salsa, mais en même temps mélancolique de clore l'aventure, cette aventure que j'avais osé tenter.

— Pauvre conne ! a spontanément crié un automobiliste à travers sa fenêtre baissée à l'attention d'une femme en vespa qui venait de lui couper le chemin.

Ces petites balades à pied allaient me manquer. Dans quelques jours, j'allais me retrouver de nouveau au volant d'une voiture. Chaque fois que je m'étais promenée dans cette ville, je m'étais amusée à observer cette fascinante créature qu'est le *conductous parisiennus omosapius*. Il est impatient, peu courtois et pressé.

Toutefois, je ne pouvais m'empêcher d'admirer le courage de tous ces gens qui prennent hardiment leur voiture chaque matin pour traverser Paris à coups de klaxon et d'injure, le tout en s'évertuant à éviter la marée de gens qui s'engouffrent dans les rues à n'importe quel instant et les motocyclistes qui zigzaguent entre les voies.

Bien qu'ils soient très peu à respecter les règles de conduite élémentaires, je n'avais d'autre choix que de leur lever mon chapeau. Et que dire de mon admiration envers les chauffeurs de taxi et les conducteurs d'autobus qui passent leurs journées entières dans cette jungle infernale ? Il m'arrivait donc, par compassion, de laisser passer une voiture de temps en temps à une intersection.

Au cas où une certaine partie de moi aurait eu une soudaine envie de cette expérience extrême, je n'avais qu'à me rendre à l'Arc de triomphe pour que tout goût de conduite s'estompe en quelques secondes. La vue de tous ces « chars » qui tournent en rond en tâchant de se frayer un chemin sans lignes pour les guider me donnait instantanément un mal de tête.

Se stationner à Paris est aussi un art, quoique l'acte nécessite moins de précision qu'en terre américaine. Les pare-chocs remplissent ici leur ultime fonction qui consiste à encaisser les coups de la voiture de devant et de celle de derrière, coups indispensables pour se faire une place ou pour en sortir. Conserver une voiture sans égratignures en sol parisien m'apparaissait comme une mission impossible.

Je me promenais donc doucement, le sourire aux lèvres, amusée par mes observations, la tête dans les nuages en songeant à ce Paris que j'avais tant apprécié quand…

— Putain ! Ça va pas la tête ? ai-je hurlé à la voiture qui venait presque de me happer.

J'étais folle de rage !

J'ai regardé devant moi : le signal piéton était bien allumé en VERT. Ce qui signifiait, si ma mémoire était bonne, que je pouvais avancer sans danger, et ce, j'étais presque certaine, dans tous les pays du monde.

Mais c'était à moi que j'en voulais le plus, car je m'étais laissée emporter par le temps clément et j'en avais oublié les bases rudimentaires de la survie lors d'une balade à Paris : regarder en tout temps autour de soi. Je le savais pourtant très bien ; une marche dans la ville n'a rien d'une promenade de plaisance ; c'est à peu de choses près un sport extrême.

J'ai quand même réussi à reprendre mes esprits. Après tout, ce n'était pas la première fois que ça m'arrivait. C'était tellement courant qu'aucun piéton autour de moi n'avait sourcillé ou ne m'avait même demandé si j'allais bien.

Vroaaar ! Vroaaar ! Vroaaar !

Je me suis retournée pour apercevoir un motocycliste à quelques centimètres à peine de mes talons ; il s'impatientait afin que je le laisse passer.

J'étais habituée à ce cirque, car en tant que piétonne parisienne, il fallait savoir partager le trottoir avec tout un tas d'amis : les chiens en laisse, les motos, les scooters, les trottinettes, les poussettes de marché, parfois même les SMART, et les milliers de touristes qui envahissent la ville avec leurs cartes déployées et leurs immenses valises.

Avec une pointe d'optimisme ou de masochisme, je ne le savais plus, j'ai décidé de poursuivre ma promenade. J'ai tourné dans une petite rue moins bondée où j'allais sans doute être moins bousculée et enfin relaxer un peu.

La rue était charmante ; il y avait quelques petits cafés, un salon de coiffure et un « alimentation générale ». J'ai bientôt débouché sur une grande artère et j'ai aperçu une librairie qui a piqué ma curiosité. J'y suis entrée et comme cela se passait toujours lorsque je pénétrais dans ce type d'endroit, j'en suis ressortie une heure plus tard avec deux bouquins en poche que j'allais pouvoir ajouter à la pile trônant sous mon lit, même si je savais pertinemment que je ne trouverais jamais de temps pour lire tout ce que je me procurais, surtout pas avant notre départ.

En sortant, le paysage avait changé. Il y avait de la musique au loin et des voitures de police aux quatre coins de la rue, bloquant ainsi le passage. J'étais prise au piège ! Impossible de rentrer chez moi. Droit devant avançait un flot interminable d'étudiants brandissant des affiches et scandant un slogan. De toute évidence, ils s'adonnaient à l'une des activités parascolaires les plus populaires du pays : la manif !

Je suis donc rentrée dans la librairie ; nos valises pourraient sûrement supporter deux ou trois autres livres de plus !

Chapitre 18

Last call !

La Motte-Picquet — Grenelle

En lisant le nom de la station de métro, inscrit en grosses lettres blanches sur le panneau bleu, je n'ai pu m'empêcher de sourire.

Pour mon imagination plus que fertile, les balades en métro étaient devenues une sorte de jeu, un grand terrain vague dans lequel elle pouvait s'évader. Avec ses quatorze lignes de métro, ses RER et ses TRAMS, Paris avait suffisamment de noms de stations différents pour alimenter mon esprit farfelu.

C'est lorsque j'étais descendue à la station Champs-de-Mars pour la première fois que mon imagination avait commencé à s'emballer. Inutile de dire qu'elle ne s'était pas fait prier pour me faire croire que j'allais atterrir sur des cratères géants une fois les portes du métro ouvertes !

Puis ça s'était gâté...

C'était plus fort que moi, toutes les fois que je passais devant les stations Marcadet — Poissonniers et Poissonnière, je retenais mon souffle comme si un effluve de crustacés allait envahir le wagon et se mêler à l'odeur déjà insupportable de transpiration qui y flottait. Mon nez me chatouillait aussi à la station Picpus qui ne laissait rien présager de bon non plus pour mon odorat.

Certaines autres stations, de par leurs noms sombres et apocalyptiques, ne me donnaient pas envie d'y descendre. Au cours de mon année, j'avais tout fait pour éviter de prendre les sorties Filles du Calvaire, Invalides, Ternes et Rue des Boulets, quitte à marcher quelques mètres de plus en empruntant la bouche précédente. Même en compagnie de mon amoureux, j'avais toujours essayé de garder le silence quand le train passait à La Ferme ou La Muette, comme si quelque chose de grave allait m'arriver si je ne respectais pas ce conseil judicieux.

En revanche, je me faisais toujours une joie de débarquer à Gaîté, Plaisance ou Place des Fêtes, comme si de l'autre côté des portes m'attendaient une fanfare, des ballons et des gens sautillant partout. J'avais aussi l'impression que rien de mal ne pouvait m'arriver en descendant aux stations Libération ou Liberté, et que quelque chose d'inattendu et d'agréable allait se produire en sortant à Bonne-Nouvelle.

À l'autre bout de la ligne 1, La Défense m'avait au premier regard semblé donner sur un quartier dangereux. Avant d'y mettre les pieds, j'avais vu dans ma tête des corps d'armée circuler avec des fusils à l'épaule. Barbelés, chars d'assaut et murs infranchissables avaient aussi fait partie du portrait que mon cerveau avait inventé de toutes pièces. Je ne vous raconte pas mon soulagement lorsque je m'étais rendu compte qu'il ne s'agissait que d'un quartier d'affaires.

Par les chaudes journées d'été, je me souvenais d'avoir éprouvé un certain plaisir lorsque le train s'était immobilisé quelques instants à la station Glacière; j'avais presque perçu un petit vent de fraîcheur se faufiler par la porte du métro! Toutefois, je sentais la soif m'envahir à tout coup lorsque mon regard tombait sur la station Noisy-le-Sec.

J'avais aussi l'impression de me transporter dans un monde enchanté lorsque je sortais à la station Les Gobelins où j'avais cherché, en vain, Gringotts, la banque des sorciers de Harry Potter. Pantin ne me faisait pas le même effet; je surveillais toujours mes arrières, comme si une marionnette diabolique allait soudainement surgir derrière mon dos.

Belvédère, Sentier et Chemin Vert me donnaient envie de partir en randonnée, alors qu'Odéon m'insufflait le goût de voir un bon film. Il y avait aussi les stations qui me donnaient l'impression de voyager à la vitesse de l'éclair, comme Pyramides, Rome, Place d'Italie, Anvers et Argentine.

Mon esprit tordu se faisait toujours un malin plaisir d'esquisser un sourire coquin en passant devant les stations La Fourche, Vavin, Rue de la Pompe ou, ma préférée, Bourg-la-Reine.

Puis il y avait ces stations qui venaient me rappeler que j'étais bien loin de chez moi, mais que le retour approchait. St-Augustin, à laquelle je m'amusais à ajouter « de-Desmaures » et Bel-Air, où il ne manquait que le « Val ». Sans oublier Mirabeau qui, j'en étais certaine, était le jumeau masculin de la ville de Mirabel, située au nord de Montréal.

Finalement, mon train est arrivé à destination; le panneau bleu indiquait bel et bien qu'il s'agissait de ma sortie, puisque j'étais à Issy.

Nous allions faire nos derniers adieux à Marc Gagné et cette chère Corinne.

* * *

— Alors ça y est, vous nous quittez? a fait Corinne, comme si elle apprenait la nouvelle.

— Oui, *home sweet home,* ai-je lâché en levant mon verre de bulles.

Je regardais autour de moi; l'appartement était encore d'une impeccable propreté, tout reluisait. Le logement était beau, élégant, mais je ne pouvais m'empêcher de trouver qu'il manquait d'âme. Je me demandais si c'était parce qu'aucun enfant n'avait jamais vécu en ses murs. Ma mère avait toujours tenu à garder notre maison immaculée, mais lorsque j'y allais aujourd'hui, chaque égratignure au plancher, chaque marque sur le mur avait son histoire et témoignait d'une vie remplie. La résidence de Marc et de Corinne était somptueuse, ornée de multiples décorations, mais elle demeurait vide.

— Vous êtes certains de ne pas vouloir rester une autre année ? s'est essayé Marc Gagné.

Michaël m'a regardée.

— On a d'autres projets, a-t-il répondu, simplement.

J'étais soulagée qu'il pense comme moi ; je ne me serais pas vue recommencer.

— Ma meilleure amie se marie en juillet et je suis demoiselle d'honneur, ai-je ajouté pour donner du poids à notre décision.
— Eh bien, tu lui transmettras nos félicitations. Tu penseras à m'envoyer des photos ?
— Bien sûr !

L'atmosphère était étrange. Bien qu'ils aient été incroyablement gentils avec nous, c'était comme si tout avait été dit. Comme si les conversations ne menaient plus à rien. Nous savions pertinemment que c'était la dernière fois que nous nous voyions de notre vie.

* * *

— C'est beau, hein ? ai-je dit à mon amoureux, la gorge nouée, en admirant une dernière fois la tour Eiffel illuminée depuis Trocadéro.

J'avais peine à imaginer que le lendemain nous rentrions chez nous, au Québec. «Chez nous» avait été, pendant une année entière, ce petit appartement du 8e arrondissement. Il avait connu, lui aussi, des joies, des peines, des inquiétudes et il avait été témoin de notre amour. Il avait joué un rôle important dans notre histoire à nous, une histoire, je m'en rendais bien compte, que nous avions façonnée et qui était plus belle que n'importe quel récit de coup de foudre ou de rencontre bidon.

En cette ultime journée en sol parisien, nous avons fait une course folle à travers la ville, comme pour nous assurer de rapporter dans nos valises les souvenirs les plus frais des beautés qu'elle recelait.

Après avoir fait la révérence une dernière fois à l'imposante cathédrale Notre-Dame et marché dans l'adorable petit square qu'elle cachait, nous nous sommes baladés, main dans la main, sur le bord de la Seine jusqu'au pont des Arts que nous affectionnions. J'ai regardé les cadenas accrochés aux grillages.

Comme sur quelques autres ponts dans d'autres villes du monde, le pont des Arts était devenu un symbole d'amour. Les couples étaient nombreux à venir y installer un cadenas en jetant la clé au fond de l'eau.

— Jocelyne et Denis, 2007, a lu Michaël en prenant un cadenas au hasard. Penses-tu qu'ils sont encore ensemble ?

J'ai rigolé. Michaël aimait, comme moi, imaginer la vie des autres.

Sur ce petit pont à l'apparence banal, j'ai ressenti une forte émotion, le sentiment de laisser derrière moi quelque chose d'important.

J'étais de plus encore secouée par mes adieux de la veille. Même si nous avions repoussé la chose jusqu'à la dernière seconde, en parlant de tout et de rien comme nous le faisions quotidiennement, nous n'avions pas réussi au moment du départ à contenir nos larmes, Daphnée, Olivier et moi. J'avais rencontré deux personnes tellement vraies et qui avaient, je le savais, une part de responsabilité dans l'amour que j'éprouvais pour Paris.

Attablés au petit restaurant qui avait été complice de tant de conversations intimes, nous avions levé nos verres à la vie.

— Au moins, je peux dire que j'ai une copine québécoise ! avait lancé Daphnée avec un regret dans la voix.

— T'as pas envie de rester ? avait demandé Olivier.

— Non, on retourne à la maison.

L'aventure avait été planifiée pour un an. Dans un certain sens, il avait été réconfortant de savoir que nous retournerions chez nous au bout de douze mois. Le fait que tout n'était que temporaire avait fait en sorte que nous avions tout vécu intensément. Nous avions voulu mordre dans chacune des secondes qui nous avaient été allouées.

Nous avions trinqué une dernière fois. De retour au bureau, j'avais fait la tournée de l'*open space* qui allait me manquer. J'avais jeté un regard au grand tableau blanc et j'étais allée y laisser ma marque :

Je vais m'ennuyer de vous autres.
J'vais avoir d'la misère à vous oublier !
Cynthia xxx

J'avais fait exprès d'utiliser les expressions qui les avaient tellement amusés pendant ces derniers mois.

Daphnée m'avait fait la bise, les yeux humides. Elle n'était, de toute évidence, pas du genre à s'épancher, mais son regard traduisait son état.

— J'peux pas croire que demain, ta place sera vide. Avec qui je vais chialer, moi?

Je lui avais appris au cours de mon séjour que « chialer » ne signifiait pas « pleurer » pour nous, mais bien « se plaindre ». Et, en bonne Parisienne, Daphnée aimait beaucoup se lamenter.

— Arrête, Daph, on va aller la voir au Québec, hein? La neige, les caribous, les tipis...

J'avais ri un bon coup. Olivier, comme toujours, avait su désamorcer la situation.

Fabien, lui, s'était contenté de me faire un signe de la main depuis son poste.

Sid était venu me dire au revoir en me serrant la main chaleureusement. Il m'avait remerciée d'avoir ajouté une nouvelle teinte à son équipe.

Puis je m'étais engouffrée dans le métro, avec l'impression d'avoir laissé un petit bout de moi dans ce local du 14ᵉ.

Je repensais à tout ce que j'abandonnais quand Michaël a fouillé dans sa poche, faisant teinter un bruit métallique. Non... il n'avait pas osé?

Il a sorti de sa poche un petit cadenas où était accrochée une clé, et un feutre noir.

— Tu la veux, TON histoire?

J'ai souri. C'était peut-être quétaine, mais l'amour est quétaine, non?

On a écrit nos deux noms suivis de l'année, cette année marquante, charnière, qui avait construit notre histoire à nous.

Michaël a accroché le petit cadenas au grillage, à côté des milliers d'autres. Tous ces amoureux, comme nous, avaient cru fermement en leur amour. Je lui ai donné un baiser et il m'a tendu la clé que j'ai jetée par-dessus bord.

Michaël m'a serrée dans ses bras et m'a chuchoté à l'oreille cette demande qui m'a surprise :

— On fait un bébé ?

J'ai souri, il a compris. Nous étions rendus là.

Nous avons célébré la nouvelle en allant boire un dernier verre sur notre terrasse préférée de Saint-Germain-des-Prés. Cachée dans ce passage, elle avait été notre refuge maintes et maintes fois. Ensuite, nous sommes allés manger dans le quartier St-Michel, toujours aussi animé.

Les valises étaient bouclées, les billets d'avion étaient prêts et nous attendaient sur le coin de la table. Le lendemain matin à 10 heures, nous tournerions la page et commencerions quelque chose d'encore plus grand.

C'est à la Dame de fer que nous avons décidé de faire nos derniers adieux. Devant les milliers d'ampoules qui se sont mises à scintiller au moment précis où ma montre indiquait 23 heures, j'ai senti la nostalgie m'envahir…

Étions-nous prêts à quitter cette ville aux mille surprises ? Les cafés, les restaurants, l'excitation de Paris aillaient-ils me manquer de retour dans ma ville natale ?

J'étais en train de me dire que je pourrais passer la nuit entière à admirer ce monument symbolique et une larme allait presque glisser sur ma joue quand…

— *Eiffel Tower, one euro! One euro!* a scandé une horde de vendeurs insistants en passant près de nous tout en agitant des tours miniatures sous nos nez.

J'ai regardé ma montre.

— On y va? Notre vol part tôt demain matin.

Le lendemain, c'est avec un brin de nostalgie que nous avons abandonné notre joli studio meublé.

Nous avons refait le chemin inverse en direction de l'aéroport et le chauffeur de taxi, pour une fois, s'est retenu de partager son opinion. Par contre, il n'a pas pu s'empêcher de nous dire que son frère avait déjà habité à Montréal. Tout le monde avait une histoire avec le Québec...

J'ai toujours ressenti une exaltation à l'aéroport. C'est un moment à la fois stressant et excitant. Nous étions peu bavards, Michaël et moi. Je savais qu'il était triste de quitter ses collègues. Ils lui avaient fait un pot de départ auquel j'avais participé. J'avais même salué Natalia qui, à mon grand désarroi, avait réitéré sa promesse de venir nous rendre visite.

Après une interminable attente, nous sommes enfin montés à bord de l'avion à destination de notre prochaine aventure... Maman, moi?

— Bonjour, bienvenue à bord, m'a accueillie l'hôtesse de l'air, toute souriante, avec un accent familier.

Ça faisait drôle de l'entendre. J'allais devoir peu à peu réhabituer mon oreille à cette sonorité bien de chez nous.

J'ai avancé dans l'allée en quête de mon siège. Une dame était en train de placer son sac dans le compartiment à bagages.

— Voyons ! Ça rent'e pas cette patente-là, coudonc, a-t-elle dit.

Je n'ai pas pu m'empêcher de sourire ; je me rendais compte que toute une réadaptation de langage m'attendait. Voyant qu'elle me bloquait le passage, elle s'est excusée et m'a priée de passer avec un sourire.

— J'ramène trop de vin, s'est-elle sentie obligée d'expliquer en s'esclaffant. C'pas de ma faute s'ils en font d'aussi bons !

J'ai continué mon chemin, n'étant plus habituée aux échanges entre inconnus, puis j'ai pris finalement place dans mon siège, au milieu de l'appareil. Michaël m'a rejointe de peine et de misère.

J'ai regardé mon amoureux, il semblait confiant.

— Pis, je te l'avais dit qu'on avait bien fait ?

Malgré tout ce que j'avais pu déblatérer sur la vie parisienne et ses travers, je ne pouvais m'empêcher d'avoir le cœur gros.

Je savais qu'une fois l'avion dans les airs, je ne verrais plus ces magnifiques monuments et musées impressionnants. Je ne goûterais plus à d'aussi bons pains au chocolat et ne trouverais plus de baguettes fraîches à tous les coins de rue. J'irais moins au théâtre et ne prendrais que rarement un expresso sur une terrasse.

J'étais en train de me dire qu'au fond, j'avais vraiment apprécié la vie parisienne, quand mon voisin est arrivé.

— Putain ! Mais où est-ce que je vais ranger mon sac, moi ? a-t-il grogné en s'apercevant que le porte-bagages était déjà plein.

Une hôtesse est venue l'aider avec une patience que j'admirais, puis, sans la remercier, il a pris place à côté de moi, débordant généreusement sur mon accoudoir.

Trente secondes à peine après s'être installé, il a lancé un profond soupir.

— Qu'est-ce qu'il fait chaud, ici ! s'est-il plaint bien fort. Et pas d'espace pour les jambes, j'vous jure ! a-t-il ronchonné de nouveau.

Je l'ai fixé un instant, soulagée.
Ma nostalgie s'est soudainement complètement évaporée.

— Merci, monsieur ! lui ai-je dit, toute souriante.

Je n'avais plus qu'un seul désir : rentrer chez moi !
L'homme s'est enfin tu et j'ai sorti mon calepin. Je n'avais peut-être pas écrit mon grand roman, mais j'avais bâti mon histoire.

Pendant que l'avion décollait et que Michaël était bien calé dans son oreiller côté hublot, j'ai commencé à écrire :

— L'hôtel Crystal à Boulogne-Billancourt, en banlieue de Paris, s'il vous plaît, a demandé mon amoureux à la conductrice du taxi, le plus naturellement du monde, comme s'il avait fait ça toute sa vie…

Le carnet d'adresses de Cynthia

SHOPPING
BHV- Bazar de l'Hôtel de Ville
52, rue de Rivoli - 75189 Paris Cedex 4

H&M
86, avenue des Champs-Élysées - 75008 Paris

Galeries Lafayette
40, boulevard Haussmann - 75009 Paris

Librairie Gibert Jeune
Place Saint-Michel - 75006 Paris

GOURMANDISES
La Grande Épicerie de Paris
38, rue de Sèvres - 75007 Paris

La Cure gourmande
26, cour St-Émilion - 75012 Paris Bercy Village

Boulangerie Paul
49 bis, avenue Franklin-Roosevelt - 75008 Paris

Ladurée
75, avenue des Champs-Élysées - 75008 Paris

Le boulanger de Monge
123, rue Monge - 75005 Paris

Hediard
21, place de la Madeleine - 75008 Paris

RESTAURANTS-BARS
Crêperie Manoir Breton
18, rue Odessa - 75014 Paris

Pub Saint-Germain
17, rue de l'Ancienne-Comédie - 75006 Paris
Et la terrasse sur la cour du Commerce-Saint-André

Pastapapa Champs Élysées
1 bis, rue Jean-Mermoz - 75008 Paris

Restaurant Ciel de Paris
Tour Maine Montparnasse, 56e étage
33, avenue du Maine - 75015 Paris

The Moose (Pub canadien)
16, rue des 4 Vents - 75006 Paris

Indiana Café
72, boulevard du Montparnasse - 75014 Paris